世界经典文库

图文珍藏版

冷酷中看到了人性的光芒 悲剧里感受到生命的力量

世界二十大名著

童年

[苏] 高尔基⊙著

马博⊙主编

湛本军⊙译

第 三 册

世晔名簿

线装书局

图书在版编目（ＣＩＰ）数据

童年 /（苏）高尔基著；马博主编. -- 北京：线
装书局，2016.1（2021.6）
（世界二十大名著）
ISBN 978-7-5120-2006-1

Ⅰ.①童… Ⅱ.①高… ②马… Ⅲ.①长篇小说－苏
联 Ⅳ.①I512.45

中国版本图书馆CIP数据核字(2015)第258756号

童年

作　　者：	［苏］高尔基	
主　　编：	马　博	
责任编辑：	高晓彬	
出版发行：	**线装书局**	
	地　址：北京市丰台区方庄日月天地大厦B座17层（100078）	
	电　话：010－58077126（发行部）010－58076938（总编室）	
	网　址：www.zgxzsj.com	
经　　销：	新华书店	
印　　制：	北京彩虹伟业印刷有限公司	
开　　本：	710mm×1040mm　1/16	
印　　张：	12	
字　　数：	140千字	
版　　次：	2021年6月第1版第2次印刷	
印　　数：	3001－9000套	
定　　价：	4980.00元（全二十册）	

线装书局官方微信

目 录

世界经典文库

世界二十大名著

目录

图文珍藏版

导　读

　　高尔基(1868~1936)是苏联无产阶级文学的创始人,也是世界社会主义文学的卓越代表。高尔基原名阿列克塞·马克西莫维奇·彼什科夫,于 1868 年 3 月 28 日出生在伏尔加河畔的尼日尼·诺夫戈罗德(即今高尔基城),父亲是细木工,他 4 岁丧父,随母亲寄居外祖父家,10 岁时外祖父因遭火灾而破产,他便被抛到"人间",开始了自谋生路的流浪生涯,16 岁到喀山,原想上大学,结果喀山的贫民窟和码头成了他的"社会大学",在那里,他接触了进步青年的革命团体,并阅读了《宣言》《资本论》等著作,他将自己的一生写入了自传体三部曲《童年》《在人间》《我的大学》中。1901 年发表《海燕之歌》,标志着高尔基创作的新发展。主要作品还有《母亲》《小市民》《最后的一代》。

　　《童年》讲述的是孤独孩童"我"的成长故事。小说以一个孩子的独特视角来审视整个社会及人生,"我"寄居的外祖父家是一个充满仇恨,笼罩着浓厚小市民习气的家庭,这是一个令人窒息的家庭,此外,小说也展现了当时整个社会的腐败、没落而趋向灭亡的过程,小说通过"我"幼年时代痛苦生活的叙述,实际反映了作家童年时代的艰难生活及对光明与真理的不懈追求,同时也展现了 19 世纪末俄国社会的广阔社会画卷。

第一章

小小的屋子里，一片晦暗。

父亲穿着白衣，直挺挺地躺在窗下的地板上，身子显得长长的。他的脚丫子裸露在外面，脚趾怪模怪样地张开着；他时常抚摸我的手放在自己的胸前，僵硬地手指微微地弯曲着；带笑意的眼睛紧紧地闭住了，看上去就像是两块圆圆的黑硬币；慈祥的面孔已然发黑，牙齿难看地呲着，模样相当吓人。

母亲赤裸着上身，围着一条红裙子，跪在她的男人身边，用一把小梳子整理她的男人长而柔软的头发，从前额到后脑勺。我特别喜爱那把小梳子，常常拿它来分割西瓜皮。母亲一边细心地整理着父亲的头发，一边不停地叨念着，嗓音十分的粗重，而且嘶哑。她眼睛早已红肿，好像顷刻间就要融化似的，泪水从灰色的眼眶大滴大滴地滚落下来。

世界经典文库

世界二十大名著

童 年

图文珍藏版

故作轻松地握着我的手的外祖母，有着胖乎乎的身体，很大的脑袋，极大的眼睛，鼻子上皮肉松垮，给人可笑的感觉；她身着一袭黑衣，整个人软绵绵的，非常有意思；她也在哭，而且哭得轻车熟路，仿佛挺老练地陪着母亲哭。她浑身哆嗦着，拽着我使劲往父亲身边推；我趔着身子，死活不肯过去；我有点感到害怕，又有点不好意思。

我从来没有看见过大人哭，也不明白外祖母唠叨些什么。

"快去跟你爹道别，我可怜的孩子，"她说，"你和父亲从此阴阳两相隔"她长叹一声，又说，"正值壮年的他怎么这么早离开人世了呢……"

刚刚患过一场大病的我，现在才能摇摇晃晃下地走路。我还记得病中的场景：父亲美滋滋地照顾着我，可是后来，却由滑稽古怪的外祖母替代了他来照顾我，而他本人则不见了。

"你从哪里来的？"我问她。

"打下面来的，"她回答道，"打尼日尼来。我是乘船来的，不是走来的，水上怎么能走呢，笨孩子。"

这话可真是可笑，我感到十分纳闷：我家楼上住了几个留着长长胡子而且染了发的波斯人，地下室里住着个贩卖羊皮的黄脸加尔梅克老头；沿着楼梯，可以骑着栏杆那儿玩，如果一不小心就会翻着跟头滚下去，对于这一点我是十分明白的。这和水又有什么关系呢？简直纠是风马牛不相及，让人感到十分可笑。

"为什么我是傻孩子？"

"因为你说起话来叽叽歪歪。"外祖母说，脸上流露出了开心的笑容。

她说的话既亲切，又十分和善。从第一天见到她时，我对她的感觉就十分亲近，现在我只是希望她能领我离开这间令人恐惧的鬼屋。

母亲让我感到极不舒服；她没完没了的泪水，她痛苦的哭声，即便让我感到好奇，可是更让我觉得忐忑。今天她的这个样子，我还是第一次看见。在我的印象中，她总是沉默寡言，态度恶劣，衣着整洁，穿着入时；她体格健硕，手劲恨大，很像是一匹马。可是现在，不知道因为什么，她整个人好像都变了：衣衫褴褛，向来梳得齐整光亮的头发如今散乱地披在光着的肩膀上，滑落在脸上，编着辫子的那一半头发也不安分地左摇右晃，偶尔地拂过好像睡着了的父亲的脸。总之，她全身都好像膨胀起来，模样畏畏缩缩。我在屋里都站了很长一段时间，但她看都不看一眼我，只是不断地梳父亲的头发，一直撕心裂肺地号哭，止不住的泪水稀里哗啦。

穿着黑衣的乡下人和警察从门缝里鬼头鬼脑地张望着。警察恶狠狠地嚷嚷：

"快点收拾！麻利点！"

风相当大，遮窗户的黑色披巾被吹得像破船帆似的鼓了起来。还记得有那么一次，父亲带着我划船游玩，晴空一声霹雳，父亲狂笑起来，把我紧紧地夹在两膝之间，大叫：

"别怕，'大葱头'，没事的！"

突然，母亲艰难地从地板上站了起来，但很快地又坐下去，仰面朝天，散乱的头发都散在地板上。她紧闭着双眼，惨白的面孔忽然地变得青紫。跟父亲差不多，她也可怕的龇着牙，大声说：

"把门关紧了，赶快出去，阿列克谢。"

外祖母见了，把我往旁边一推，冲到门口大声喊道：

"亲爱的邻居们，你们别害怕，也不要搭理她，看在上帝的分上，你们尽快离开这儿！这不是得了可怕霍乱，而是女人马上要生孩子了。求求你们，我可爱的邻居们。"

我跑到一处昏暗的角落，躲在箱子后面，看见母亲在地板上翻来覆去，她痛苦地哼哼着，牙齿咬得吱吱作响。外祖母趴在她一旁，亲切而又快活地说：

"为了圣父圣子，忍住了！坚强点儿，瓦留莎……圣母保佑你……"

我被吓得目瞪口呆。她们在父亲身旁的地板上忙做一团，不停地喊叫着，不停地叹气；可我父亲仍然安静地躺在那儿，脸上好像还挂着笑容。她们就这样折腾了很久。有几次，母亲刚一站起来就跌倒。外祖母则像极了一只黑软的大皮球，跑来跑去的。过了一小会儿，忽然从黑暗中传来了一个婴儿的啼哭声。

"谢天谢地啊！是个男孩！"外祖母如释重负地说，

接着，她点燃了一支蜡烛。

至于以后发生了什么，我就全记不清了，有可能我是在角落里睡着了。

第二件留在我脑海中的事是，一个雨天里，凄凉的坟场的一个角落里。我怔怔地站在溜滑的粘土小山坡上，看着父亲的棺材被眼睁睁地放进一个积有雨水的深坑里面；坑底还有那么几只青蛙，其中有几只甚至爬上了黄色的棺盖。

外祖母、淋成落汤鸡的警察、两个手持铁锹的、满脸愠色的乡下人和我，都站在坟墓旁边。密如珍珠而又不失温暖的雨点洒落在我们身上。

"开始吧，开始埋吧。"警察边说边往一旁走去。

外祖母掩面痛哭起来。那两个乡下人弯着腰麻利地往坑里填着土，填得坑底的雨水"噼啪"作响；那两三只青蛙从棺材盖上急急忙忙地蹦下去，开始沿着坑壁往上爬，但很快地就被土块埋在了里面。

"唉，走吧，乖孩子。"外祖母拽着我的手说。我不是很想离去，把手从她的手中拿开了。

"唉，真是没法子，上帝！"外祖母抱怨道，不知到底是在说我呢，还是在说上帝。她就这样垂着头，安静地在那里站了良久。墓穴被土封上了，可是她依旧一动不动地站在那里，似乎还在想着什么事儿。

那两个乡下人用锹背拍着泥土，把坟墓往平里拍。忽然，空中旋起了一阵大风，把雨卷走了。外祖母拽着我的胳膊，领着我穿过许多深黑色的十字架，朝远处的教堂走去。

"喂,傻孩子,你为什么不哭呀?"当我们走出围墙的时候,她忽然问道,"你应该哭一场啊!"

"我……我不想哭。"我有点胆怯地说。

"既然是这么一回事,"她压低声音悄悄地说,"那你就不要哭了吧。"

我感到十分纳闷:为什么有人来劝着我哭呢?我一向很少哭,就算是哭,也是因为受了委屈,而不是因为疼。只要我一哭,父亲就会嘲笑我,母亲也会板起脸孔对我嚷道:

"别哭!"

再后来,我们坐上了一辆轻巧的马车行驶在宽阔的、满路泥泞的街道上;街两旁都是深红色的房屋。我问外祖母:

"刚才的青蛙会不会爬出来呢?"

"可能不会了,"她停顿了下回答道,接着说,"可是没关系,上帝会保佑它们。"

她总是对上帝念念不忘,就是我的父母也不会像她一样亲昵、日次殷勤地问候上帝他老人家。

过了一段时间,我便跟着外祖母和母亲,坐上了轮船。我们挤在狭窄的船舱里,马克西姆(我的小弟弟)刚刚出生就夭折了;他身上裹着白布,外面系着一条红色的带子,躺在墙角的一张桌子上。

我坐在行李箱上,透过圆鼓鼓的、马眼睛般的窗子向外张望:窗外泛起白沫的污浊的流水,时而卷着浪花向窗户玻璃扑来。我吓得急忙跳到地上。

"别怕,我的乖孩子!"外祖母用那双柔软的手抱了起来,轻轻地把我再次放在行李上面。

河面上,水汽昭昭;远处不时地呈现出黑色的土地,眨眼间就再次消失在水雾和河水里了。四周的一切都在颤动,只有母亲安静地倚着船壁,两只手放在脑后,动也不动。脸孔铁青的她,神色忧郁,像个瞎子一样的紧紧闭着眼睛。她默不作声,好像整个人变成了另外一个人,我对她的衣服竟然如此陌生。

"哎,瓦里娅,你最好听我的,多吃点食物,"外祖母频频地这样劝她,"哪怕只吃一点也可以,不然,你的身子会被拖垮的。"

可是母亲依旧一动不动,默不作声。

外祖母跟我说话时声音总是很小,但和母亲说话时声音却提高了一些,只不过却是小心翼翼地,就怕触怒了她,话说的很少。我感觉到她似乎很怕母亲。只要想到这一点,我就对外祖母的感觉似乎就更亲近了。

突然,母亲气哼哼地说道:"萨拉托夫,那个水手在哪去了?"

咦,她说了一句莫名其妙的话,听得我如坠云里雾里:萨拉托夫——水手?

这会，一个心宽体胖、头发花白的人走了进来，来人穿着一套蓝色的衣服，手里拎着一个小箱子。外祖母接过箱子，把小弟弟的尸体慢慢地放到里面，接着平伸着胳膊托它走向门口；可是由于她太胖了，必须侧着身子才能从狭窄的舱门挤过去，她站在门口不知怎么办了，样子很是滑稽。

"哎呀，妈，你看你！"母亲见外祖母犹豫不前，再也忍不住地叫了起来。她走过去，从外祖母手中接过小棺材，接着俩人就消失了。我仍旧待在船舱里，仔细地端详着那个水手。

"喂，小家伙，你弟弟死了吧？"他屈身向我问。

"你谁呀？"

"我是水手。"

"那么，萨拉托夫又是谁呀？"

"萨拉托夫是一个城市。你瞧，那就是！"他用手朝窗外指了指。

窗户外面，缓缓移动的土地；土地显得黑暗而陡峭，像是刚从圆圆的大面包上切下来一样，上面雾气弥漫。

"你知道我外婆去哪儿了？"

"她去埋外孙了。"

"要把他埋到地下？"

"是啊，除了地下还能埋哪儿呢？"

接着，我告诉这位身着蓝衣服的水手，前几天在我父亲的葬礼上还把几只青蛙给活埋了呢。他听到这些把我抱了起来，狠狠地亲了我几下。

"唉，"他长叹一声，说，"孩子，你现在还不懂事，还有闲心关心青蛙！你还是多花点时间关心你的母亲吧，你看看她有多么伤心！"

这时，汽笛的尖叫声从头顶传来。我再也无所畏惧了，因为我此刻已经知道这就是轮船拉笛的声音。但是那个水手却放下我，撒腿就往外跑，同时还急急忙忙地喊：

"小家伙，快跑！"

他这么一喊，我也顾不上再问为什么，就跟着往外跑。冲到门外以后，发现昏暗的过道里一个人都没有了。离门不远的地方，一块镶在楼梯上的铜片闪烁着亮光。我抬头一看，看见许多人都背着行李。可能人们要下轮船了吧。是不是我也该下轮船了？

然而，当我随同一伙男人来到船舷的踏板前面时，有人冲着我大声喊起来：

"喂，谁家的孩子这是？小东西，你谁家的孩子？"

"无可奉告。"

接着，人们开始推我，拉我。过了很久很久，那个头发花白的水手终于来了，我

世界经典文库

世界二十大名著

童 年

图文珍藏版

被他抱了起来,水手跟众人解释说:

"这是个打小地方来的孩子,他是自己从船舱里跑出来的……"

然后,他抱着我飞速地返回船舱,我被扔在行李上,水手扭身向外走去,同时伸出手,吓唬我说:

"禁止乱跑! 不然,你会被我狠狠地揍一顿!"

头顶上渐渐地静下来,轮船已经不再"噗噗噗"地发出尖叫声,也不再打战了。船舱里面暗了下来,窗户好像被一面潮湿的墙遮住了似的,空气十分沉闷,压得我几乎喘不了气;同时,包袱也好像膨胀了,挤得我很难受;总而言之,一切都变得叫人难受。难道我要被遗弃在这艘空荡荡的轮船孤零零待上一辈子?

我走到舱门前面。门十分牢固,很难打开;铜把手拧也拧不动。于是,我试着拿装有牛奶的瓶子使劲向铜把手砸去。瓶子碎了,牛奶洒得我满腿都是,而且流进了我的靴筒里面。

因为尝试的失败,我的情绪特别糟糕,就伏在行李上抽噎起来。哭了一会儿,我就昏昏沉沉地睡着了。

再次醒来时,轮船又"噗噗噗"地响了起来,船身不停地颤抖着。船舱里的玻璃窗户显得很明亮,就像太阳一般。外祖母不知何时回到了我的身旁,正缓缓地梳着头,不时皱皱眉,时而嘟囔几句。她的头发长而密,披散下来一直拖到地板上,就连她的双肩、胸膛和膝盖都被遮住了。她一只手托住乌黑的头发,用另一只手吃力地把锯齿稀疏的梳子插进浓厚的头发里。她耷拉着嘴唇,黑眼睛眨巴眨巴的,似乎正在和什么人生气,而她的脸掩盖在头发里,看起来十分小,挺可笑的。

她今天好像十分愤怒,可是当我问她为什么她会有这么长的头发时,她马上恢复了原来慈祥的样子,温和地说:

"这可能是上帝刻意地在惩罚我吧。上帝说,就要让你长这么长这么密的头发,让你使劲儿去梳吧! 当我还是姑娘的那会儿,我常常向别人炫耀我这马鬃似的头发是如此的漂亮。可是现在,唉,我老了,梳理起来竟然如此费劲,真让人讨厌! 乖孩子,踏踏实实地睡着吧,时间尚早呢,你瞅,太阳才刚刚睁开眼睛……"

"我不想睡了!"

"那么,"外祖母说,"不想睡就别睡了。"

她一边不停地编着辫子,一边不时地抬起头向长沙发那边望望。母亲仰面躺在沙发上,静静地睡着,身子伸得直直的。"悄悄告诉我,你昨天是不是把奶瓶打碎了?"

外祖母说话时,声音温柔、亲切、娓娓动听,她说的每一句话就像一朵不胜凉风的、娇羞的水莲花,蜜甜、清新、感人,不经意地就深深地烙在我的脑海里,使我终生难忘。她轻柔地笑着的时候,那双黑豆似的眼睛往往睁得很大很大,闪出一种难以言说的、令人愉悦的光芒。她洁白细密的两排牙齿,只需微微一笑就会展露出来,说不尽的快活。她那张刻满了皱纹的黑黑脸庞，依然容光焕发，什么人见了都不会说她已经老了。不过，她的鼻子上的皮肉却很松弛，鼻孔也张得很大，鼻尖泛着红色，使这张脸看起来并不是想象般完美。她很是喜欢闻鼻烟，还有一只黑色的鼻烟壶，银制的。她常常穿一袭黑色的衣服，但透过她那忽闪忽闪的眼睛可以看出她的内心有一簇自信乐观、亲切温柔的，永远不会熄灭的火。她老是弓着腰，几乎快成驼背了。尽管她的身体稍显臃肿，但走起路来却灵便轻巧，好似一只大狸猫；不过，她软绵绵的身子，也的确像一只温和的猫。

外祖母没来那会儿，我好像在黑暗中昏睡。可是她在我面前出现之后，我那颗沉睡的心就被她唤醒了；她引导我看到了光明，她使我把周围的一切都联结了起来，编织成一个有着绚丽色彩的大花环。没过多长时间，她便成了我终生的朋友，成为最体贴我的人。她对我十分了解，我也对她相当尊重，她对世界、对生活都充满了无私的爱。这种爱使我感觉到充实，让我对生活充满了信心，使我在峥嵘的岁月里努力奋发，使我在艰难的日子里永远坚强。

四十年前，轮船的航行速度实在不敢恭维，我们花费了不短的一段时间才到达尼日尼。航行的开始几天沿途所见到的景色十分幽美，我至今仍然记得。

天气晴朗，惠风袭人，很少有这么好的天气，我和外祖母在甲板上自早晨一直待到傍晚。在明净的天空下，伏尔加河两岸被秋天镀上了一层金红色，看上去就像是两条美丽的绸缎。橘红色的轮船不紧不慢、懒洋洋地逆流而上。轮片有节奏地拍打着灰蓝色的河水，隆隆作响。船尾有一条灰色的驳船被长长的拖索牵着，安详而悠闲，活脱脱的像一只土鳖。伏尔加河上空，太阳悠悠地、不知不觉地转动着，天地山川一切万物无时无刻地不在运行中变化更改，蜿蜒的、碧绿的群山就像是大地的华美的衣裳的皱褶，极富线条美。河两岸的乡村、城市远远地耸立着。看上去好似一块块方饼干。金黄色的秋叶在水面上漂来荡去。

"啊，太漂亮了！快来瞧，我亲爱的孩子！"外祖母不住嘴地对我说，她在船两侧的甲板上跑来跑去，乐得跟小孩一样———一双眼睛睁得大大的，不时地闪现出快乐的光芒。

河两岸的秋景太迷人了，外祖母不觉间就沉醉于其中，有时竟然会忘了我站在她的身边。她安静地伫立在甲板上，双手交叉着抱在胸前，默不作声，只是微笑，可是盈眶的热泪却转来转去。这会，我把她的印花布黑裙子拽一拽。

"啊！"她猛然回过神来，说，"我好像打了个盹儿，在做梦呢。"

"可是，你为什么要哭呢？"

"啊，乖孩子，我太激动了，也许是我老了，"她笑了笑说，"唉，我老了，在人世间过了六十个年头了。"

接着，她闻了下鼻烟，开始给我讲故事。她讲稀奇古怪的故事，有善良的强盗，纯洁的圣徒,还有层出不穷的野兽和妖怪等。

她在给我讲故事的时候,声音总是十分低柔,神秘兮兮的。她屈身凑近我的脸,大大的眼睛一眨不眨地凝视着我,好像要凭借眼神向我心里注入一股生机般。她讲起来就好似是在低声地吟唱,动听悦耳,沁人心脾。听她讲故事有一种难以言传的欢愉。我老是一边听,一边说:

"求您了,再给我讲一个吧!"

"嗯,那好吧,再给你讲一个吧:坐在炉灶底下的空洞里的灶神老头儿,他的脚被面条扎伤了,晃来晃去的,'咿咿呀呀'地叫道:'哎哟,小老鼠,疼死我啦;哎哟,小老鼠,我忍不住啦!'"

外祖母把一只脚抬起来,两手抱着,悬空摇来晃去,故意皱着眉头,好像真疼得很厉害一样。

围在我们俩周围的一群和善的大胡子水手,边听边笑,不停地夸赞外祖母不但讲得好听,而且演得也十分投入。于是,他们说:

"喂,老太太,给我们再讲一个让大家乐一乐的故事!"

接着,他们又说:

"嗨,走吧,跟我们一同吃晚饭去!"

吃晚饭的时候,这些人请外祖母喝伏特加酒,给我吃西瓜和香瓜。这些都是在悄悄地进行的,因为船上有一个凶恶的人,他不叫人们吃瓜果;只要有人吃瓜果,一旦被他发现,他会冲过去把瓜果夺走,扔进河里。这人的着装很像警察,制服上有一排铜扣,像个醉猫一样酗酒无度,大家对他都是避之不及。

母亲几乎从不到甲板上,即便偶尔来一两次,都是远远地躲着我们。她还是原来的样子,沉默不语,态度冷淡,虽然身材高大,但却匀称;铁青的脸色,神情忧郁,浅色的辫子盘在头上,像极了一顶王冠;她的身体结实有力。现在想一想,她那时好像被暮霭、水气,或者是透明的云彩笼罩着一般。她那双跟外婆相像的灰色的大眼睛,总是将这层薄幕穿透,向远处冷冷地眺望着,显得落落寡合。

有那么一次,她冲外祖母声色俱厉地说:

"人家都在笑话您呢,妈妈!"

"嗨,没什么大不了的!"外祖母显得无所谓,"笑就笑呗,管他们呢!只要人家乐意,不妨叫他们如意!"接着,她又怕忘了似的问候了一下上帝:"但愿上帝保佑他们!"

我很清楚地记得,当远远地看见尼日尼时,外祖母高兴得如同小孩一般。她拉着我的小手,兴冲冲地把我推到船舷上,大声说:

"你看,你看,多美呀!看见了吗,乖孩子,那就是尼日尼呀!啊,我的上帝,那就是尼日尼呀!那简直就是仙境,如此美丽!你再瞅瞅那些教堂,就如同是漂亮的空中楼阁！"

接着，她跑到我母亲身边，哽咽着央求说：

"瓦留莎，看一看吧，好吗？你可能早都忘记了这些地方吧？来，过来看看，看了你肯定会高兴的！"

我母亲敷衍似的笑了笑。

轮船到了河心当中的时候停了下来，正好与这座漂亮的城市遥遥相对。河面上，林立的船只，不断穿梭着。一只大木船满载着人向轮船靠过来。这会儿，有人用钩杆钩住放下来的舷梯，人们便按次序从那只大木船上登上轮船甲板。一个干瘦的老头子走在最前面，步履如飞，他身着一身黑色的长衣，鼻如鹰钩，胡须是赤金色的，一对小眼睛绿莹莹的。

母亲深情而又响亮地叫了一声"爸爸！"，马上扑进这个小老头的怀抱里。他抱着她的头，用深红色的小手迅疾地抚摸着她的两颊，然后尖声叫道：

"咦，你到底怎么啦？傻孩子。哎呀，你看看你……嗨，你们这些人啊……"

外祖母这时忙的就像陀螺一样乱转，一会儿就把所有的人都拥抱和亲吻过了。然后，我被她拖到人们面前，急促地说：

"快点儿，你，快点！这是米哈伊洛舅舅；这是雅科夫舅舅……喏，这是纳塔利娅舅妈；这是你的两位表哥，都叫萨沙；噢，还有，这是你的表姐琳娜。你看我们这一家人，多热闹！"

外祖父问她：

"你身体还好吧，老婆子？"

外祖母抱着他，一连吻了三下。

见到这么多陌生人，我早已胆怯，躲在了人群当中。外祖父把我拉了出来，抚摸着我的头，问道：

"你是谁的孩子？"

"我……我从阿斯特拉罕来，是从船舱里面一个人偷偷跑出来的……"

"咦，他说的什么呀？"外祖父问我母亲，还没等母亲应声回答，我就被他推在一边，说：

"你看他的颧骨，跟他的爸爸长得一模一样……来，上船吧！"

于是大家便乘着木船靠了岸。下船以后，我们一行顺着斜坡朝山上走，斜坡由鹅卵石铺成，坡的两侧长满了野草，早已枯萎，被人践踏过了。

外祖父和母亲走在最前面。他个子不高，仅有我母亲的肩高。他的步子虽然细碎，但速度不慢。母亲跟他并排走着，从上到下地看着他，脚好像踩在棉花堆上一样，很是虚浮。两个舅舅紧跟着他，沉默不语。米哈伊尔舅舅的一头黑发梳得齐整亮洁，光可鉴人，他身体干瘦，像外祖父一样；雅科夫舅舅，头发鬈曲而发黄；还有几个胖胖的女人,穿着光彩照人;六个孩子都比我大,很腼腆,不嬉闹。我紧紧地跟在外祖母身后,和纳塔利娅舅母走在一块儿。她个子不高,面色苍白,眼睛是蓝色的,挺着个不小的肚子,边走边歇,气喘吁吁地低声说:

"哎哟哟,我走不动了!"

"他们把你带来干什么呀?"外祖母气哼哼地说。"真蠢!一家子人怎么搞的?"

这群人不管男女老少,我没一个喜欢的。和他们走在一起,自己就仿佛是一个陌生人;哪怕我最最亲近的外祖母,在这伙人之间好像也没有了先前的吸引力,好像我被遗忘了一般。

对于外祖父,我更加不喜欢;乍一接触,我就感到他对我不怀好意,于是我也谨慎地提防着他;因此,我对他既有好奇之心,又有防备之意。

我们终于走到了坡顶。在这儿,一所低矮的平房坐落在山坡的右侧。从这座平房起,有一条街道通向远方。这座房子建得不高,窗子向外凸出,而且粉红色的油漆也涂得怪模怪样。仅外面看,房子给人很宽敞的感觉,但是里面全被分成了狭小的房间,不但拥挤,而且很昏暗。仿佛在靠了码头的轮船里面似的,人人脸上含有愠色,孩子们蹿来跳去的,仿佛一群麻雀在偷食一般。屋里的气味如此的刺鼻、恶心,我第一次闻到这么难闻的气味。

我不经意地来到令人颇为不快院子里。到处挂着大块儿的湿布,到处摆着大木桶,而且桶里面的水的颜色也乌七八糟,黏黏糊糊的破布就泡在里面。在院子的角落里,一间低矮的耳房看起来快要作古了,里面生着炉子,火烧得正旺,不知在煮些什么东西,"咕嘟嘟"地响。一个看不到的人正在高声地叫着一些奇怪的话:

"紫檀——品红——硫酸盐……"

第二章

一种厚重的、绚丽多姿的、怪模怪样的生活开始了，我吃惊于它奔流的速度。每次只要想起这段生活，我就觉得它好像是由一个宅心仁厚、品性诚实的天才用美妙动听的语言讲出来的一个悲惨的童话。回首往事，有时连我自己也有一种往事不堪回首的感觉，真不敢确信过去竟会发生那样的事，对于很多事情我都想加以辩驳，给予否定——因为在那"一家子蠢货"的阴暗的生活中，残酷的事情的确不少了。

不过，真理高于怜悯，因为我不是在讲我自己，而是在讲那个触目惊心的、令人窒息的狭小天地，普通的俄国人曾在这里生活过，而且直到现在仍然生活着。

在外祖父家里，人与人难以维持友善的关系，彼此敌视，处处弥漫着一种炽热的敌视之雾；不仅大人中毒（敌视之毒）极深，就连孩子也深受其害。事后从外祖母口里我才知道，母亲到这儿的时候，她的两个兄弟正在跟外祖父闹着分家，态度极为肯定。我母亲的不期而至，加强了他们分家的愿望，也加剧了他们之间的矛盾。他们唯恐母亲要回那份本来属于她的嫁妆；那份嫁妆是为母亲准备的，但是因为她违背外祖父的意志"自己做主"结婚，因而嫁妆被外祖父扣留。两个舅舅认为，嫁妆应该由他们两人平分。另外，他们两人早就为一件事激烈地争吵开了，那就是谁该在城里开设染坊、谁该到奥卡河对岸的库纳维诺村去住。

我们来这儿不长时间，就在厨房里吃饭的时候无情地爆发了一场争吵：两个舅舅忽然站了起来，将身子探过饭桌，冲着外祖父像疯狗龇牙一般吼叫，而且浑身哆嗦着；气得暴跳如雷的外祖父，两颊也涨得通红，一边用汤匙敲着桌子，一边像公鸡一样尖着嗓子大喊道：

"滚出去！你们全都给我滚出去要饭吧！"

外祖母的脸扭曲了，痛苦地说：

"老头子，分给他们吧，眼不见，心不烦，你也落得个清静，分给他们吧！"

"你给我住嘴！"外祖父眼睛喷着火光，直着嗓子喊道，"他们都是被你宠坏的！"真是叫人惊奇，外祖父虽然个儿不高，叫喊起来却声音洪亮。

母亲从桌子旁边站起来，缓缓地走到窗口，背转身去不理会他们。

米哈伊尔舅舅忽然抡起拳头朝弟弟的脸上砸去，弟弟大叫一声，不甘示弱地扑了上去，跟他扭打在一块儿，两个人驴一样地在地板上打起滚来，不时发出喘息声、咒骂声、摔打声。

孩子们吓得直哭;怀孕的纳塔利娅舅母拼命地叫喊;我母亲双手合抱,竟然将她拖走了;孩子们被性格豪放的麻脸保姆叶夫根尼娅轰出了厨房;椅子全被弄倒了;身体高大结实的学徒、青年"小茨冈"骑在米哈伊尔舅舅的背上,秃顶、大胡子、戴着墨镜的格里戈里·伊万诺维奇老师傅却平心静气地将舅舅的双手用毛巾捆了起来。

米尔伊尔舅舅伸长了脖子,稀疏的黑胡子摩擦着地板,"呼呼"地直喘气,样子十分可怕;外祖父绕着桌子跑来跑去,痛心地号叫着:

"你们还是亲骨肉呢!呸,你们这些人……"

吵架的序幕刚被拉开的时候,我就吓得屁滚尿流,爬到炉炕上,惊恐地看着外祖母用铜盆里的水给被打伤了脸的雅科夫舅舅洗掉流出来的鲜血;他痛哭着狠狠地跺着脚,外祖母声音沉痛地说:

"你们这些天杀的野种,是到了该清醒清醒的时候了!"

外祖父把撕破的衬衣搭在肩膀上,冲着外祖母喊道:

"老妖婆,看看你养的这群畜生!成什么样了!"

雅科夫舅舅走了以后,外祖母缩在角落里,颤巍巍地悲号着:

"圣母啊,圣母,让我的孩子们通点人性吧!求求您了!"

外祖父侧着身子站在她的面前,看着饭桌。上面的东西全被打翻了,汤水流得满桌子都是。他压低了嗓音说:

"老婆子,你要提防着点儿,他们说不定会欺负瓦尔瓦拉的……"

"算啦,上帝保佑你!把衬衣赶快脱下来,我给你缝缝……"

她用手抱着外祖父的头,吻了吻外祖父的额头;他的个儿比她矮,就把脸贴到她的肩上。

"唉,"他叹息一声说,"看样子该分家啦,老婆子……"

"是啊,该分啦,"她附和道,"我早就这么对你说嘛!"

然后,他们便细细地谈了起来。刚开始谈得很是融洽,可到了后来,外祖父就像一只准备斗架的公鸡,使劲儿跺着地板,并伸出手指头吓唬她,大声嚷道:

"我早就知道,你疼爱他们远远超过疼爱我!可是你别忘了,你的米什卡惯于笑里藏奸,你的雅什卡又不拘习俗礼节!这两个家伙快把我的家当抖光了,他们只知道挥霍,只知道享受……"

我在炉炕上翻了翻身,因为太笨拙,竟然碰掉了熨斗;只听"扑通"一声,熨斗沿着炕阶滚下去,掉进脏水盆里。

外祖父立即跳到炕阶上,把我拽下来,两只小眼睛直直地盯着我,好像不认识我似的。

"喂,你是怎么到炉炕上去的?是你妈妈把你放上去的吗?"

"不是。"

"那是谁?"

"是我自己。"

"胡说!"

"我没胡说,真的是我自己爬上去的。刚才见他们扭打在一块,我看着特别害怕。"

他用手在我的脑门轻轻地拍了拍,便将我推到了一边。

"跟他爸爸长得一个鬼模样!滚出去……"

于是,我忙不迭地从厨房跑了出去。

我看得很清楚,外祖父总是用那双聪明而敏锐的绿眼睛盯着我,所以我很怕他。我记得,一看见他这一双火辣辣的眼睛,我就想方设法避开他。我感觉外祖父凶巴巴的,不管跟谁说话,他都粗声粗气,总是一副嘲笑人、欺凌人的模样,而且动不动就摆出挑战的架势,故意跟人找碴碴,惹对方生气。

"嗨,你们这些人啊!"他常常这么感叹,而且还把"啊"这个音拉得老长老长;一听见这句话,我就厌烦,有一种想打寒噤的感觉。

晚上休息的时候,大家都喝茶遣兴。这时,外祖父、两个舅舅和伙计们疲惫不堪地从作坊回到厨房,双手被紫檀染得通红,被硫酸盐烧伤,头发用带子勒着,一个个活脱脱的像是厨房角落里黑色的圣像——这当儿特别危险,外祖父在这时就会坐在我的对面,跟我闲扯,使他们的孙子们都很眼红,因为他和我说的话要比和他们说的话多。他身体长得很匀称,面容端正,目光犀利。他那件丝制的紧领绸坎肩已经破旧了,印花布衬衣揉得皱皱巴巴的,裤子上有几块大补丁。但是,与他那两个穿着厚上衣和护胸、脖子上围着三角绸巾的儿子比起来,他的衣着就很不错了,显得既干净又漂亮。

我们来这儿没几天,他就强迫我去学祈祷。其他的孩子的年龄都比我大,他们早已跟着圣母升天教堂里的一位助祭学识字了,教堂的金色圆顶,在我们住的地方,从窗口就可以一览无余。

教我念祷词的是文静腼腆、胆小怕事的纳塔利娅舅母。她的脸蛋儿挺小,圆圆的跟孩童的一样,眼睛透亮明净。我觉得,穿过她的这双眼睛似乎可以看见她脑子里的一切东西。

我很喜欢长时间地、目不转睛地看她的眼睛;她教我念祷词的时候,总是眯着眼睛,微微地晃动着脑袋,用耳语似的声音低低地恳求我:

"喂,请跟着我念:'我们在天之父……因为……'"

如果我要是问她:"什么是'因为'啊?"她就像是偷了东西一样,胆怯地往四周

看一下，然后对我说：

"哎呀，你不要这么问，一问反倒更糟糕！你就这么简单的跟着我念就是了：'我们在天之父'……咦，你怎么不念呀？快跟我念啊。"

我感到很纳闷：为什么一问反倒更糟糕？"因为"这个词的意思有些含糊不清，所以我有意把它念得走了样：

"'我们在天之父'，'我在皮子里'……"

但是面色苍白、身体虚弱无力的舅母，仍然用断断续续的声音把它纠正过来：

"不是这么念的，你就简单地念：'因为'……"

然而，无论是她本人，还是她说的话，都不那么简单。这使我很窝火，这妨碍了我记祷词。

有一天，外祖父问我：

"阿廖什卡，告诉我，你今天干了些什么事？肯定又偷着玩去了！我看见你的脑门上有一块青疙瘩，搞这么块玩意儿可算不上是什么真本事啊！《主祷经》背下来了吗？"

舅母低声地说：

"他的记性不太好。"

外祖父听后"嘿嘿"笑了一声，愉快地挑起红眉毛。

"既然这样,那就得挨揍!"

他又问我:

"你以前挨过你父亲的揍吗?"

他说的这句话是什么意思我没有明白,所以也就没有回答。母亲接过话茬,答道:

"没有,他从来没有挨过揍,马克西姆从来不打孩子,也不许我打孩子。"

"为什么?"

"他说,教育孩子不能用打板子的方法,否则教不出人来。"

"哼,傻瓜!"他气呼呼地说,"请上帝宽恕我说死人马克西姆的坏话!"每个字的发音他都念得很清楚。

他的话伤了我的自尊心。这一点他也看了出来。

"噘着嘴干吗?你看你那副样子……"

然后,他把红头发用手按平了一下,继续说:

"快到星期六了,为了顶针的事,我得抽萨什卡一顿。"

"'抽'?"我迷惑不解地问道,"什么叫'抽'啊?"

大家都笑了,外祖父说:

"过两天你就知道啦……"

我心里暗自揣测,"抽"可能就是把送来染色的衣服拆开吧,而"揍"跟"打"的意思显然是一样的。人们常常打马,打狗,打猫;还有,阿斯特拉罕警察打波斯人,这些我都见过。可是那样打小孩,我压根就没见过,尽管在这里,舅舅们有时也用手指敲自己的孩子的前额或者后脑勺,但孩子们都不在意,只是用指肚轻轻地揉一揉敲肿的地方。我常常问他们:

"疼吗?"

他们总是满不在乎地拍拍胸脯说:

"不疼,一点儿也不疼。"

为了顶针的事,掀起了一场风波,这我是知道的。有几次,在喝过晚茶之后,没吃晚饭之前,两个舅舅和格里戈里师傅总是将染好的布料缝制成匹,而且还在上面贴个厚纸签儿。米哈伊尔舅舅想捉弄一下视力不好的格里戈里,于是就叫九岁的侄子把师傅的顶针拿着凑到蜡烛的火苗上去烧。萨沙便用烛花镊子夹着顶针翻来覆去地烧,一直把它烧得通红,然后偷偷地放到师傅的手底下,便躲到炉子后面去了。恰巧这时候外祖父进来了,他二话不说,坐下来就干活,并把那只烧得滚烫滚烫的顶针戴在了手指上。

我记得,当我听到吵闹声跑进厨房的时候,外祖父正用烧伤了的手指抓住自己的耳朵,一边滑稽地上蹿下跳,一边高声嚷道:

"这是谁捣的鬼？你们这些邪教徒！"

米哈伊尔舅舅趴在桌子上，用指头拨弄着那只顶针，对它吹着气；格里戈里师傅平心静气地缝着布料，烛影在他的秃顶上闪动着；雅科夫舅舅从外面跑进来，躲在炕炉的角落里窃笑不已；外祖母正用礤子把生土豆擦成细条儿。

"这是雅科夫的儿子萨什卡捣的鬼。"米哈伊尔舅舅突然说。

"你瞎说！"雅科夫暴喝一声，从炕炉后面跳了出来。

这时，萨什卡的哭声从屋角传了过来，他边哭边说：

"爸爸，他胡说。是他叫我这么干的，你别信他的话。"

接着，米哈伊尔和雅科夫俩人就对骂起来。外祖父立刻没了脾气，把生土豆的粘汁敷到手上，平静地带着我走了。

然后，大家都指责米哈伊尔舅舅，说这事都是他惹起的。喝茶的时候，我自然要问外祖父："要不要抽他一顿？"

"当然要！"外祖父气哼哼地说，白了我一眼。

米哈伊尔舅舅在桌子上猛地一拍，冲着我母亲叫道：

"瓦尔瓦拉，把你的龟儿子好好管教管教，否则，我就把他的脑袋扭下来！"

母亲立即说：

"你敢！你试试，你敢动他……"

于是大家都默不作声。

我母亲说话总是简短有力，寥寥数语就会拉大和别人的距离，把他们甩得很远，使他们自惭形秽。

有一点我心里非常明白，那就是大家都怕我母亲；即使是外祖父跟她说话都小心翼翼地，不敢大声，不像对别人那么粗暴。这使我特别高兴，我不时地对表哥们夸耀：

"我的母亲是最有力量的！"

他们默认了。

可是，星期六发生的一件事情，却使我对母亲的这种看法发生了改变。

在星期六之前，我也犯了一个错误。

大人们能够神奇地使布料变色，这引起了我的好奇：黄布浸到黑水里，就变成了深蓝色——宝蓝；灰布放在棕红色的水里涮一涮，就变成了另一种红色——樱桃红。操作并不复杂，可我却不明其理。

我想动手试试，于是把这个想法告诉了雅科夫舅舅的儿子萨沙。他是一个很温驯的孩子，经常待在大人身边，对谁都很和善、亲热，并且每时每刻准备着给别人帮忙。大家都夸他机灵、听话，可是外祖父却不理会他，漫不经心地说：

"就知道拍马屁!"

萨沙长得又黑又瘦,像龙虾似的眼睛向外凸起,说起话来虽然声音不高,但说得很快,叫人有种接不上气的感觉。他习惯于像老鼠似的东瞧瞧,西望望,好像在寻找一个合适的地方躲起来。他的瞳仁是栗色的,总是木讷讷地,一动不动;但他兴奋的时候,瞳仁就跟着白眼珠子不停地颤动。

我不喜欢他。相比之下,我反而对米哈伊尔舅舅的萨沙还有点儿好感。他不爱惹人瞩目,又笨又懒;但是,他很安静,有着一对忧郁的眼睛,很喜欢笑,并且笑起来十分和善,如同他性格温顺的母亲一样;他的牙齿不好看,都向外突起,上颚长着两排牙齿;他觉得这相当有意思,所以不时把手指伸进嘴里用力地摇里面的那一排牙齿,想把它拔掉;只要乐意,任何人都可以去摸他的牙齿,他从来不在乎。除了这一点,在他身上我再也没有发现什么别的意思的东西。家里每天都有很多人,他却很孤单,喜欢一个人坐在昏暗的角落里,一到晚上他就坐在窗户前。有时候我觉得跟他在一起心里感到很愉快:两人紧挨着坐在窗前,一言不发地呆上整整一个小时;向远处眺望,一群黑色的寒鸦在绯红色的晚霞中绕着圣母升天教堂的金色圆顶盘旋,有时振翅高飞,有时滑翔而下,忽然,又像一张黑色的网一样把渐渐黯淡的天空遮蔽起来,随即就消失在夜空中,只留下一片空寂。看着这幅晚景,你会一句话都懒得说,心里唯有一种蜜甜的惆怅。

雅科夫舅舅的萨沙讲起话来口若悬河,无论什么事,他都会像大人一样一本正经地讲出来,显得很成熟。当他知道我要尝试染色的心思之后,就建议我把过节用的白桌布从柜子里拿出来,把它染成蓝的。

"白色的最容易着色,这一点我十分清楚!"他一本正经地说。

我把沉甸甸的桌布拽了出来,费力地拖着它走到院子里,当我刚把一块布角放进宝蓝色的染桶里的时候,"小茨冈"不知从哪儿蹿了出来,冲到我的身边,一把将桌布夺过去,用那双大手使劲地拧着桌布上的水,同时朝躲在门洞里看着我操作的表哥喊道:

"快去叫奶奶出来!"

接着,他撇撇嘴,摇了摇蓬乱的黑发,对我说:

"瞧着吧,这回你可要挨揍了!"

外祖母跑过来,大叫一声,哽咽着连声大骂着我,样子十分好笑:

"你这个别尔米人,捣蛋鬼! 真恨不得把你拎起来摔成两半!"

然后,她向"小茨冈"请求道:

"瓦尼亚,这件事千万别告诉老头子! 暂且瞒着他,说不定还能混过去……"

"小茨冈"一面在花围裙上擦手,一面忧虑地说:

"我这边你尽管放心,我不会告诉他的! 只是萨沙……"

"我给他两个戈比，"外祖母说着，就把我领回屋里。

星期六晚上祷告之前，我被一个人带到了厨房里；那里不但一片漆黑，而且静得怕人。我记得，过道和房门都关得严严实实，窗外正"淅淅沥沥"地下着小雨，秋天的傍晚灰蒙蒙的。在黑乎乎的炉口前面，"小茨冈"阴沉着脸坐在一张大椅子上，表情与平时完全是两样；外祖父站在角落里，紧靠着污水盆，从水桶里捞起几根长长的树条，量量它们的长度，在空中挥舞了几下，然后逐个儿摆放好。外祖母站在旁边，"呼哧呼哧"地闻着鼻烟，絮絮叨叨地说：

"还笑呢……鬼东西……真是害人不浅……"

雅科夫舅舅的萨沙坐在厨房当中的椅子上，握着拳头揉眼睛，说话的声音都变得颤巍巍的，像个风烛残年的乞丐一样，拉长了声音说：

"求求您，饶……饶了我吧……"

米哈伊尔舅舅的孩子——我的表哥和表姐，肩并肩地木木地站在椅子后面。

"哼，饶你？先揍一顿再说。"外祖父说罢，就把一根长树条在手心里捋了捋，"快点，把裤子脱下来……"

他的语气很平静。然而，此时此刻，在这间黑暗的厨房里，在这低矮的、被烟熏黑了的天花板下，无论是外祖父的说话声，无论是萨沙在松散的椅子上摇晃发出的"嘎吱"声，还是外祖母用脚蹭地板的"沙沙"声——任何声音都不能打破这令人难忘的寂静。

萨沙站起身，解开裤子，把它褪到膝盖，用手拎着，弓着腰，磕磕绊绊地向长凳子走去。看着这副惨样真叫人难过。我的腿也不禁哆嗦起来。

不过，看见他乖乖地趴在长凳上，瓦尼卡用一条宽手巾把他从腋下和脖颈处捆到凳子上，弓下腰用黑黑的双手握住他的脚踝，就更使人难过了。

"列克谢，"外祖父冲着我喊道，"过来！……听见没有？……走近一点！……今天就让你瞧个够，什么叫抽人……一下！……"

只听"啪"的的一声，萨沙的光屁股被树条抽了一下。外祖父的手虽然扬得不高，但萨沙却疼得嚎叫起来。

"别给我装蒜！"外祖父说，"这一下打得轻，不疼！这一下才叫疼呢！"

说着，树条又"啪"得一声抽了下去，萨沙的身上立刻现出一条红印儿来，表哥扯着嗓子叫喊不迭。

"疼吧？"外祖父问道，他的手有节奏地扬起来，落下去，"不喜欢吧？这是因为顶针！"

不知为什么，他的手一扬，我就感觉我的心跟着悬了上去；手一落，我的心又跟着落了下来。

萨沙的叫声不但凄厉，而且令人讨厌：

“我再也不敢了……桌布的事我都告诉过你了吗……我不是已经承认了吗……”

外祖父像念圣诗似的平静地说：

“告密不能免去所有的罪责！告密者得先挨一顿鞭子，这一下是为了那块桌布……”

外祖母见状，向我冲了过来，紧紧地抱起我，大声喊道：

“你不能打阿列克谢！我不能把他给你！不给，你这魔鬼！”

她跑到门边，用脚踢门，同时喊道：

“瓦里娅，瓦尔瓦拉！……”

外祖父向她扑过去，将她掀翻在地，从怀里把我抢了过去，朝长凳走去。我在他怀里奋力挣扎，揪他的红胡子，咬他的手指。他怒吼一声，把我紧紧地夹住，恶狠狠地将我摆在长凳上，摔破了我的脸。我记得他粗暴地喊道：

“捆起来！打死这个小崽子！……”

我还记得母亲的脸吓得一片惨白，眼睛也睁得大大的。她在长凳旁边跑来跑去，歇斯底里地喊道：

“爸爸，不要打！……饶了他吧……爸爸，把他交给我……”

母亲的求情无济于事，我被外祖父打得晕了过去，紧接着我病了好几天。在一间小屋里，我背脊朝上，趴在一张暖和的大床上；这是一间只有一个窗子的小屋，在墙角，摆放着许多玻璃匣子，里面装着圣像，一盏通红的长明灯在它前面轻轻地燃着。

生病的那几天，是我终生难以忘怀的日子。在那段不寻常的日子里，我仿佛长大了许多，产生了一种从来没有过的特别感觉。打那时起，我便怀着恐惧的心理观察人们，就好像是我心上的表皮突然被人撕开了一样，对于一切的屈辱和痛苦，不论是别人的还是自己的，我都变得敏感起来，并且使自己饱受折磨。

首先，令我吃惊的是外祖母和母亲的争吵：在这间狭小的屋里，一身黑衣、身体肥胖的外祖母向我母亲紧逼过去，把她推到墙角的圣像前面，怒气冲冲地说：

“你为什么不把他夺过来，嗯？”

“我当时给吓住了。”

“亏你说得出口！白长这么大的个子了！也不觉得丢脸！瓦尔瓦拉，我这个老太婆都敢冲过去抢孩子，你却不敢，真不害臊！”

“不要再说了，妈妈，我真的感到很难受……”

“不，你压根儿就不爱他；你根本就不可怜这个没有父亲的孤儿！”

母亲沉痛地喊道：

“我自己不就当了一辈子孤儿吗！”

后来，她们俩坐在墙角里的箱子上呜呜地哭了很长一段时间，母亲啜泣道：

"我直到现在还呆在这儿不走，全都是为了阿列克谢啊！这个家简直就是一个地狱，在这里我无法生活，无法生活啊，妈妈！我实在是忍受不了了……"

"你是我的亲骨肉，"外祖母温声细语地说，"你是我的心肝宝贝。"

我这才意识到：母亲并没有我想象中的那么厉害，那么坚强；跟所有的人一样，她也畏惧外祖父。我成了她的负担，她的累赘，让她不能义无反顾地离开这个使她不能生活的家。这令我非常难过。不久，母亲果然从这个家里消失了，不知去哪儿做客了。

不知为什么，外祖父忽然来了，仿佛是从天花板上掉下来一样。他坐在床边，用冷冰冰的手抚摸我的头，说：

"你好，我亲爱的孩子……咦，你怎么不说话呢？唉，别赌气了啦！……你到底是怎么啦？"

我真想踹他一脚，可是稍微一动弹就觉得疼。外祖父的胡须头发似乎比以前更红了，他的脑袋不安地摇来晃去，两只小眼睛忽闪忽闪的，好像要在墙壁上搜寻什么。他从口袋里掏出一个山羊形状的点心，两块糖，一个苹果和一包青葡萄干，他把这些东西放在枕头上，我的鼻子跟前。

"瞧，我给你带礼物来了！"

他弓着身子在我的额头上亲了一下，然后，用那只枯树皮一样的小手在我的头上轻轻地抚摩着，他的手被染成了黄色，尤其是那些像鸟嘴似的指甲更为明显。

"我当时的确有点儿过火，小兄弟。我很生气，你不但咬我的手指，而且抓破了我的脸，惹得我火冒三丈！不过，多挨几下揍也并不完全是坏事，这我心里都有数！你要明白，挨自家人的揍，并不算屈辱，是受教育！自家人揍你没什么大不了，可是不要让外人打！你以为我就没让人打过吗？阿廖沙，我挨的打呀，你根本无法想象出来，太厉害了。我倍受别人的欺凌，如果上帝见了也会掬一把同情的泪水！现在怎么样呢？我是个孤儿，母亲是个沿街讨饭的，可我终于熬出来了，当上了行会的头儿，手下也管不少的人。"

他那干瘦但却端正的身体紧紧地靠着我，开始给我讲自己童年时代的悲惨生活，他的话沉重而且难懂，不过讲得很流利，很轻巧，也很有条理。

他那双绿色的小眼睛闪闪发光，金色的头发愉快地向上竖着，公鸡似的尖嗓音变得粗重，冲着我的脸说：

"你是乘轮船到这儿来的，是蒸汽送你来的，可是我年轻的时候，必须靠自己的力气拉货船，沿着伏尔加河逆水而上。船在水里行，我在岸上拉，从日出到日落，光着脚在又尖又利的碎石上不停地拉。太阳炙烤着后脑勺，脑袋像烧化的生铁水似的沸腾着，可是还得硬撑着，腰弯得像是驼背，骨头"咯吱咯吱"地响，眼睛被如雨的汗水浸得睁也睁不开,看不见路,心里难受地想哭,泪水像汗水一样不住地往下流。阿廖沙啊,你可知道,没有地方去诉苦呀!不停地走,有时候滑脱了纤索,嘴啃泥地跌倒在地——不过这也挺不错的,用尽了气力,哪怕这样歇一歇也是好的。你瞧,人们就是这样在上帝的眼皮下,在救世主耶稣的面前生活!……就这样,我沿着伏尔加母亲河走了三趟:从辛比尔斯克到雷宾斯克;从萨拉托夫到这儿;又从阿斯特拉罕到马卡里耶夫的市集,足足有几千俄里!在第四个年头上,由于我精明能干,得到老板的赏识,当上了纤夫的头目!……"

听着听着,我仿佛觉得他好像一朵云彩似的迅速地长大了,从一个干瘦的小老头一下子变成了具有神话般力量的人——他只身一人拽着一条巨大的灰色货船逆流而上……

有时,他从床上跳了下来,挥动双手,给我表演纤夫们如何拉纤,如何排水。他低声地唱着歌,然后像猫一样纵身跳回床上,他的每一个动作似乎都出人意料,他的声音更粗重了。他接着讲下去:

"呵,阿廖沙,当我们停下来休息的时候,情况可就不一样啦:夏天的傍晚,在日古里镇附近的绿山脚下,我们生起篝火,煮稀饭。呵,一个穷苦的纤夫唱起了动情的歌儿,于是大家一齐跟着唱,声音很大,叫人浑身发颤。这时,伏尔加河的水仿佛流得更快了,看起来就像一匹脱缰的野马,狂奔不已,直冲霄汉。满怀愁绪,浑身伤痛,全被轻风吹得烟消云散;人们唱得那么带劲,有时稀饭溢了出来,那个负责煮粥的人的脑袋就得挨勺把子。放开玩没人管你,可别忘了正事!"

有人把头朝屋里探了进来,连叫他几次,可我总是把他拦住,说:

"不要走嘛,我求您了!"

他轻轻地一笑,向人们摆了摆手:

"等一会儿……"

他兴趣盎然地一直讲到傍晚,临走时,他亲切地跟我道别,这时我才感觉到,外祖父并不凶恶,并不可怕。不过,一想起他曾无情地毒打过我,我就难过得流泪,并且老是耿耿于怀。

自从外祖父看我之后,所有人都敢来看我了,从早到晚都有人坐在我的床边上,千方百计地逗我开心。我记得,并不是每次都能令我快活和高兴。外祖母看我最多,她连睡觉都守着我,跟我同床。但是,在这些日子里,给我印象最深的还是青年"小茨冈"。他长得方方正正的,胸膛很宽阔,头也很大,头发卷曲着。一天傍晚,他来看我,上身穿着一件金色的绸衬衫,下身穿着一条绒布裤子,脚上穿着一双"嚓嚓"作响的皮靴,总之,打扮得很体面,像过节似的。他的头发收拾得光可鉴人,浓眉底下一对斗鸡眼忽闪忽闪的,留着又黑又细的小胡子,牙齿雪白发光。他那件绸衬衫在长明灯柔和的红光映照下,仿佛在燃烧。

"你瞧瞧这儿,"他说,他把袖子卷了起来,露出光胳膊,让我看上面的道道红印,"你瞧,都肿成这样了!现在好多了,原来肿得还要厉害呢!要知道,外祖父当时气得暴跳如雷,我看见他要挥起树条打你,就赶忙伸出这只胳膊去挡,我原以为这么一挡可以把树条给折断,然后趁着外祖父再去换另一条的当儿,让外祖母或者你母亲把你抱走!谁料想到树条根本就折不断,早被水浸得皮皮的,极有韧性!不过,你总算少挨了几下,你瞧瞧这儿,被打成什么样了!小兄弟,我可是个机灵人……"

说罢,他便笑了起来,声音像丝绸般柔和、亲切。他又看了看红肿的胳膊,说:

"我心里可疼你啦,我感到特别难过!一见他不停地抽打你,我就觉得事情不妙……"

他像马一样吹了吹鼻子,摇晃着脑袋,讲了一件外祖父的事情。我顿时觉得他像孩子一样单纯,心眼很好,不由地对他生出了亲近之感。

"你这人真好,"我说,"我非常喜欢你!"

他听后立即给了我一个难忘的回答:

"我也很喜欢你啊!要不,我怎会替你挨打呢?都是因为喜欢你啊!你见到过我为别人挨打吗?哼,我才不会呢……"

然后,他回过头向门口张望了一下,悄悄地对我说:

"记住,下次挨打的时候,不要把身子缩得紧紧的,知道吗?如果你缩作一团,会加倍地疼。你要全身放松,软软的像棉花一样躺着!不要憋气,要大口大口地呼吸,拼命地大喊。记住了吗?这对你大有好处!"

我问:

"难道还会打我?"

"你以为不会吗?"他平静地反问道,"当然会啦!说不准要经常揍你的……"

"为什么呀?"

"要打你,还怕找不出理由吗?"他说,"外祖父特别爱找碴儿……"

然后,他又关切地教导我:

"他要是由上到下地打,就是树条直落下来,你就松松地舒展开来,安安稳稳地躺着;他要是抽你,就是树条边打边拉,想扒掉你的皮,那么你就把身子随着树条往这扭,明白吗?这样会稍微轻一点!"

他朝我挤了挤黑色的斗鸡眼,说:

"对于这一点,我比巡长还高明!小兄弟,我身上的皮被打得都绽出花来啦,可以拿去缝手套了!"

瞅着那张温和的脸,我不禁想起了外祖母讲的伊凡王子和伊凡傻子的童话。

第三章

　　我恢复健康之后才知道,"小茨冈"在外祖父家里有着特殊的地位:外祖父训斥他并不像训斥我的两个舅舅那么勤、那样凶狠,在私下里说起"小茨冈"时,他总是眯起眼睛,摇头晃脑地说:

　　"伊凡这小子有一双金不换的手! 你牢牢地记着:这鬼东西将来一定大有出息!"

　　两个舅舅对待"小茨冈"也很温和,从来不捉弄他,不像对待格里戈里师傅那样,他们几乎每天晚上都要搞出一些过火的鬼名堂,去开那位视力不好的老师傅的玩笑:有时在火上把他的剪刀柄儿烧热;有时在他的座椅上立一个尖钉子;有时把几块杂色的布料放在他的手底下,他一不注意地就把它们缝在一块,结果就得挨外祖父的骂。

　　有一天,格里戈里师傅躺在厨房的一张吊床上午休,他们趁他睡着的空儿,在他的脸上抹上五颜六色的涂料;当他醒来时,也没有觉察到此事,就带着一副滑稽的脸孔到处乱转:花白的大胡子里露出两片脏兮兮的灰蒙蒙的圆眼镜片儿,鼻子又高又长、红通通的,像舌头似的沮丧地耷拉着。

　　他们的鬼名堂不但多而且杂,可这位师傅总是默默无言地忍受着,偶尔像鸭子一样轻轻地呼喝两声。他在拿熨斗、剪刀、镊子或者顶针之前,总是先把手指头上醮满唾沫。这已经成为他的习惯;即使是坐在桌边用刀叉吃饭,他也要这么醮几下,经常惹得孩子们哈哈直笑。当他有疼痛的感觉时,他那张粗糙的大脸上就会出现波浪似的皱纹,这皱纹在眉际上最为明显,常常把眉毛扬得老高老高,奇怪地耸过脑门,然后就消失在光秃秃的头顶上。

　　至于外祖父对儿子们的这些鬼伎俩抱什么样的态度,我现在也记不清了,我只知道外祖母总是握着拳头警告他们:

　　"你们这些现世宝,就知道捉弄人! 肮脏! 下流!"

　　不过,两个舅舅私下里谈起"小茨冈"时总是很不友善,露出鄙夷的神态,贬低他的工作,还骂他是小偷、懒虫。

　　我问外祖母,这是怎么一回事。

　　像往常一样,她很有兴致地用最简单明了的话讲给我听:

　　"你不知道,这又是他们玩的鬼把戏:他们两人将来独自开设染坊的时候,都想把凡纽什卡拉过去,因此才有意地在对方面前说他的坏话,诋毁他,骂他干活蠢笨,其实他们纯粹在骗人、做戏!另外,他们唯恐他不跟他们,而留在你外祖父身边。你外祖父的脾性特别古怪,难保他不会和伊凡开设第三个染坊,这明显对他们两个不利,知道吗?"

她轻柔地笑了起来:

"他们俩总是爱耍诡计,真可笑!嗨,其实你外祖父也早就看穿了他们的这点鬼心思,所以故意挑逗雅沙和米沙说:'我准备给伊凡买一张免役证,这样他就不会去当兵了,我太需要这么一个帮手了!'他们两人心里很窝火,他们当然不希望这样了,可是谁都懒得掏钱——一张免役证可贵着呢!"

现在又跟外祖母住在一块儿了,好像从前在轮船上那样,每天晚上睡觉之前她总要给我讲童话,或者就讲她自己童话般的生活。一提起家务事,譬如儿子们坚决要求分家啦,外祖父计划着要给自己买新房子啦等等,她总是一副冷漠的神情,平静得就像是一个隔岸观火的邻居,而不像是这个家中的第二号主人。

我从她那儿得知,"小茨冈"原来是个弃儿:有一年初春,在一个雨夜,在大门外的长凳上拣到了他。

"那时他躺着,身上裹着一条围裙,"外祖母思索了一会儿,高深莫测地讲道,"偶尔啼哭几声,浑身都冻僵了。"

"为什么要把自己的孩子丢给别人呀?"

"因为母亲没有奶,没有东西喂他吃。她四处打听,如果探知哪家刚生了孩子就夭折了,就把自己的婴儿放在那家的门口。"

她沉默了一会儿,轻轻地梳几下长发,望了望天花板,长长地叹息了一声,又接着说:

"还不是因为穷嘛,阿廖沙。唉,那时的人们穷得没法子说呀!按规矩,没有出嫁的姑娘不许生孩子;否则,就很丢脸,特别不光彩!你外祖父原打算把伊凡送给警察局,我劝他说:算了吧,我们还是自己养吧,他是上帝送给咱们的,就让他替代咱们死去的那些孩子吧。我总共生了十八个孩子;要是都活着,可以占满一条街,因为那将繁衍成十八户人家。你不知道,我十四岁结婚,十五岁生孩子。唉,可是上帝特别钟爱我的亲生骨肉,动不动就把我的孩子收去当天使。我心里觉得心疼,又高兴!"

她上身穿着一件长衬衫,坐在床边,乌黑的长发披散在身上。她的身材庞大,头发蓬松,模样好似一只大母熊,它是由塞尔加奇的守林人、一位大胡子不久前牵到院子里来的。她在那白皙的、光滑的胸脯上画着十字,轻轻地笑着,身子摇来晃去:

"好的全都被上帝收走了,留下的尽是些孬种。我特别喜欢伊凡卡,我就疼爱你们这些小鬼！我收养了他，给他做了洗礼，现在他长大了，长得也很精神。我先开始叫他'茹克'，小甲虫，因为他老是"嗡嗡"的，好像一个甲壳虫，不停地叫着满屋子爬。你应该爱他，他可是心眼很好的孩子！"

我确实很爱伊凡，他心灵手巧，常常令我惊叹不已。

一到星期六，当外祖父把一个星期来所有犯了错误的孩子揍了一顿，去做晚祷的时候，一种无法形容的有趣的游戏就在厨房里开始了："小茨冈"从炕炉缝儿里捉到几只黑色的蟑螂，马上用线做一套马具，再用纸剪一个雪橇，于是四匹"黑马"就拉着雪橇在刨得光光的黄桌子上奔驰起来，伊凡拿着一根细细的松明驱赶着它们，快乐地尖叫道：

"坐上雪橇去请大主教喽！"

他剪一片纸贴在一只蟑螂的背上，赶着它去追雪橇，伊凡向我解释说：

"他们忘了带口袋！这个和尚背着口袋，快追啊！"

他拿线系着蟑螂的腿；于是，这只蟑螂边爬边用头磕地，伊凡拍着手叫道：

"助祭从酒馆里出来，要去参加晚祷喽！"

他还给我们演示如何玩小老鼠：一得到他的指挥，小老鼠就后腿直立，拖着一条长尾巴向前走，一对黑眼珠子机灵而可笑地闪烁着。他特别爱护它们，老是把它们藏在怀里，嘴对嘴地喂它们糖吃，还跟它们亲吻，而且一本正经地说：

"老鼠这种动物，不但机灵而且可爱，家神非常喜爱它们！谁如果养小老鼠，家神就会暗中庇佑他……"

他还会用纸牌或者铜币变戏法，他叫喊起来比任何一个孩子都凶，这时你就会忘记了他已经是个青年。有一天，他跟几个孩子一块儿玩纸牌，一连好几次他都当了"大傻瓜"，弄得他很尴尬，于是伤心地噘着嘴，把牌一丢，就不愿再玩了；后来他在我跟前埋怨说：

"哼，我早就看出他们是串通好了的！他们不时地使眼色，而且在桌子底下互相换牌。这样玩牌有什么意思啊？哼，骗人的把戏我也会……"

尽管那时他已满十九岁，比我们四个孩子的岁数加在一块还要大。

最使我难以忘记的，是他在节日的家庭晚会上的表现。外祖父和米哈伊尔舅舅都外出做客去了，头发卷曲而且蓬松的雅科夫舅舅抱着吉他到厨房来，外祖母摆上一桌丰盛的茶水和点心以及一瓶伏特加酒，瓶身是绿色的，瓶底镌有精美的红花。"小茨冈"穿着节日的服装，高兴地东跑西颠，忙得团团转；老师傅格里戈里侧着身子，轻轻地走了进来，深黑色的眼镜亮闪闪的；还有身体肥胖得像酒坛子似的麻脸保姆叶夫根尼娅，她的脸涨得通红，一双眼睛敏锐而狡猾，说起话来就像是在敲破锣；有时候，圣母升天教堂的长头发助祭也来了，另外还有一些长得跟梭鱼和鲶鱼一样又黑又滑的人。

众人都敞开肚皮大吃大喝,牛一样地喘着粗气,孩子们都分得了节日的礼物,有糖果,还有一杯甜酒。于是,热闹而奇特的欢乐气氛,便缓缓地弥漫开来。

雅科夫舅舅轻轻地抚摸着吉他,把音调调试好以后,习惯地说了一句:

"各位,准备好了吗?我要开始了!"

他摇了摇卷曲的头发,俯下身来贴近吉他,鹅似的伸长了脖子;他那张浑圆而无忧无虑的脸慢慢变得昏昏欲睡,那双闪闪发光、令人捉摸不透的眼睛渐渐失去了光华,变得模糊起来;他拨动琴弦,弹了一首振奋人心的、听后想要立即行动起来的曲子。

他的弹奏,使空气为之而凝滞,喧嚣为之而沉寂;它像一条清浅的小溪,从远方流来,穿透墙壁和地板,滋润着人心,使人一会儿感到难以言传的愉悦,一会儿感到莫名的惆怅和不安。听着这音乐,你的慈悲心就渐渐地复活了,不仅怜悯他人,而且怜悯自己,大人似乎变成了孩子,孩子似乎变成了大人,大家浑然一体,都静静地坐着一动不动,躲在那儿深深地思索着人生,思索着生活。

米哈伊尔舅舅的萨沙听得最带劲;他不时地向叔叔那边探着身子张望,嘴微微地张开着,嘴角挂着口水。有时候他听得太入迷了,以至于几次都从椅子上滑了下来,两手撑着地板。一旦碰到这种情形,他干脆就坐在地上,瞪大眼睛,眨也不眨地谛听着,不再爬起来。

大家都听得如痴如醉,屏息静气。尽管茶炉发出轻轻地低吟声,但并不妨碍吉他的如泣如诉。厨房里的两个四方小窗户像两只眼睛一样,瞅着外边漆黑的秋夜,有人偶尔把它轻轻地敲击几下。桌子上点着两支标枪一样的蜡烛,黄灿灿的火苗不停地摇曳着。

　　雅科夫舅舅仿佛越来越陶醉于其中了,竟然变得跟一只木鸡差不多;他牙关紧咬,似在沉睡,只有两只手臂在不停地动弹着。弯曲着的右手指在黑色的指板上飞快地拨动,就像是一只若飞而未翔的鸟儿;左手指在靠近琴头的地方不停地变换着,速度快得令人难以置信。

　　他一喝酒,总会用一种似乎是从牙缝里挤出来的、难听的声音唱那首没完没了的歌曲:

　　　　雅科夫要是一条狗——
　　　　他就会从早到晚叫个不休:
　　　　啊,我觉得心慌!
　　　　啊,我感到悲伤!

　　　　一个尼姑在街上跑,
　　　　一只乌鸦在墙头吵。
　　　　啊,我觉得心慌!
　　　　啊,我感到悲伤!

　　　　灶旁的蟋蟀啾啾叫,
　　　　搅得蟑螂真烦躁。
　　　　啊,我觉得心慌!
　　　　啊,我感到悲伤!

　　　　一个乞丐在树枝上晒脚布,
　　　　另一个乞丐把它偷偷拿去!
　　　　啊,我觉得心慌!
　　　　啊,我感到悲伤!

　　　　哦,我多么无聊!
　　　　哦,我多么烦躁!

这支歌曲我实在受不了，尤其当舅舅唱到乞丐的那一小段时，一股无名的哀伤涌上了我的心头，我不禁放声恸哭起来。

"小茨冈"也默默地听着，他的手指插在黑头发里，斜着眼睛瞅着屋角，似乎睡着了一样。他不时地哀叹道：

"哎，真可惜，我就没有一副好嗓子！否则，我也会痛痛快快地唱一唱！"

外祖母悲伤地说：

"好了，雅沙，弹得人都要心碎了！凡纽什卡！起来给大家跳个舞吧……"

他们也不是每一次都听她的话；当然，有些时候，雅科夫舅舅会用手按住琴弦，稍稍停一会儿，接着握紧拳头，使劲儿朝地板上一甩，似乎要把什么看不见的东西从自己的身上甩掉一样，然后歇斯底里地喊道：

"烦恼，忧伤，统统见鬼去吧！瓦尼卡，上场，给咱们跳个舞！"

"小茨冈"站起身，整整衣衫，谨小慎微地、仿佛是光脚踩在尖利的碎石上一样，缓缓走到厨房当中；片片红晕立刻飞上了他那黑黑的双颊，他轻轻地微笑着，怯生生地说：

"来得快一点，我求你了，雅科夫·瓦西里耶维奇！"

于是，伴随着吉他发出的万马奔腾般的声音，脚后跟跺地板的细碎声便响了起来，桌上和橱柜里的餐具也叮当作响；而在厨房中央，"小茨冈"忘情地狂舞，他像是一团燃烧着的火，又像是一只飞翔着的鸟，他展开双臂，犹如两片鹞鹰的翅膀，在地上飞快地旋转着；忽然，他尖叫一声，蹲下身子，像一只金色的雨燕窜来窜去；他的丝制衬衫颤抖着，闪闪发光，熠熠生辉，好似一把火，照亮了周围的一切。

"小茨冈"忘情地跳啊，跳啊，我揣想，如果打开门，他会这样跳着出去，跳到大街上，跳着绕城一圈，跳到苍茫的夜空中……

"横着再来一趟，瓦尼卡！"雅科夫边用脚忙不迭地踩着拍子，边大声叫道。

他打了一个尖厉的口哨，粗哑地念了两句有趣的顺口溜：

> 啊呀呀，我要是不珍惜这双破树皮鞋，
> 我就会扔下妻儿远走高飞！

桌子旁边的人们显然被他的情绪所感染，不住地抖动身子，跟着他狂呼乱叫；大胡子格里戈里师傅抚摸着自己光秃秃的脑袋，嘴里嘟嘟囔囔的，不知在说些什么。有一次，他向我弯下腰，柔软的大胡子盖在我的肩膀上，凑到我的耳边，像对大人说话那样，对我说：

"阿列克谢·马克西莫维奇，如果你爸爸还在人世，而且能到这儿来，那就更热闹了。他准会像凡纽什卡那样，像一团火似的燃烧起来！他性格奔放，而且特别爱逗乐子,你知道吗?"

"不知道。"

"咦,你难道不记得他吗?"

"不记得。"

"怎么会呢?要知道,他经常和你外祖母一块跳舞……啊,你稍等一会儿!"

说着他站起身,他身躯高大,一脸疲惫,仿佛一尊圣像似的;他向外祖母欠了欠身,一本正经地说:

"阿库林娜·伊凡诺夫娜,请您上场为我们跳个舞吧!就像从前和马克西姆·萨瓦杰耶夫那样,上去露一手吧,好让大家乐一乐!"

"你说什么呀,亲爱的,"外祖母嗔怪道,"亲爱的格里戈里·伊凡内奇,你到底是怎么啦?"然后,她缩了缩身子,轻柔地笑着说,"我哪会跳舞呀,别捉弄我了!这样只会让人家笑话我……"

但是大家一再请求她,于是她像个年轻人似的霍然起立,抖了抖裙子,挺了挺身子,抬起她那圆圆的大脑袋,昂扬地走到圈子中央,一边跳一边笑着喊道:

"好啊,你们笑吧,尽情地笑吧,让你们一次笑个够吧!喂,雅沙,重新来首曲子!"

于是,舅舅收腹挺胸,眯缝着眼睛,慢慢地弹了起来;"小茨冈"稍稍歇了一会,就又跳到外祖母跟前,蹲着身子围着她跳;她双手摊开,眉毛高扬,一双黑眼睛忽闪忽闪地望着远处,好像是悬浮在空中似的,两只脚悄没声息地在地板上不停地滑行着。我觉得她胖乎乎的身体再加上滑稽的舞姿,显得特别可笑,忍不住"噗哧"一声笑了出来;格里戈里老师傅立即伸出手指恫吓我,别的人也都用鄙夷的眼光扫了我一下。

"伊凡,不要把地板踩得直响!"格里戈里笑着说;"小茨冈"马上满足他的要求,顺势跳到一边,坐在了门槛上;保姆叶夫根尼娅清了清嗓子,用悦耳的声音低低地唱起来:

> 周一到周六,
> 姑娘一直手未休;
> 织花边的活儿累死人,
> 嗨,累死人,连喘气的机会都没有!

外祖母不是在跳舞,反倒像是在讲故事。她虽然身体庞大,但舞步轻盈;她把手放在脑门上,像猴子搭凉棚似的;她的一双眼睛仿佛在深思,偶尔打量一下周围的人。过了一会儿,她突然站住了,好似什么东西把她给吓着了。她摇了摇头,皱了皱眉，接着就放松下来，脸上绽出了温和的笑容。她闪向一边，身子一侧，手一伸，似乎在给谁让路，又似乎在给谁引路；她垂下头，一动不动，两只耳朵竖了起来，仿佛是在谛听，脸上的笑容也更灿烂了。突然，她像一阵风似的快速旋转起来，人也变得跟大姑娘一样，挺拔清秀，端庄稳健；接着，她又猛地刹住脚步，站在原地纹丝不动，如玉树亭亭而临风，似鸟儿将飞而未翔；大家眼睛眨也不眨地看着他，只觉得她仪态万方，不可唐突——她似乎又返回到了豆蔻年华，是那么的俊美，那么的可爱！

保姆叶夫根尼娅像吹喇叭似的唱道：

> 总算到了星期天，
> 做完午祷就去跳几圈。
> 跳啊跳，尽情地跳，
> 跳到深夜再往回跑。
> 她是最后一个回家的人，
> 呵，真可惜，节日短，庭院深！

跳完了舞，外祖母坐回原来靠近茶炉的地方，大家都对她赞不绝口；她一面用手指拢着头发，一面说：

"得了，别挖苦我啦！那只是因为你们没有见过真正的舞蹈。以前啊，我们巴拉赫纳那儿有一位姑娘——我不记得她的名字了，也说不上她是谁家的姑娘，她才真正称得上会跳舞呢。看着她翩翩起舞，纯粹是一种享受，快活得跟过节似的，大家看她跳舞，别的什么也不需要了！说实话，我当时既羡慕又嫉妒，唉，想起来真是罪过啊，为什么要嫉妒人家呢！"

"歌唱家和舞蹈家是世界上第一流的人物！"保姆叶夫根尼娅认真地说，她开始唱起一首大卫王的歌曲；雅科夫舅舅搂着"小茨冈"的肩膀，对他说：

"你应该到酒馆里去跳舞，你会使每一个人像火一样燃烧起来！"

"我倒希望有一副好嗓子！""小茨冈"不无遗憾地说。"如果上帝能赐给我一副好嗓子，我就尽情地唱上十年，然后出家当和尚我也毫无怨言！"

大家都喝了伏特加酒，尤其是格里戈里老师傅，喝得最多。人们不停地给他倒酒，外祖母忠告他说：

"你省着点吧，格里沙。别把自己的眼睛喝瞎了！"

他满不在乎地说：

"瞎就瞎吧，无所谓！眼睛对我来说已经不是很重要了，唉，这个世上的东西，该看的都看到了！"

他虽然没有喝醉，但越来越爱说话了，唠唠叨叨地没完没了；而且，他对我说话的时候，总是贴近我的耳朵：

"我的孩子，你爸爸马克西姆·萨瓦杰维奇可是个好人哪！……"

外祖母长长地叹息一声，附和道：

"是啊，他是上帝的儿子！……"

这一切都很有趣，都很新奇，而也正是这一切又使一种难以忍受的哀愁静静地袭上了我的心头，使我惆怅万分。哀愁和欢乐总是像一对亲兄弟似的深深地藏在一个人的心里，只不过这两种感情因为随着所面对的事物和所处的环境不同而时隐时现罢了。

有一次，雅科夫舅舅并没有喝得很醉，但却不停地撕扯自己的衣服，不停地敲击自己的脑袋，抓头发，揪胡子，捏鼻子，甚至拧自己的嘴唇。

"这算是什么生活呀，啊？"他泪流满面地嘶声叫道，"为什么要让我遭这份罪啊？这哪像是在生活啊？"

他打脸，捶胸，跺地，杀猪一样地号叫着：

"我是坏种，我是流氓！我无耻，我肮脏！"

格里戈里低声地嘟囔着说：

"没错，你就是那样的人！没想到你还有自知之明……"

外祖母拉着雅科夫舅舅的手，微带醉意地柔声劝道：

"算了吧，雅沙，这一切上帝心里都有数！他会告诉你怎么去做……"

几杯酒下肚，她就变得更可爱了：一双黑黑的大眼睛带着倦倦的笑意，似乎要把自己身上的光芒倾注到每个人的身上，去温暖对方的灵魂，去感化对方的灵魂。她一边用头巾轻轻地搪着烈酒烧红了的脸庞，一边低低地吟唱道：

"主啊，主啊！一切是多么美妙啊！你们睁大眼睛，仔细瞧瞧，一切是多么美好啊！"

这发自内心的呼声，也是她一生的口号。

看着舅舅捶胸跺足，号啕大哭，我感到非常纳闷：他一向都是无忧无虑的呀，怎么现在变成了这副模样？于是我问外祖母，但也得到了出人意料的答复：

"你为什么啥事都想知道！"她不耐烦地吼道，"以后你慢慢地就会知道，现在问这些事还太早……"

外祖母的这句话大大激发了我的好奇心。我到作坊去找伊凡，想从他嘴里问出个究竟来，谁知道我再怎么死缠硬磨，他都不回答我，只是一个劲地微笑，并斜着眼睛看格里戈里。后来，他急了，把我从作坊里推了出来，大声叫道：

"烦死人啦，快给我出去！再要缠我，我就把你扔到染缸里，把你染成个花脸猫！"

格里戈里站在又宽又矮的、上面嵌着三口大铁锅的炉台跟前，正用一根黑乎乎的长棒子在锅里搅和，并不时地将它拿了出来瞧一瞧顺着木棒子顶端滴下来的、带颜色的水。火烧得通红，火光映照在他那像和尚的僧衣一样的五颜六色的皮围裙上。染料水在大锅里"咝咝"作响，一股一股的蒸气喷了出来，涌向大门门口，使人呼吸维艰，视听不明，院子里还有一些零零星星的干燥的雪糁。

格里戈里老师傅抬起那双充满血丝、疲惫不堪的眼睛，从眼镜下方瞪着我，粗着嗓子对伊凡喊道：

"去把劈好的柴抱进来，站在那儿干什么！真不识眼色！"

"小茨冈"赶忙跑了出去抱劈柴，格里戈里老师傅往染料袋上一坐，向我招招手：

"小鬼，过来！"

他让我坐在他的大腿上，用他那柔软而温暖的大胡子蹭我的脸颊，慢慢地给我讲道：

"哼，你知道吗，你舅舅把老婆给折磨死了？他经常打她、骂她，稍稍不顺心就拿她出气。他现在感到特别内疚，明白了吗？你以后对什么事情都要留意着点，都要弄明白，不然的话，你将来会吃大亏的！"

跟他在一块儿，就如同跟外祖母在一块儿，让人觉得十分亲近，没有拘谨和窘迫的感觉；不过，他有时也让人有点儿害怕，他老是从眼镜下方看我，使我心里发毛，好似从那儿他可以看穿我的心思。

"怎么打的？"我试探着问道。

"怎么打的？嘿嘿，"他冷笑两声，缓缓说道，"就这个样儿：两个人晚上一块儿睡觉，他突然跳了起来，把毯子蒙到她的头上，然后发疯似的骑在她身上拼命地打。"

"舅舅为什么要打她呀？"

"鬼才知道呢！"他不紧不慢地说，"恐怕连他自己都不知道吧。"

正说着，伊凡抱着劈柴走了进来，蹲在炉子跟前烤手。格里戈里师傅也不理会他，继续讲道：

"他打老婆，可能是因为她比他强、比他好，他嫉妒她。小兄弟，你不知道，卡希林父子的嫉妒心很强，他们的眼里根本容不下比他们强、比他们好的人，他们总是玩一些鬼伎俩去折磨他、排斥他。嘿嘿，你去跟你外祖母打听一下就会知道，你父亲都受了他们的那些罪。你外祖母肯定会把事情的真相告诉你的，因为她从来不说谎，可以说她根本就不会说谎。尽管她常常闻鼻烟，而且还酗酒，但她纯朴得就跟圣徒一样。她整天好像都无忧无虑，憨憨的，你记着我的话：一定要好好地陪伴着她……"

随后，他就把我推到了一边，我顺势跑到院子里，既感到可怕又觉得寒心。在大门口，凡纽什卡追上我，他用双手轻轻地捧着我的头，悄悄对我说：

"别害怕，小鬼！他这个人非常善良，在听他讲话的时候，你要抬起头，直勾勾地盯着他，他喜欢别人这样看他。"

这里的一切都神秘兮兮的，透着点儿古怪，这使我感到惶惑不安。外面的人的生活具体是怎么一个样我不大清楚，但我依稀记得我父母的生活并不是这个样子：无论是他们的言行还是消遣都与这儿不同；他们走在一块，坐在一块；晚上，他们偎依着坐在窗前，长时间地欢笑，大声地歌唱，使邻居们羡慕不已，常常围到窗子边上看他们。另外，即使是街上的人们，样子也很和蔼，老是温柔地仰着脸，使我不禁想起饭后的脏盘子。但是这儿的人们很少笑——我想他们根本就不会笑，因为即使偶尔笑一笑，也总是带着嘲弄和鄙夷的神情——而且我不明白他们在笑什么，简直莫名其妙。人们说话时常常粗鲁无礼，动不动就破着嗓子嚷了起来，而别人也似乎幸灾乐祸似的，躲到一边偷偷议论，暗暗发笑。孩子们不敢大声吵闹，谁也不理睬他们，他们就像是风中的落叶，水中的飘萍，既没有根，也无人管。我感觉跟他们待在一块儿就像是个陌生人、局外人。这里的生活使我变得紧张、多疑、不安、烦躁。这儿仿佛到处都长满了刺儿，使人时刻都得提防。

渐渐地，我跟伊凡的关系密切起来；外祖母整日忙得不可开交，根本顾不上照料我。每天从早到晚，我几乎都围着他转。外祖父每次打我的时候，他总会把胳膊伸出去挡鞭子；次日，他就卷起袖子让我看他肿起来的伤口，并埋怨道：

"唉，根本不管用，即使我的胳膊被打肿，你还得挨揍，而且挨得一点儿也不比原来轻。下次我可不管你了，你得自己撑着点儿！"

话虽这么说，可我一旦挨起揍来，他还是照样伸出手来去挡鞭子，还是照样增加一处伤疤。

"你不是说不再管我了吗？"

"我也不知怎么一回事——一看见你挨揍，手就不由自主地伸了过去……"

过了没多久，"小茨冈"的一件事情又传到了我耳朵里，而这件事更激发了我对他的兴趣，也使我对他的感情更加深厚了。

一到星期五，"小茨冈"总要把那匹外祖母最宠爱的枣红骟马沙拉普套在大雪橇上去赶集。沙拉普拉雪橇很不卖力，而且特别喜欢捣蛋，又爱挑草料，我暗地里认为它可能是被外祖母惯坏了的。"小茨冈"身穿一件短皮衣，头戴一顶大皮帽，腰里紧紧地束着一条绿色的宽腰带。有的时候，天都暗下来了还不见他回家，一家人都替他担心，动不动就走到窗子边，哈一口热气把玻璃上的薄冰融化掉，惶惶不安地朝街上张望。

"看见他了吗？"

"没有。"

外祖母最着急,她坐立不安。

"瞧,"她对外祖父和舅舅们发了火,大声训斥道:"都是你们出的鬼点子,这回连人带马都给我毁了! 你们这帮废物,真是丢人丢到家了! 自己屋里这么多东西还不够用吗? 真不要脸,偏偏出个馊主意让他去集市上买! 哼,一家子蠢货,贪得无厌。你们早晚会有报应的!"

外祖父拉长了脸嘟嘟囔囔地说:

"够了,别再说了,下次不再这么做还不行吗……"

有时,"小茨冈"挨到中午才回来。舅舅们和外祖父如释重负地跑了出去迎接他;外祖母使劲闻着鼻烟,像大狗熊似的跟在他们身后。不知怎的,一到这个时候,外祖母的手脚就不灵便了,总是显得很笨拙。孩子们也都欢天喜地地一哄而上,往下卸东西,有猪崽、鸡、鸭、鱼和各种肉类。

"买齐了吗?"外祖父斜着那双鹰一般锐利的眼睛打量着雪橇问道。

"买齐了。"伊凡欢快地答道,有一种交了差的快感,在院子里蹦来跳去地取暖,时而拍拍戴着大手套的双手,时而搓搓冻僵的小腿。

"拍什么拍!"外祖父大声吼道,"手套难道不花钱吗? 有没有零钱找回来?"

"没有。"

外祖父仔细地打量着雪橇拉回来的东西,忽然压低声音说:

"你这次拉回来的东西好像比以前多了不少。老实告诉我,你是不是还顺手牵羊拿了人家的东西了? 我提醒你,我可不希望你有这种行为。"

说到这儿,他皱了皱眉,哼了两声,然后急急地走开了。

看着外祖父离去了,两位舅舅马上凑到雪橇旁边,拿起鸡、鸭、鱼、鹅肝、牛犊腿和大块肉,在手里掂了又掂,很惬意地吹起口哨,不住嘴地赞叹道:

"呀,棒极了! 好小子,眼光蛮不错的嘛!"

米哈伊尔舅舅仿佛脚下踩着弹簧似的,围着雪橇蹦来蹦去,乐得两眼放光。他总要把每件东西都凑到又尖又高的鼻子上嗅一嗅,并且咂咂嘴巴,一副馋猫样。他个儿虽然挺高,但跟外祖父一样,瘦瘦的,头发又黑又卷,就像是烤焦了的蓬草。他把冻僵了的手缩在袖筒里,向"小茨冈"问道:

"我父亲给了你多少钱?"

"五个卢布。"

"可这些东西我看值十五个卢布。你实际上花了多少钱?"

"四卢布零十戈比。"

"那么,"他说,"剩下的九十个戈比你就装到自己的腰包里去了吧? 喂,雅科夫,这回瞧见了吧,他可真会攒钱呀!"

穿着单衬衫的雅科夫舅舅瞅了瞅寒气逼人的天空,轻轻地笑了一下。

"瓦尼卡,"他懒懒地说,"怎么样,请我们喝半瓶伏特加酒吧,让我们暖暖身子。"

外祖母在旁边一面卸着马,一面亲昵地对它说:

"怎么啦,我的小乖乖? 怎么啦,我的小猫咪? 你冷吗? 你是不是又捣蛋了? 哎,想闹就闹吧,上帝的小乖乖。"

高大的骟马把头一扬,浓密的鬃毛跟着摆动起来;它用白森森的牙齿轻轻地摩擦着外祖母的肩膀,把她的头巾从头上拽了下来;它快活地眨巴着眼睛,甩一甩头,把粘在长长的睫毛上面的霜花抖落在地上,快乐地望着外祖母那张慈祥的脸,发出低低的嘶叫声。

"你是不是想吃面包呀,小乖乖?"

说着,外祖母把一大块咸面包喂到了它的嘴里,并卷起围裙,把沙拉普嚼碎掉下来的面包渣兜了起来,痴痴地看着马儿吃东西。

"小茨冈"也像一匹快活的小马一样,蹦蹦跳跳地跑到外祖母跟前。

"奶奶,沙拉普真是太可爱了,鬼机灵鬼机灵的……"

"你给我待到一边去,"外祖母没好气地说,"别在这儿给我耍嘴皮子! 要知道,我今天不想搭理你。"

外祖母对我说,她之所以这么对待"小茨冈",是因为他托名去买东西,实际上暗地里偷了不少呢。

"假如你外祖父给他五个卢布,他肯定只花三个卢布用来买东西,然后再偷人家十卢布的东西。"外祖母露出了愁容,说,"喜欢偷东西的毛病,就是被人惯出来的! 第一次他去试着偷,得手了,自己感到很高兴,家里人也嘻嘻哈哈地笑一阵,夸他精灵,以后呢,他就逐渐地养成了这种恶习。你外祖父前半辈子穷困潦倒,受了不少苦,遭了很多罪,现在老了,竟然变得贪心不已,而且变本加厉。哼,这死老头子,把钱看得比自己的亲儿子还重,喜欢贪便宜,占大利! 唉,甭说他,就连你的两个不争气的舅舅也……"

她挥了挥手,沉默不语;然后,她打开鼻烟壶,使劲地闻了闻,闷闷不乐地絮叨着说:

"廖尼亚,人世间的事就如同是瞎眼老婆婆织出的花边,我们怎么能忍心去毁坏它呢? 伊凡卡偷东西一旦被人抓住,人家非抽了他的筋,剥了他的皮不可……"

她稍稍停顿了一下,接着说:

"哎,我们的规矩有很多很多,但真理却很少很少……"

第二天,我立即去找"小茨冈",央求他不要再干偷窃的勾当了。

"你以后别再去偷东西了,要是被人逮着,人家非剥了你的皮,抽了你的筋

世界经典文库

世界二十大名著

童年

图文珍藏版

……"

"他们逮不着我的，我干这行非常顺手，头脑也挺灵活，简直就是一匹快马！"他满不在乎地笑了笑，但马上又苦着脸说，"其实，我何尝不知道偷窃是一种恶习，还要提心吊胆的。我偷东西可不是想用它，只不过是消遣消遣，随便玩玩罢了。我从来不积财，就是偶尔攒几个子儿，不出几天就会被米哈伊尔和雅科夫俩人骗走。不过，我也不在乎，骗就骗吧！只要能填饱肚子，我还有什么可想的？"

然后，他猛地把我抱起来，掂了又掂。

"尽管你人瘦身轻，可你的筋骨很硬实，将来必定力大无比。咦，你为什么不去求雅科夫舅舅，让他教你弹吉他呢？你还小，学起来特别容易，真的！你人小，脾气可挺倔的。你不喜欢外祖父，是不是？"

"我……我也不知道。"

"这一家子人，除了奶奶，我谁也不喜欢，"他坚定地说，"真的，我一个也不喜欢，让他们见鬼去吧！"

"那么，我呢？"我试探着问，"你喜欢我吗？"

"我怎么能不喜欢你呢？"他笑着答道，"你本来就不姓卡希林，你姓彼什科夫，你不属于这个家族，和他们不是真正的一家子。"

他忽然搂紧了我，呓语般在我耳边轻轻地说道：

"唉，主啊，主啊，你要是能赐给我一副好嗓子该有多好啊！我要唱得让每一个人像一团火似的燃烧起来……唉，小兄弟，你走吧，我要干活了……"

他把我轻轻地放在地上，抓起一把小钉子塞到嘴里，将一块黑布料拉紧钉在一块四四方方的大木板上。

可是不久，他竟然死了。

他的死因是这样的：院子里的大门旁边，紧靠围墙放着一个高大而结实的橡木做的十字架。它在那里已经放了很久。刚来外祖父家的那天，我就见它放在那里。那时十字架看上去还挺新，颜色有点儿发黄，可是经过一个秋天的雨打日晒，它变得黑乎乎的，发出一股水泡橡木的苦霉味。这个院子本来就又小又脏，它的这副模样更显得碍手碍脚。

这个十字架是雅科夫舅舅买来安放在妻子的墓前的。他曾信誓旦旦地说，等到她一周年的祭日那天，他要亲自把它背到坟地上去。

这一天终于到了。那正是初冬的一个星期六，天寒地冻，而且刮着风，片片积雪被风一卷，四下里飘散开来。一家子人都到了院子里。外祖父、外祖母和三个孙子早早地就到了坟地，为的是做弥撒。我没有随同他们一块去，因为我犯了错，被罚在家里看门。

米哈伊尔和雅科夫两个舅舅都穿着黑色的短皮衣；他们分别站在十字架两端，

把它从地上扶了起来。外人格里戈里师傅把沉甸甸的根部艰难地抬起来放在"小茨冈"宽阔的肩膀上。他的身子微微地晃动了一下，然后把两只脚叉开。

"你能扛得动吗？"老师傅问他。

"难说。不过，我觉得特别沉……"

正在这时，米哈伊尔舅舅粗着嗓子冲他吼道：

"赶快把大门打开，瞎眼鬼！"

雅科夫舅舅说：

"亏你说得出口，瓦尼卡，你的身体壮得跟牛一样，就是我们俩加在一块也不如你的劲大！不要脸！"

格里戈里老师傅一边忙着去开门，一边严厉地嘱咐他说：

"小心点儿，伊凡，别把身子压坏了！老天保佑你！"

"秃贼！"米哈伊尔舅舅在外面暴喝一声。

院子里的人都大笑起来，高声地谈笑着，好像十字架被抬走符合每个人的心意似的。

格里戈里老师傅牵着我的手，带我去作坊，他对我说：

"今天你外祖父可能不会揍你了，他看起来脸色很和缓……"

来到作坊，他把我抱到一堆准备染色的毛线上面，并用毛线把我一直从脚堆到头上；接着，他皱起鼻子闻了闻锅里冒出的蒸气，边思考边说道：

"乖孩子，我跟你外祖父相识已有三十七个年头了，从他开创染坊一直到今天，所有的事我都亲眼看见了。染坊是我们俩经过艰苦奋斗才建立起来的，那时我跟他关系密切，情同手足。你外祖父的确很精明，很能干！他自己做了老板，我给他打下手。唉，我可真佩服他啊，我就没有他那份能耐。不过，上帝更聪明，我们纵有千万颗脑袋，也不及他；他只消轻轻一笑，再聪明的人也会马上变成傻瓜。你现在还小，对于人们的一言一行你都还不能明白，不懂得他们的用意，但是这些事都是你早晚得明白的呀！孤儿的生活非常艰苦，日子特别难熬。你爸爸马克西姆·萨瓦杰维奇不仅长得很精神，而且胆大、聪明，因此你外祖父就嫉恨他，排挤他，不承认他……"

格里戈里老师傅讲起来娓娓动听，我感觉他的话语就像是春雨一样滋润着我的心田。此时，红色的火苗在灶膛里跳动着，仿佛一只鸟儿在翩翩起舞；一团团白色的蒸气云雾般地升腾着，飘过倾斜的房顶，在天花板上结成一层薄薄的、细细的霜花；透过毛茸茸的木板条缝，我看见天空都成了一条条蓝色的带子。风渐渐地平静下来，阳光不知从什么地方悄悄地照了进来，使院子里的雪糁闪闪发光，就像撒了一层亮晶晶的盐末儿。雪橇滑板的尖厉声音从街上传了过来。缕缕炊烟从房屋的烟囱里袅袅升起，疏淡的影子在雪地上缓缓滑动，似乎也在低语着什么。

格里戈里老师傅又高又瘦,留着大胡子。他的头光秃秃的,两只耳朵又大又长,看起来简直就是一个善良忠厚的魔术师。他一边用木棒子搅着沸腾了的染料水,一边喋喋不休地告诫我:

"无论跟什么人说话,你都要用和善而坦率的眼光看着他的眼睛;哪怕是一条狗猛地向你扑来,你也要这样,这么着,它就不会再伤害你了……"

他的鼻梁上架着一副眼镜,看起来很重,而且戴的时间也很长,所以跟外祖母一样,他的鼻尖两侧隐隐地泛着一点儿青色。

"噢,你等等。"他冷不丁地说,侧耳细听,然后把门用脚关上,猛地冲了出去,急急地在院子里跑起来。我不明白,所以,见他这样,我也就跟着跑出来。

"小茨冈"仰面躺在厨房里的地板上,缕缕温暖的阳光照在他的手上、身上和脚上。他的脑门奇怪地透着亮光,双眉高扬,眼睛一动不动地望着黑乎乎的天花板,嘴唇青中带紫,不停地抽搐,红色的泡沫从嘴里冒了出来,嘴角流着鲜血,顺着下巴和脖子一直流到地板上,鲜血在他的身子底下积成一大片,向四处流着。他的两腿直挺挺地伸着,肥大的裤子已经被血浸透,粘在地板上,地板很干净,而且发着光,显然是用沙子擦过。"小茨冈"的血鲜红鲜红的,在阳光的照耀下一直流到门口。

他静静地躺在地板上,胳膊软软地放在身体两侧,手指好像蜜蜂的双翅似的轻轻地颤动着,偶尔在地板上抓几下,指甲立即被鲜血染红,在阳光下发出慑人的亮光。

保姆叶夫根尼娅蹲在他的旁边,把一根细细的蜡烛塞在他手里。伊凡拿不住,掉了下来,灯芯浸在鲜血里。叶夫根尼娅又捡起蜡烛,把它用围裙边角擦了擦,又试着往他的手指里塞。人们在厨房里不停地议论着,声音时高时低,像一阵风似的吹着我。我站在门槛上,双手抓紧门把手,努力地站稳身子。

"他脚底被什么绊住了。"雅科夫舅舅说,不知怎么的,他的声音听起来很低沉。他面色惨白,一双眼睛黯淡无光,脑袋打着战儿,在地上走过来走过去,好像霜打的茄子一样,软绵绵的。

"然后,他就跌倒了,十字架砸在他的脊梁上,把他压在下面。我们幸好立刻松开了手,否则现在你们就会看到我也成了残废。"

"我们就会看到你已经成了死人。"格里戈里师傅没好气地咕哝道。

"……"

"他是被你们俩砸死的!"格里戈里接着低声说。

"是啊,那又怎么样? 你想怎的……"

"你们!"

血还在流。

血在门槛下面汇集成一摊,红中带紫,似乎在不断地升腾着。鲜红的血泡依然不断地从"小茨冈"的嘴里往外冒,他大声呻吟着,像是在说梦话。他渐渐地瘦下去,身子软软地贴在地板上,越来越蔫。

"米哈伊尔骑着马到教堂叫父亲去了。"雅科夫舅舅嘟嘟哝哝地说。"我赶忙雇了一辆马车把他拉了回来……我当时没有扛十字架的根部,真是庆幸啊,要不然我就……"

叶夫根尼娅还在往"小茨冈"的手里塞蜡烛,泪水伴随着蜡油"嘀嗒嘀嗒"地直往他的手心里掉。

格里戈里老师傅大声吼道:

"蠢货,把蜡烛放在他面前的地板上!"

"是。"

"把他的帽子拿下来!"

于是叶夫根尼娅从伊凡的头上把帽子脱下来,只听"咚"的一声,他的后脑勺重重地砸在地板上。这时,他的头痛苦地往旁边一扭,血从嘴角右边更快地流了下来。鲜血不停地流,流了很久很久。刚开始,我还以为"小茨冈"在地板上躺一会儿就能起来,坐在地板上,吐一口唾沫说:

"啊呀,热死啦,他妈的……"

只要到了星期天,午睡醒来之后,他总是这样的。可是这次他还不起来,依然静静地躺在那儿,像一朵秋霜过后的野花,逐渐地枯萎。阳光已经偏离了他,只能照到窗台上。这时,他的脸呈现出了黑色,手指不再颤动,血泡也不再从嘴里冒出来。在他的头顶上方和耳朵两侧,三根蜡烛橘红色的烛焰摇曳着,微弱的亮光照在他那乱如蓬草、黑得发紫的头发上。在日光的反射下,点点金光在黑黑的脸庞上不住地跳跃,鼻尖上和殷红的嘴唇上也泛着淡淡的光芒。

叶夫根尼娅跪在他的身旁,低低地啜泣着:

"你是我快乐的小鹰,亲爱的。这只小鹰人见人爱……"

我非常害怕,浑身哆嗦,连忙躲到桌子底下。不久,外祖父和外祖母带着沉重的脚步声走了进来,外祖母穿着跟外祖父一样的熊皮大衣,脖子上围着狐尾领,米哈伊尔舅舅、孩子们和好多陌生人都来了。

外祖父把皮大衣脱了,顺手往地板上一丢,粗暴地喊道:

"你们这些畜生!这么好的一个小伙子竟然毁在你们手里!他这么能干的人,上哪儿去找呀?如果再过上四五年……"

我被堆在地板上的衣服挡住了视线,所以看不见伊凡;于是,我从桌子底下爬出来,没料到偏偏爬到外祖父的脚下,他一抬脚,把我踢到了一边,扬起他那通红的小拳头向舅舅们示威,愤怒地骂道:

"你们这两个畜生!"

然后,他一把拉过长凳,坐到上面,呜呜地干哭起来,同时像公鸡似的尖着嗓子说:

"你们的那点鬼心思我还看不出来吗,你们对他早就怀恨在心了。他不想被你们随便呼来喝去,所以你们就视他为眼中钉、肉中刺,总想伺机除掉他……哎呀呀,可怜的凡纽什卡,我的傻小子呀!你让我怎么办呀?你倒是说话呀!自家的缰绳套不住别人家的马。老婆子,这几年上帝是不是不满意我们做的事呀,老婆子?"

外祖母像一堆棉花似的趴在地板上,两只手不停地在伊凡的脸上头上和胸脯上抚摸着;她注视着他的眼睛,沉重地呼吸着,不时地握着他的手,温柔地揉搓。她把蜡烛全碰倒了。过了很长时间,她有气无力地站了起来,面如土色,身上的黑衣服发着光亮。她虎着脸,睁大了眼睛,低声地说:

"滚出去,你们这些混蛋!"

于是,大家纷纷走出了厨房,只留下外祖父一人。

不久,"小茨冈"被悄没声息地埋掉了,连葬礼也没有举行……

第四章

　　我躺在宽大的床上,身上裹着折成四层的大被子,安静地听着外祖母的祈祷。外祖母跪在地板上,一只手按着胸口,另外一只手缓缓地画着十字。

　　院子里的寒气袭人,透过满是银霜的玻璃窗子,淡淡的银色月光洒在她的身上,我清楚地看见她那张慈祥的面孔、善良的大鼻子和两只闪亮的如同磷火的眼睛。她的头发被发着铁铸般光亮的绸子头巾遮盖着,轻轻颤动着的黑色衣裳从她的肩膀上滑下来,掉在地板上。

　　做完了祈祷,外祖母缓缓地站起身,悄悄地把衣裳脱掉,整齐地叠了起来,放在角落的箱子上,悄无声息地走到床跟前。我假装睡得很沉很香。

　　"哼,别装了,小鬼。我知道你没睡着。"她轻声地说,"喂,我亲爱的宝贝,你是不是没有睡着啊?喂,乖孩子,快把被窝给我!"

　　她接下来会做什么,我心里早已经明白了,我忍不住笑出声来。这时,她就冲我嚷道:

　　"啊,你敢跟我开玩笑?小强盗。"

　　她捏着被角,猛地往回一扯,就把我抛到了半空中,接着跌到柔软的鸭绒褥垫上;她放声大笑着拧着我的屁股,说:

　　"啊,小家伙,你居然敢戏弄我!这就是对你的惩处……怎么样,还敢不敢这样?"

　　有些时候,她会祈祷很长的时间,这会儿我早已梦见了周公,压根儿不知道她是如何躺在床上、钻进被窝的。

　　慢慢地,我发现她祈祷时间的长短也是有规律的:日子过得很平静的时候,她就祈祷一会儿;如果哪天发生了争吵或殴斗,她就祈祷很长时间。听她祈祷是一件很有意思的事情,她常常把一天之中的家务事和欢乐或烦恼都告诉给上帝。她本来就胖胖的,跪在那儿就更显得臃肿,好像一座小山。一开始,她念得不仅仅很快,而且含混不清;接着,她便絮絮叨叨地念着:

　　"万能的主啊,你心里明白,人人都想过幸福的日子。米哈伊尔是我的长子,理应住在城里,如果叫他搬到河对岸去住,这对他是不公平的;况且,那个地方差不多从来没有人住过,唉,不知道会有什么事发生。他的父亲偏爱雅科夫,这有什么好处呀?老头子性格古怪,脾气暴躁。万能的主啊,你要好好地教化教化他。"

她眨巴一下大大的明亮的眼睛,望着已经发暗的圣像,虔诚地说:

"万能的主啊,求求您给他托一个好梦,引导引导他,让他知道如何给两个儿子分好家!"

然后,跟往常一样,她稳稳当当地画十字,磕头,她的头很大,磕在地板上"咚咚"作响;最后,她直起身子,庄重地说:

"请您赐给瓦尔瓦拉点儿欢乐和幸福吧!您是明白的,她不会惹您生气的。她是一个好人,不能让她遭这么多罪啊!她现在还年轻,不能让她痛苦地过一辈子啊!她是好人,不能让她沦落到这般光景!万能的主,您一定要记得给格里戈里赐点儿幸福。您是清楚的,他的视力不是很好,如果照这样发展下去,他会双目失明的!瞎了可不好啊,瞎了就得去沿街乞讨!尽管他为我家老头子鞍前马后地跑了几十年,可是如果他的眼睛真瞎了,死老头子是不会给予他帮助的!……唉,主啊,万能的主啊……"

说罢,她便虔诚地低下头,双手垂了下来,屏息静气,一动不动,像是睡着了似的。

"还有什么没有说呢?"她皱了皱眉,喃喃自语道,"噢,对了,圣明的主啊,救救所有的正教徒,同情他们吧!请饶恕我这个老糊涂虫对您的冒犯——您是明白的,我做错事并不是出自本心,只是因为我愚昧无知啊!"

她长叹一声,带着满意的神情轻柔地说:

"你一切都知道,亲爱的,你一切都明白,我的主啊。"

我对外祖母的上帝抱有很大的好感,因为我觉得他对外祖母非常亲近,所以我老是缠着她说:

"给我讲一讲上帝的故事吧!"

一讲起上帝,她的神情就跟往常大不一样:一定要坐着讲,而且眯缝着眼睛,柔声细语的,似乎声音大了会吵醒上帝一样,喜欢把字音拉得长长的,特别奇怪。她挺挺身子,然后坐好,把头巾披到散开的头发上。她一旦讲了起来,就会讲很长时间,一直讲到我昏昏睡去:

"在天堂的草地中央,有一座山岗,山岗上面有一个蓝宝石宝座,上帝就坐在这个宝座上面。那儿有许许多多的菩提树,而那些菩提树四季都葳蕤生辉,永不枯萎。在天堂里,没有秋天,也没有冬天,花儿永远开放,为的是让上帝的信徒们永远高兴,永远幸福。上帝的身边有无数天使,这些天使有时绕着上帝欢快地飞翔,有时像白鸽儿一样飞到人世间,然后再飞回天上,把凡界的事儿报告给上帝。上帝对每一个人都是公平的,因此,那些天使中有你的、我的和你外祖父的——人人都有一个天使。譬如,你的那个天使给上帝报告说:'阿列克谢冲他的外祖父扮鬼脸!'上帝就会对他说:'把他揍一顿!'就这样,人世间的一切事都通过天使报告给上帝,上帝就根据这些报告对世人做出应有的奖赏和惩罚,所以人类既有幸福和欢乐,也有悲伤和痛苦。上帝那儿简直就是一个极乐世界:天使们十分快活地游戏,悠哉悠哉地扇动着翅膀围绕着上帝歌唱:'荣耀归于主啊,荣耀归于主!'而上帝呢,只是对他们颔首微笑,仿佛在说:很好,很好!祝你们幸福,祝你们快乐!"

这时,外祖母也轻柔地笑着,脑袋不停地摇来晃去。

"那么,"我问道,"这些你都见过吗?"

"没有,不过我知道!"她若有所思地答道。

一讲起上帝啦,天堂啦,天使啦等等这些缥缈的东西,她就似乎变得年轻、可爱起来,皮肉松弛的面孔也似乎焕发出了新的光彩,显得美丽而慈祥,一双潮湿的眼睛一眨一眨地,闪烁出温暖的光芒。我把她那浓密的、光滑的发辫托了起来,在我的脖子上缠几圈,然后就聚精会神地听她继续讲那些美妙而有趣的故事。

"人不能看,也看不见上帝,"她说,"因为你会把眼睛看瞎的;而且,只有那些圣徒睁大了眼睛才能看见他。至于天使嘛,我倒看见过。当你的心灵一片清澄的时候,他们就会出现。记得有一次我去教堂做晨祷,就看见两个天使在祭坛上面;他们就像是雾里花、水中月,轻盈空灵,而且浑身发着淡淡的亮光,透过他们的身体,什么都能看得见。他们的翅膀很长很长,一直挨着地板,既像是花边,又像是细纱。他们在宝座旁边轻盈地走来走去,给伊利亚老神父帮忙:他已经老态龙钟了,艰难地举起手想向上帝祈祷,但是力不从心;于是,这两个天使就托着他的胳膊,助他一臂之力。他已经双目失明了,走路时磕磕绊绊的;不久,他就谢世了。当他看见那两个天使的时候,激动得泪流满面——啊,真是太棒了!啊,亲爱的孩子,真是太美妙了!廖尼卡,你要记住:不管是天堂还是凡界,只要是上帝的,那么一切都是好的……"

"那么,我们这儿呢?"我问道,"我们这儿也都很好吗?"

外祖母在胸前画了个十字,回答道:

"是啊,都很好。感谢圣母保佑……"

我心里开始怀疑起来:难道外祖父这一家子也都很好吗?——我简直不能接受这样的事实,我私下里觉得,这儿的日子真是越过越糟。

有一天,我打米哈伊尔舅舅的门前经过,看见纳塔利娅舅母穿着一身白衣,双手紧紧地按着胸口,在屋子里窜来窜去,用低沉而骇人的声音叫道:

"啊呀,上帝,把我收回去吧,带我走吧,求求您了……"

她念叨的这些祷词我也听得明白,同时我立刻深深地领会到了格里戈里老师傅以前咕哝的一句话的意思:

"这儿简直不是人待的地方,我觉得瞎了眼睛去沿街乞讨也比待在这儿强……"

我这时倒希望他真的瞎了,这样我就可以请求给他带我出去讨饭,离开这个家。于是,我把这个心思告诉了他,他微微地一笑,回答道:

"好啊,这样我们就可以一块去要饭了!我在大街上放声吆喝:这是染坊老板瓦西里·卡希林的外孙子!哈哈,这是多么有意思的事啊……"

以后,我常常会看见,纳塔利娅舅母那呆滞无光的眼睛下面老是青一块紫一块的,而且,她脸色蜡黄,嘴唇也肿着。我问外祖母:

"她脸上的青印是舅舅打的吗?"

她长长地叹息一声,回答道:

"是啊,这个畜生!你外祖父不许他打她,他就偷着打,常常都是夜里。这个浑小子,像一条疯狗似的;不过,你舅妈也不争气,软得像面片似的……"

于是,她兴致勃勃地讲了起来:

"现在好多啦!嘿嘿,以前啊,以前他打得特别勤、特别凶!现在他只是打打她的腮帮子和耳朵,有时扯一扯辫子,就完事了。嘿嘿,以前啊,以前只要一打起来就是好几个钟头!你外祖父也有这种恶习:有一次他打我,从复活节的第一天午祷时开始,一直到晚上都没停手,哼,这个死老头子,抓起什么都打,连马缰绳也用过……"

"他为什么要打你呢?"

"鬼才知道呢! 我记得有一次,他把我打得昏了过去,醒来之后,我觉得又疼、又饿、又渴,可他五天五夜都没有给我一点儿吃的和喝的,后来总算捡回了一条命,上帝保佑啊! 有时还要……"

这可使我很纳闷:外祖母长得人高马大,难道还打不过个儿只有她的肩膀高、头只有她的一半大的外祖父?

"他的劲比你大,是不是?"

"这倒不是,"她答道,"是因为他的岁数比我大! 况且,他又是我男人! 这是上帝的安排,叫他来管束我,所以我只能忍气吞声啦。哎,上帝的旨意不能违背啊! ……"

看着外祖母细细地揩圣像上的灰尘,把法衣擦干净,我觉得既可笑又愉快;圣像装扮得金灿灿的:圆光上面镶着珍珠,嵌着宝石;她灵敏地捧起圣像,乐呵呵地说:

"瞧,这张脸多么可爱啊! ……"

然后,她在胸前画了个十字,把它吻了吻。

"哎呀,上面都蒙上了这么厚的灰尘! 唉,你这神通广大的圣母啊,要是离开你,我将无法生活下去! 喂,廖尼亚,你瞧做工多么精细,花纹多么细小啊,但是可以清清楚楚地看得到。这叫作'十二节',中间是至善圣母费奥多罗夫斯卡娅。这幅是:《勿哭我圣母》。"

我想,她在摆弄圣像的时候,一定很虔诚、很庄严,就像受气包表姐卡捷琳娜摆弄布娃娃一样。

她说,她常常看见鬼,这些鬼有时是成群结队地出现,有时是单独出现。

"有一次,在大斋期夜里,我打鲁道夫家门口经过。那天夜里,月白如盘,月华如练,月影如嬉。忽然,在屋顶烟囱旁边,我看见一个黑鬼正冲着烟囱口闻来闻去,它一面闻,一面不停地打响鼻;它坐在那儿,看上去个儿挺高,毛茸茸阴森森的;它的尾巴在屋顶上摆来摆去,弄得沙沙作响,似乎是在扫什么东西。于是,我在胸前画了十字,开始诅咒它:'上帝快快显灵,把这个恶鬼抓去!'它听到这句咒语后,立刻尖叫一声,想扭头逃窜,谁知刚刚转过身子,就一头栽倒在院子里,摔死了! 我想,鲁道夫那天没准是做肉吃,小鬼在那正闻得津津有味呢……"

想着那个小鬼一个倒栽葱从屋顶上滚落下去的模样,我不由得笑了起来;外祖母也笑了笑,接着说:

"它们可淘气啦,就像小孩子似的! 有一次,我在浴室里洗衣服,一直洗到三更时分;炉门突然自动打开了! 这时,只见一群小鬼一个接一个地从炉灶里面跳了出来，个个张牙舞爪。他们有的是红色的，有的是绿色的，还有的是黑色的，跟蟑螂差不多。我赶快朝门口冲了过去，但已经太晚啦：它们已经把我层层包围起来，根本无路可逃。这时，又有许多小鬼从炉子里跳了出来，他们挤满了浴室，开始向我进攻，有的拉我的手，有的抱我的脚，有的揪我的头发，弄得我手忙脚乱的，根本腾不出空来画十字！它们浑身毛茸茸的，牙齿也白森森的，眼尖爪利，用后腿走路，跟小猫崽一样。他们时而龇牙咧嘴，时而挤眉弄眼，既调皮又捣蛋；他们的头上长着牛犊一样的短短的角儿，像小包似的向外鼓出，尾巴又细又长，和猪尾巴差不多，不停地甩来甩去。你不知道，我那时吓得都晕了过去！当我悠悠醒来的时候，蜡烛几乎燃尽了，澡盆里的水也冷冰冰的，洗好的衣服扔得到处都是。哎呀呀，现在想起来都有点儿后怕！"

那时，我一闭上眼睛，仿佛就看见这些捣蛋鬼从灶膛里、从灶台上像水一样汩汩冒出来，它们浑身是毛，红红绿绿的一大群，挤得满地都是。它们一个劲地吹蜡烛，还向我伸出红红的小舌头扮鬼脸。这些样子虽然挺滑稽，但却骇得人心里发毛。外祖母摇头晃脑的，停顿了片刻工夫，忽然又来了精神。

"还有一次，我看见了几个被诅咒的鬼：那是一个寒冷的冬夜，刮着大风，下着大雪。我从久科夫山谷过，……咦，你是不是还记得，我曾经跟你讲过，雅科夫和米哈伊尔两个混账东西在那儿的池塘上的冰窟窿里企图淹死你爸爸？我就是从那儿走过。刚刚走到谷底，我的脚磕到了一块碎石上，绊倒在地。正在那时，空谷中响起了令人毛骨悚然的尖叫声！我定睛一看——呀，一辆雪橇被三匹黑马拉着直直地向我冲过来，车夫是个身体庞大的鬼，它两只手伸得笔直，握着铁链子做成的缰绳，头戴一顶红色的高帽子，像根木头似的站在驭手的座位上。山谷里无路可走，于是，这辆雪橇便向池塘奔去，片刻工夫就消失在茫茫的白雪里。嘀，你不知道，雪橇上坐的也全是鬼。它们不停地挥舞着帽子，不住嘴地叫啊，喊啊，后面还跟着七辆三套马拉的雪橇呢！这七辆雪橇发出尖厉的声音，像消防车似的飞奔过去。所有的马都是黑的，它们都是人变的，都是被父母诅咒过的人。它们比一般的鬼更下贱，专门供鬼玩乐；它们给鬼拉车，一到夜里，它们就拉着鬼去参加各种各样的宴会。我那次看见的，恐怕是鬼在娶亲吧……"

我不由得信以为真，因为她讲得不但简单、明白，而且合情合理。

她念起诗来更是娓娓动听。有一首诗，讲的是圣母巡视苦难的人间，讲她怎么样劝诫女强盗安加雷奶娃"公爵夫人"，叫她不要劫掠和殴打俄罗斯人；有讲神人阿列克谢的诗，讲战士伊凡的诗；还讲智慧之神瓦西莉萨、公羊神父和上帝教子的童话；还有女王公玛尔法、绿林头领、女中豪杰乌达、负有重罪的埃及荡妇玛丽亚和强盗的母亲的悲惨境遇等等一些可怕的童话。外祖母知道的童话、故事和诗歌可真多呀！

外祖母不怕外祖父,也不怕其他的人和各种各样的鬼,她唯独怕黑蟑螂,而且怕得要死,她在很远很远的地方,就可以看见它们在爬。她有时在夜里把我叫醒,对我低声地说:

"阿廖沙,亲爱的孩子,有一只蟑螂在爬呢,你去把它碾死,看在上帝的分上!"

我于是迷迷糊糊地把蜡烛点着,在地板上摸摸索索地寻找蟑螂,但是,一时半会儿也发现不了它们。

"没有啊,"我说,"哪儿也没有。"

她一把拉过被子,连头带脚钻在里面,蜷伏着动也不动,只是一个劲地低声说:

"有啊,一定有!你再去仔细找找,我明明听见它们在叫呢!去啊,我求你了!……"

果然不错,在离床头很远的一个角落里,我找到了一只蟑螂。

"把它碾死了吗?"她问道。"啊,谢谢上帝,也谢谢你,阿廖沙!……"

然后,她掀开被子,露出头来,微笑着长长地吐出一口气。

假如我捉不到那只鸣叫不已的小虫子,她就睡不着;在深夜,万籁俱寂,只要稍稍有点儿动静,我就能感觉到她浑身打战,而且听见她屏息静气地、用颤巍巍的声音对我轻轻地说:

"它们在门后面……在箱子底下爬呢……"

"你为什么偏怕蟑螂呀?"

这时,她总会有充足的理由来回答我:

"我真不知道,它们有什么用处。这些小东西,黑乎乎的,总是到处乱爬。上帝创造出小虫,总会赋予它们一定的使命:屋里有土鳖,这是屋子潮湿的迹象;臭虫是让人明白墙已经很脏了;跳蚤咬人,是一个人生病的征兆。这些都无可厚非啊!可是这些蟑螂呢,鬼才知道它们有什么用处!唉,上帝创造出这些黑东西干什么呀?"

有一天,她跪在地板上和上帝交谈,态度极其恭敬,极其虔诚。正在这时,外祖父一脚把门踹开,尖着公鸡似的嗓子叫道:

"老婆子,上帝都被你请到家里来啦!"

外祖母不明白他说的是什么意思,两只眼睛迷茫地望着他。

"着火啦!"

"你说什么?"外祖母大叫一声,猛地从地板上蹦了起来,敏捷地好似一只猴子,两个人迈着粗重的脚步冲向漆黑的大厅。

"叶夫根尼娅,快把圣像摘下来!纳塔利娅,快给孩子们把衣裳穿上!快!"外祖母严厉而又坚定地指挥着,而外祖父却在一边呜呜地干号起来。

我跑到厨房里,只见面朝院子的窗户一片金色,黄灿灿的光影在地板上跳动。雅科夫舅舅一面忙着穿靴子,一面在地板上蹦来跳去,他的光脚似乎被火烫了一下，叫道：

"准是米什卡放的火！小崽子，放了火就溜之大吉了！……哎哟哟！……"

"你给我闭嘴！狗东西！"外祖母一边冲他喊，一边把他朝门口一推，他跟跟跄跄地向前走了几步才站稳身子。

透过结着霜花的玻璃窗可以看到染坊的房顶在燃烧，火势很旺，火苗"扑哧扑哧"地直往外窜。火焰净明无烟，好似一朵鲜艳的红花在黑夜里静静地盛开着。银河泛着乳白色的光芒，它的下面，火的上方，一朵黑云在高高的夜空中飘来飘去。雪被映得亮闪闪的，房屋摇摇欲坠，仿佛要向烧得正旺的染坊冲过去似的。染坊的宽宽的墙缝里，火舌卷曲着乱咬乱窜，许许多多的钉子被烧得通红通红，直往下掉。过了一会儿，火烧到了黑黑的屋顶木板上面，闪着带状的黄光。在这些带子中间，细颈的缸瓦烟囱冒着黑烟，发出尖厉的响声，窗户玻璃沙沙作响，夹杂着低低的破裂声。火势越烧越旺，整个染坊成了一片火海，金灿灿的好似圣母升天教堂的金光圆顶，极富诱惑力，我真想不顾一切地跑到它跟前。

我扯了一件厚而短的皮大衣，披在身上，抓过一双不知是谁的大靴子，套在脚上，磕磕绊绊地从过道里走到台阶上，立刻被那里的情景吓得目瞪口呆：大火熊熊地燃烧着，令人头晕目眩；噼噼啪啪的炸裂声夹杂着外祖父、格里戈里师傅和舅舅的叫喊声，震耳欲聋；对于外祖母的举动，我目瞪口呆：她身上裹着马被，头上顶着个空口袋，一边径直地冲向火海，一边大声地喊道：

"硫酸盐，硫酸盐，你们这些蠢货！硫酸盐会爆炸的……"

"格里戈里，快把她拉住！"外祖父发疯似的吼叫着。"哎呀，这下她可没命啦……"

正在这时，外祖母猛地钻了出来；她浑身冒着烟，不停地摇着脑袋，弯着身子，两手伸得直直的，捧着水桶大小的一瓶硫酸盐。

"老头子，快把马拉走！"她一边痛苦地咳嗽，一边粗着嗓子喊道。"快把马被给我脱下来，我都快烧着了！愣在那儿干什么，没看见吗？……"

格里戈里赶忙把烧焦了的马被从她身上扒了下来，折成两截；他抓过一把铁锹，铲起大块的雪往染坊里抛；舅舅拿着一把斧头在他周围不停地跳来跳去；外祖父也忙着往外祖母的身上撒雪；外祖母把瓶子往雪堆里一塞，立即转过身，冲到大门口，把门打开，向跑进来的人们不停地鞠躬，说：

"各位好心的邻居，快帮一下忙吧！火就要烧到仓库，烧到干草棚了！——求求你们了！如果我家烧光了，你们也都免不了要遭殃！把仓库的顶盖拆掉，把干草都扔到花园里！喂，格里戈里，你往下扔干什么呀！雅科夫，别在那儿瞎忙乎了，快去把斧头拿来分给大家！噢，对了，还有铁锹！好心的人们，求求你们了，看在上帝的分上，过来帮一下忙吧！"

　　她的模样很可笑，好似顽皮而韧性的大火：她仿佛一直被火缠住不放似的，走到哪儿都被火光映照得亮堂堂的；她在院子里跑来跑去，忙得不亦乐乎，她眼观六路，耳听八方，沉着而坚决地吩咐人们去做什么，怎么样去做。

　　外祖母的宠物沙拉普也跑到了院子里，它前腿高高抬起，昂着头嘶叫，把外祖父差点儿掀了下来；在红光的照耀下，它的那两只大眼睛忽闪忽闪的，仿佛也在放着光芒；过了一会儿，它平静下来，前蹄紧紧地贴着地。外祖父松开缰绳，跳到地上大声叫道：

　　"喂，老婆子，沙拉普来了，牵住它！"

　　她立刻奔了过去，在沙拉普的面前站定，伸开胳膊挡住它。沙拉普长长地嘶叫一声，斜着眼睛望着火光，乖乖地向她俯下身来。

　　"别害怕！"外祖母拍拍它的脖颈，拾起了缰绳，沉重地说，"我不会让你受惊吓的！听到了吗，我的小猫儿……"

　　这个身体有她三倍大的小猫儿顺从地跟着她向大门口走去，不停地打着响鼻，一面望着她那张通红的脸。

　　叶夫根尼娅从屋子里冲了出来，领着那几个穿得厚厚实实的、呜呜地啼哭着的小孩子，她大声喊道：

　　"瓦西里·瓦西里奇，阿列克谢找不到……"

　　"快走，快走！"外祖父摆着手回答道。我生怕保姆把我领走，于是就躲在门口的台阶下面。

　　染坊的顶盖倒塌下来了，细细的柱子直直地向天挺立，冒着青烟，闪着金光。一阵风吹来，一团团火焰被卷到院子里，卷到人们的身上，有红色，有绿色，还有蓝色。大火旁边的人们不停地铲起雪块向里面抛去。几口染锅早已沸腾，发出刺耳的"咝咝"声，雾一样的蒸气和着青烟，大团大团地往上升，院子里到处都是刺鼻的气味，使得人们呼吸不畅，视听不明。我从台阶下面爬出来，正好碰在外祖母的脚上。

　　"滚开！"她暴喝一声，"快给我滚到一边去，要不然会把你踩死！"

　　忽然，一个戴着鸡冠似的铜盔的人骑着一匹枣红色的马从外面闯了进来，马的嘴里吐着白沫；那个人扬着鞭子，高声地恐吓道：

　　"闪开，闪开！"

　　小铃铛急促地响着，一切都像过节似的快活而美好。外祖母一边把我往台阶上推，一边叫道：

　　"滚开！我不是刚刚告诉过你了吗？快给我滚到一边去！"

　　我被她的叫声吓怕了，乖乖地跑进了厨房，又凑到窗户的玻璃上面朝外望。但是，那儿站着许多人，把火挡住了，我只能看见铜盔在人们那冬季的黑便帽和带檐的帽子中间闪闪发光。

片刻间,熊熊的大火就被扑灭了。警察把人们驱散,外祖母走进了厨房。

"咦,那是谁呀?"她轻声地叫道,"啊,原来是你啊!你还没有去睡觉,你害怕吗?噢,现在不用怕了,已经没事了……"

接着,她紧靠着我坐了下来,默不作声,只是轻轻地摇着身子。啊,真好,总算平静了下来;不过,我又觉得非常可惜,看着火燃烧真有趣,可现在火已经灭了。

这时,外祖父向屋里走来,走到门跟前,他停下脚步,问道:

"里面是谁?"

"是我。"

"是老婆子吗?"

"是。"

"有没有被火烧伤?"

"问题不大。"

他把火柴划着,把桌上的蜡烛点起来,坐在外祖母的身旁;他的脸脏兮兮的,在淡淡的青火映照下,好像是黄鼠狼的脸似的。

"你先去洗一把脸。"她对外祖父说,她也是满面尘灰,一脸烟滓,散发着一股刺鼻的烟味。

外祖父长长地叹了一口气,说:

"上帝待你不薄,给了你那么多的智慧……"

他在外祖母的肩膀上摩擦着,龇着牙笑了一笑,接着说:

"虽然时间有点儿短——刚一个钟头,但上帝毕竟给了你!……"

外祖母无可奈何地笑了笑,张开嘴刚想说什么话,外祖父把眉头一皱,说:

"这笔账要算到格里戈里的头上——这都是因为他的疏忽大意!这个瞎眼鬼,干活儿干够了,活得不耐烦了!雅什卡,哼哼,这个狗崽子,你去看看他,他正坐在门口哭呢……"

外祖母站起身,抬起头,吹了吹指头,走了出去。外祖父瞧也不瞧我一眼,只是闷着头问道:

"都看到了吧?从头到尾你都看到了吧?你瞧你外祖母怎么样?啊?她已经老了……一辈子在苦难中摸滚爬打……可多么能干呀!嗨,你们这些人啊……"

他欠了欠身,沉默不语;过了一会儿,他站起来,把烛花掐掉,问道:

"你怕不怕?"

"不怕。"

"是啊,其实并没有什么可怕的……"

说着,他气呼呼地脱掉衬衫,走到黑暗的角落去洗脸。在那儿,他跺着地板"咚

咚咚"地响,大声叫道:

"发生火灾是一件蠢事!遭受火灾的人太混账、太愚蠢了!他是个王八羔子,是个小偷!应该把他拉到广场上狠狠地揍一顿!只有这样,才能制止火灾再次发生!……去,睡觉去,还坐在这儿干什么?"

我只好乖乖地走了;但是,这一夜我还是没有睡成:我躺在床上,正要昏昏睡去的时候,忽然一阵痛苦的叫声又把我吵醒了。我快步走进厨房里,见外祖父站在屋子中央,没有穿衬衫,手里拿着蜡烛,烛焰不停地摇曳着。他站在那儿,一边跺着地板,一边破着嗓子叫道:

"老婆子,雅科夫,到底出什么事了?啊?"

我跳到炕炉上,躲在角落里,屋里的人又像失火时那样开始忙乱起来;叫声尖锐、凄厉,而且越来越紧,越来越高,像波浪一样一阵阵拍打着墙壁和天花板。外祖母不停地喊叫着,外祖父和舅舅像没头的苍蝇忙碌着。格里戈里慌里慌张地把抱进来的劈柴往炕炉里填,把水往铁罐里倒,身子摇晃着在地上走来走去,好像阿斯特拉罕的大骆驼一样。

"把火生起来再说啊!"外祖母嚷道。

于是,他匆匆地摸着找松明,没料到摸到了我的脚,惊叫道:

"啊,这是谁呀?嘶,吓死了我啦……你这小鬼,怎么钻到这儿了?走开,别在这儿碍事……"

"这又怎么啦?"

"你纳塔利娅舅母生孩子。"他一边淡淡地答道,一边从炕炉上跳下来。

我隐隐约约记得我母亲生孩子可没有这么凄厉地叫过,也没有这么多人乱哄哄地忙作一团。

格里戈里老师傅把铁罐子放到火上,随后又爬到炕炉上挨着我坐下,他把一个陶制的烟袋从上衣兜儿里掏出来让我看。

"唉!"他说。"为了我的眼睛,我开始要抽烟了!你外祖母常常劝我闻鼻烟,可我还是觉得抽起来舒服,过瘾……"

他坐在炕炉边上,两条腿垂下来;他低着头,望着淡淡的烛光,脸脏兮兮的,耳朵和腮帮子上都涂着烟灰;他的衬衫一边被撕破了,露出肋骨,宽得像铁箍似的。他的左眼镜片被打碎了,镜框里只剩下半片玻璃,从破洞里可以看见那潮湿的眼睛又红又肿,而且眼角挂着伤。他把烟叶子塞进烟锅里,仔细地听着纳塔利娅舅母痛苦的呻吟声。他说起话来前言不搭后语,仿佛喝醉了似的,嘟嘟嚷嚷地说:

"你外祖母怎么能接生啊,她都被火烧成那样!你听听,你舅母又叫起来了!她都被大家忘了。火刚刚烧起来,她就不停地抽搐,我估计她是因为受了惊吓……唉,你瞧,生孩子多困难哪,多痛苦啊!可即便是这样,女人还是得不到人们的尊敬！唉，太不公平了！你记住：要尊敬女人，尊敬女人就等于是尊敬母亲……"

我十分困倦，眼皮耷拉着，但又睡不着。周围乱哄哄的，开门声，关门声，人的嘈杂声，喝醉酒的米哈伊尔舅舅的吵闹声，一股脑儿地朝我的耳朵里灌进来。过了很长一段时间，我忽然听到几句奇怪的话语：

"要打开上帝的大门……"

"把长明灯的油同甜酒和烟渣混合到一块儿给她喝：半杯灯油，半杯甜酒，再加一勺厨房里的烟渣……"

"让我进去看看……"米哈伊尔舅舅声嘶力竭地喊道。

他坐在地板上，两腿叉开，两手撑着地板，不停地往自己面前吐唾沫。炕炉渐渐地烫了起来，我热得受不了，于是爬下来。但是，我刚刚走到舅舅的身边，他冷不丁抓住我的一只脚，猛地一拉，我就栽倒在地，后脑勺重重地碰到地板上。

"大坏蛋！"我忍不住骂了一句。

他跳起来，抓住我，把我举得高高的，一边把我往外扔，一边粗暴地吼道：

"摔死你这个小崽子！……"

……

当我醒过来的时候，发现自己已经在前厅角落的圣像下，正躺在外祖父的大腿上；他望着天花板，摇晃着我，喃喃地说：

"我们没有一个人能得到饶恕，没有一个人……"

长明灯在他的头顶上方发出明亮的光，前厅中央的桌子上，蜡烛的火焰也微微地摇曳着，透过玻璃窗，可以看到灰蒙蒙的冬天的早晨降临了。

外祖父把嘴凑到我面前，问道：

"你哪儿疼？"

我浑身疼痛。我的身子沉甸甸的抬都抬不起来，头也湿漉漉的。可我不愿意告诉别人，因为眼前的一切都是那么奇怪：大厅里所有的椅子上都坐满了人——有穿着紫衣裳的神父，有戴着眼镜、穿着军装的白发老头，还有许多其他的人，个个面孔陌生。他们都坐着一动不动，也不说话，好像在期盼着什么——是不是在谛听附近的水流声呢？雅科夫舅舅在门框旁边，背着手，直挺挺地站着。外祖父对他说：

"喂，过来，把他带去睡觉……"

舅舅向我招了招手，示意我过去。他蹑手蹑脚地向外祖母的房门口走去，等我爬上床的时候，他压低声音对我说：

"你知道吗，你纳塔利娅舅母死了……"

我一点儿也不感到惊讶。很久以来，她既不到厨房里去吃饭，又不在外面干活，我根本连她的人影也见不着，好像她已不在这个家里似的。

"外祖母呢?"

"她在那儿。"舅舅摆了摆手,悄声答道;然后,他又蹑手蹑脚地走开了。

我一个人躺在床上,东瞅瞅,西望望。一些头发又长又白,瞎了眼的人的脸紧紧地贴在窗户的玻璃上面,外祖母的衣裳就挂在角落里的箱子上面,这些我知道,可现在,我总感觉有一个人藏在那儿不知在等待什么。我把枕头盖在头上,用一只眼睛注视着门。我真的想从床上跳起来,立即跑出去。我觉得屋子里又闷又热,死气沉沉的,压得我几乎透不过气来。这使我突然想起"小茨冈"死时的情形:他的嘴角是血,身子底下是血,地板上是血,门槛边也是血……我感觉,仿佛什么东西正在被什么人硬往我的脑子里塞似的,我的头渐渐膨胀起来。我在这间屋子里所看到的一切,就像是我在冬季的大街上看到的载重车队一样。我感觉,它们正在从我的身上缓缓碾过,不仅要碾断我的筋骨,还要碾碎我的心……

门慢慢地打开了,外祖母艰难地走了进来。她用肩膀把门顶着关上,倚在那儿,把两只手伸到闪着青光的长明灯下,像个孩子似的埋怨道:

"哎哟,疼死啦,我的手好疼啊……"

第五章

开春的时候,舅舅们分家了,雅科夫仍然住在城里,米哈伊尔搬到河对岸去了。外祖父在田野街为自己买了一所既宽敞又漂亮的新房,楼的底层是石砌的,开着一家酒馆,还有一间舒适的小阁楼,从后花园下去有一条山沟,那里长满了光秃秃的柳树枝。

有一天,我和外祖父走在冰雪消融后的松软的小路上,欣赏着他的花园。他愉快地向我眨了眨眼睛,说:"你瞧,那么多鞭子!我快要教你认字了,到时候,这些树条子就有用处了……"

我和外祖母住在顶楼上,外祖父在楼上留了一间大房供自己住并兼做接待客人的房子,其余的房间全都租了出去。顶楼的窗户面朝大街,每天晚上或者每逢过节的时候,从窗台上探出身子,可以看见喝得醉醺醺的人们磕磕绊绊地从酒馆里走出来,在大街上乱喊乱叫。有时他们像麻袋似的被抬出来扔在路旁,但他们又爬起来,跟跟跄跄地扑向酒馆门口,"咚咚咚"地使劲砸门,于是,随着吱吱的开门声,一场斗殴又开始了。从楼上看着这一切,简直有趣极了。外祖父一早就到儿子们的染坊去帮着料理活计,他晚上回来的时候,总是一脸倦容,闷闷不乐的。

外祖母待在家里做饭,做针线活,在菜园和花园里整地。她像个大陀螺似的,被一条看不见的鞭子抽得整天高速运转。有时她闻鼻烟,美美地打上几个喷嚏,一面拭去脸上的汗水,一面说:

"啊哟,善良的人们,祝你们长命百岁!阿廖沙,我的宝贝,你瞧,我们的日子过得多么平静啊!感谢圣母保佑,一切都变得这么如意!"

可是我倒没有觉得我们过得平静:从清早到深夜,无论是屋子里还是院子里,房客们都在忙忙碌碌地跑来跑去,老是乱哄哄的。邻居家的女人们不断地过来,马上又急急忙忙地走了,她们常常因为赶不及而抱怨、叹息,大家都在准备着什么事情,时常叫着:

"阿库林娜·伊凡诺芙娜!"

不管是什么人,阿库林娜·伊凡诺芙娜总是对他们和颜悦色地微笑着,温柔地关心他们,她用大拇指把鼻烟塞进鼻孔里,用红方格的手绢细心地擦一擦鼻子和手指,说:

"要想不生虱子,我亲爱的太太,就得勤洗澡,洗薄荷蒸气浴;你要是生癣疥,就拿一羹匙纯净的鹅油,一茶匙升汞,三滴水银,放在碟子里用一块陶瓷研七次,然后涂在患处!不能用木匙或者骨头来研,否则就把水银给糟蹋了;也不能用铜器或者银器,那样会伤着皮肤!"

有时她思索一阵之后,建议道:

"老大娘,我无法回答您这个问题,你最好还是到佩乔雷修道院找苦行修士阿萨夫吧。"

她给女人接生,帮助调解家庭纠纷,为孩子治病。她早已把《圣母梦》背得烂熟于心,还劝别的妇女也去背诵它,说是背会了准能"交好运"。她还在家务方面给人们出主意、提建议:

"至于什么时候腌黄瓜,它自己会告诉你的;如果它没了土性气或者别的怪味,就可以腌了。克瓦斯必须发酵,这样方才够味,才能冒气泡;另外,它忌甜,所以只要在里面放一点儿葡萄干就行了,如果放的是糖,一桶只需半两就足够了。酸牛奶的做法可就多啦:多瑙河口味的,西班牙口味的,高加索口味的……

我就像她的影子似的整天跟着她转悠:有时在花园里,有时在院子里,有时在她的女邻居那里(她常常在别人家里一坐就是几个小时,喝茶,不住嘴地讲各种故事)。在我的脑海里,这段生活中,除了这位整天忙忙碌碌的、无限慈祥的老太婆之外,别的什么东西都没有给我留下深刻的印象。

有时候,我母亲来这儿待一阵子,不知她打哪儿来。她不但骄傲而且严厉,那双灰眼睛十分冷漠,就像冬天里的太阳似的,凝视着一切。没多久,她又消失不见了,没有给我留下些也许可以值得回忆的东西。

有一次,我问外祖母:

"你会巫术吗?"

"呵,你哪来的这些稀奇古怪的想法!"她笑了笑,立刻又若有所思地说,"我怎么能会呢,巫术是一门难懂的学问。我目不识丁,你外祖父可有很深的学问呢。唉,我呀,圣母没有赐给我智慧。"

接着,她又给我讲了一段往事:

"跟你一样,我从小也是个孤儿,我母亲很穷,而且是个残废;她还是个姑娘的时候,被地主惊吓了一次。那天夜里,她吓得跳窗户逃走,不幸摔坏了半边身子,臂膀也摔伤了,打那时起,她的右手,也就是经常用的那只手,就失去了知觉,变得麻木起来。我的母亲本来是个出色的、远近闻名的织花边能手。她的右手残废之后,就对地主没什么用处了,于是地主把她赶出了家门,说什么随你怎么过吧。你想想,少了那只最要紧的手,怎样过下去呀?她只好四方流浪,到处乞讨。那时候,人们的生活比现在富裕,心地也比现在的人善良,譬如巴拉罕纳的木匠和织花边的人们,都是些好人!每逢秋冬两季,我就跟着母亲留在城里讨饭。天使加百利把宝剑一挥,驱走了严冬,春回大地的时候,我们就继续向前走,眼睛看到哪儿就往哪儿走,毫无目标。我们到过穆罗姆,也到过尤列维茨,沿着伏尔加河朝上游走,也沿着静静的奥卡河走。春夏两季在大地上流浪的确不错:大地就像是母亲的怀抱,充满了温情,青青的草丛像天鹅绒一般,柔软而美丽;全能的圣母在原野上撒满了鲜花,步行其中,你会有心旷神怡的感觉!每当这时,我母亲总会闭上蓝色的眼睛,放开嗓子欢快地唱上一阵子。虽然她的嗓子不怎么好,可是很响亮,连周围的小鸟小虫也静静地听她唱歌,仿佛睡着了似的一动不动。讨饭的生活挺有趣的!在我九岁的时候,我们母女俩在巴拉罕纳城住了下来,因为她觉得领着我四处要饭很不好意思,怕我害羞。于是,她一个人挨门逐户地去乞讨,如果碰上节日她就到教堂门口收集人们的施舍。我坐在家里专心致志地学织花边,我那时学得很苦,很用功,想快点儿学会帮助母亲。如果有时候进步不大,我会急得哭鼻子。'功夫不负有心人'哪,我终于学会了,并且名震全城,所用的时间只仅仅两年!这样一来,如果有人想找出色的手工,马上就会想到我们。'喂,阿库利娅,给我织一件吧!'这时我心里甭提有多高兴啦,像过节似的。当然,不是我心灵手巧,主要是因为妈妈教得好。尽管她只有一只手,不能亲自动手干活儿,但是她会指导我怎么去做。一个技艺高超的师傅要比十个生性驽钝的徒工更可贵。那时,我有点儿飘飘然了,我说:'妈妈,现在你就别去四处讨饭了,我能够养活你!'她立刻瞪大眼睛,对我厉声喝道:'闭嘴,你要明白,这是给你攒嫁妆钱!'过了不久,一个精明能干的小伙子来了,他就是你外祖父,二十二岁就当上了大船的工长!他的母亲左瞧瞧,右看看,把我细细地打量了一番,最后看中了,因为我会织花边,能挣钱,又是讨饭的女儿,将来一定会听话……她是个卖甜面包的,凶巴巴的……唉,不说这个了……我们为什么总要提起不好的人呢?有上帝监督着他们,上帝监督着他们,小鬼也喜欢他们。"

她不禁笑了起来,鼻子上松弛的皮肉也跟着微微地颤动。她的眼睛闪闪发光,她若有所思地、亲热地注视着我,这其中所表达的一切,比任何语言都更明确。

我还记得,在一个宁静的傍晚,我和外祖母在外祖父的屋里喝茶。他身体不舒服,坐在床上,没穿衬衫,披着一条长长的手巾。他喘着粗气,声音沙哑,不时地擦着头上的汗。他的眼睛黯淡无光,脸上浮肿,呈紫红色,两只又尖又小的耳朵尤其红得厉害。他伸出手拿茶杯的时候,手不停地在颤抖。他很温和,不像往常那样凶巴巴的。

"咦,你怎么没有给我放糖啊?"他问外祖母,像一个娇惯的孩子似的。外祖母亲切地、但语气很坚决地答道:

"这是蜜茶,喝了对你有好处!"

然后,他一边气喘吁吁地喝着热茶,一边又说:

"你要小心地看护着,可别让我死了!"

"放心吧,我会用心地伺候你。"

"对啦! 如果我现在死了——我还没有活到头———切都完蛋啦!"

"好啦,安安静静地躺着吧!"

他闭上眼睛,舔着发暗的嘴唇,沉默了一会儿。突然,他浑身哆嗦起来,像被针扎了似的,喃喃自语道:

"得尽快让雅什卡和米什卡结婚。续弦以后,再添个孩子,这样或许还能使他们安分一点——是不是?"

接着,他开始默默地思索起来,看城里谁家有合适的闺女。外祖母不回答他,只是一杯接一杯地喝茶。我坐在窗前,望着城市上空的美丽的晚霞,它把房屋的玻璃窗户都照得红光闪闪的。我由于犯了过错,外祖父不许我在院子里和花园里玩。

花园里有许多甲壳虫,"嗡嗡"地绕着白桦树飞来飞去。邻居家的院子里,一

个箍桶匠在干活。近处有人在"霍霍"地磨菜刀,在花园后面的山谷里,孩子们在灌木林中到处乱跑,不时传来吵闹声。我多么想跑出去玩啊!这时,黄昏的愁绪涌上了我的心头。

忽然,"啪"的一声,我回过神来。我见外祖父手里拿着一本崭新的小书,不知从哪里得到的。他把书朝着我扬了扬,示意我到他那里去,他说:

"喂,捣蛋鬼,来,过来,你快点过来!你这个高颧骨的调皮鬼,快坐下!你瞧这个字,这是 аз。你跟着念:аз!буки!веди!这是什么?"

"буки."

"对了!那这个呢?"

"веди."

"不对,是 аз!注意看:глаголь,добро,есть,这是什么?"

"добро."

"念对了,这个呢?"

"глаголь."

"不错!这个呢?"

"аз."

这时外祖母插话说:

"老头子,你还是安安静静地躺一阵子吧……"

"不关你的事,你别插嘴!我闷得难受,非要找点儿事做,不然我净胡思乱想。继续来,阿列克谢!"

他用汗水淋漓的、滚烫滚烫的胳膊搂着我的脖子,把书放在我面前,另一只手越过我的臂膀用手指指着字母。他的身上散出着酸味、汗味和炒葱头味,使我几乎透不过气来,但他却激动起来,用沙哑的嗓音对着我的耳朵喊道:

"земля!люди!"

字我虽然能认得,但是斯拉夫字母和它的名称不相一致:"земля"很像一条虫子,"глаголь"就像驼背的格里戈里,"я"像外祖母和我,而字母表中所有的字母都似乎与外祖父有某些相像之处。他让我把字母表念了几遍,然后接着顺序问我,或者打乱了顺序问我。我被他的热情所感染,也狂热地跟着喊了起来,弄得满头大汗。他看着我这副模样,不禁笑了起来;他抓着胸脯使劲地咳嗽,书也被揉皱了。他哑着嗓子说:

"老婆子,瞧见没有,他念得多带劲啊!嗨,你这个阿斯特拉罕小鬼,你喊什么啊,你?"

"不是您让我喊的嘛……"

我望了望他,又望了望外祖母,开心极了。外祖母用肘子支着桌子,用拳头抵

着腮帮,看着我们直笑,她说:

"得了,得了,别再这么破着嗓子大喊大叫的了!"

外祖父温和地对我说:

"我喊是因为我身体不舒服,你喊又是为了什么呢?"

然后,他摇晃着汗涔涔的脑袋对外祖母说:

"死了的塔纳利娅曾经说他记性不好,简直是扯淡。感谢上帝,这孩子的记性真好,像马似的! 翘鼻子,接着来吧!"

最后,他笑着把我从床上推下来。

"好啦! 现在你把这本书拿去。记着:明天你必须把所有的字母念给我听,不许出错,如果念得好,我就奖你五个戈比……"

于是,我伸手去拿书,可他又一把把我拉了过去,拥入怀中,忧心忡忡地说:

"你妈妈把你丢在人世上让你遭罪、受苦,我可怜的孩子……"

外祖母打了一个激灵,说:

"喂,老头子,你胡说些什么呀?……"

"我本来不想说,可心里觉得难受,忍不住……唉,多好的一个闺女,竟然会这样……"

他猛地把我推到一边,说:

"出去玩吧! 别到街上,就在院子里和花园里玩……"

这正合我的心意。我刚刚走进花园,爬到山上,一些调皮的孩子就从山谷里向我扔石子,我也兴致勃勃地朝他们扔过去。

"喂,'贝尔'来了!"他们远远地看见我,就大声叫嚷起来,并从地下捡石子充实"弹药"。"抽他的筋! 剥他的皮!"

"贝尔"是什么意思,我不知道,不过我也不搁在心上,我只关心如何能打退他们,因为以一敌众如果胜了的话,也不失为一桩乐事。我扔出的石子百发百中,打得他们抱头鼠窜,躲到灌木丛中不敢出来,真让人高兴。大家打"石子仗"只是玩玩而已,并无恶意,所以过后都还是一团和气。

我学认字毫不费事,外祖父对我越来越看重了,而且打我的次数也渐渐地少了。虽然在我看来,他应当比以前更多地揍我,因为我一天天长大了,胆子也大了,破坏他的规矩和训示的次数越来越多,可他只是骂我几下就完事,很少动手打我,即使打,也只不过是象征性地拍打几下。

于是,我暗自琢磨,可能他以前打我是没有道理的。有一次我把这个想法告诉了他。

他轻轻地托起我的下巴,端正了我的脸,眨巴了几下眼睛,拉长腔调说:

"你——说——什——吗?"

接着他就放声大笑起来，说：

"哼，你这个小鬼！我打你多少次你怎么能算得出来呢？除了我心里有数之外，别人谁能知道呢？给我滚到一边去！"

可是他马上又抓住我的肩膀，直勾勾地看着我的眼睛，问道：

"你到底是个精灵鬼呢还是个傻蛋？"

"我也不知道……"

"你也不知道？那么我来告诉你：要当精灵鬼，不要当傻蛋，这样才对你有好处，知道吗？你看绵羊就傻呵呵的，老受人欺负。傻蛋就是蠢货，你懂吗？好了，去吧，玩去吧……"

我很快就能念圣诗了。一般在喝过晚茶之后，我才学习，每次都是由我来读圣诗。

" Буки—люди—аз—ла—σла; живе—те——иже—же—σлаже; наш—ерσла—жен，"我用一根小木棍指着圣诗这样念，感到枯燥乏味，就问外祖父：

"圣贤是不是雅科夫舅舅呀？"

"我给你一耳光，叫你知道谁是圣贤！"外祖父气呼呼地说。但我觉得吹胡子瞪眼是他的习惯，只是摆摆样子而已。

我几乎从来没有念错过。过了片刻，外祖父好像就把我忘了，嘟嘟囔囔地说：

"看他游戏唱歌，倒像个大卫王，但是做起事来像恶毒的押沙龙！不但会逗笑取乐，而且会花言巧语……嗨，你们这些人啊！快活地唱歌跳舞只能图一时的痛快，可是有什么前途呢？哼，真没前途！"

我停了下来，注视着他那张阴沉的、忧郁的脸，静静地听他自言自语。他的眼睛眯缝着，从我头顶上方向前望去，两眼放射着哀伤的、温和的光芒。他像往常一样沉着脸，我看出他这时很严肃、很认真。他用细细的手指轻轻地敲击着桌子，染上颜色的指甲闪着亮光，金黄色的眉毛颤动着。

"外祖父！"

"嗯？"

"给我讲个故事吧。"

"赶快念书，你别想着偷懒！"他絮絮叨叨地说，仿佛刚从睡梦中醒来似的，用手指揉了揉眼睛，"就喜欢听故事，不喜欢念圣诗……"

但是我怀疑他自己也喜欢故事，胜过喜欢圣诗。不过他差不多能把圣诗全背下来，他每晚睡觉前总会念一段赞美诗，就像教堂里的助祭念祷词一样。

外祖父见我态度诚恳，慢慢地软下心来，对我让步了。

"好吧，好吧！圣诗你能永远带在身上，可我呢，快到上帝那儿受审判啦……"

他把身子靠在那把古老的安乐椅的提花靠背上，将身子坐正，抬头望着天花板，沉思了片刻，接着便讲起那些陈年往事，讲起他的父亲。

"有一天，巴拉罕纳城来了一伙强盗，抢劫商人查耶夫，我的父亲急急地跑到钟楼去敲钟示警，可是被几个强盗追上了，他们抽出马刀把他砍死，扔到钟楼下面。"

"那时我年纪还小，不曾亲眼看见这件事，所以不记得当时的情形。打我懂事起，我就记得那些法国人。我十二岁那年，也就是1812年，30多个法国俘虏兵被押到了我们巴特罕纳，他们个个都长得又瘦又小，服装不但穿得不一样，而且褴褛不堪，还不如沿街要饭的。他们冻得浑身发抖，其中有几个冻得站都站不稳。我们的老百姓都扑了上去，想打死这帮法国佬，可是押解人员不让，驻防军来了以后，把人们都赶回各家院子里。后来也就没事了，因为大家一来二往地都混熟了。那些法国人不但精明能干，而且为人和善，喜欢唱歌。尼日尼的大老爷们坐着三套车赶来观看俘虏，有的老爷谩骂不止，扬起拳头吓唬法国人，甚至动手打他们；有的老爷倒很慈悲，用法语跟他们交谈，还送给他们一些衣服钱财。有一个老态龙钟的老爷还用手蒙起脸哭了，边哭边骂道：'拿破仑这个混蛋，可把法国人坑苦了！'你看，俄国人的宅心多么仁厚，甚至连贵族老爷都同情这些异国俘虏……"

他闭上眼睛，沉默了一会儿，用手掌按了按头发，思索了片刻，接着说：

"冬天，狂风怒号，飞雪漫天，人们冻得都足不出户，可那些法国俘虏却常常顶着风雪来敲我们家的窗户，向我母亲讨面包吃——她是烤面包、卖面包的。他们在我家窗户底下嘶声喊叫，乞求我母亲给他们热面包。我母亲不放他们进来，把面包从窗口递出去，他们欢天喜地接过面包就揣在怀里，面包是刚出炉的，滚烫滚烫的，他们也不在乎，直接放到心窝上，紧贴着皮肤，这怎么能受得了呢？真是不可思议。有好多人都冻死了，因为他们的国家都很暖和，经不住这儿的严寒。在我们菜园里有一个澡堂子，住着两个法国人，一个是军官，一个是他的勤务兵，名叫米朗。那个军官又高又瘦，穿着一件只及他膝盖的女式外套。他对人特别和气，但嗜酒如命。那时我母亲偷偷地酿啤酒卖，他常来买酒，喝足了就放声高歌。他渐渐地学会了咱们的话，很蹩脚地说：'你们这地方是黑的，不是白的，太凶了！'他的俄语虽然讲得不太好，但也可以凑合着听。他这话说得也有点儿道理：咱们伏尔加河上游一带气候不暖和，可是下游就比较暖和些，一过黑海，几乎就看不见雪了。这也是有据可考的，因为不论是在《福音》书里，在《使徒行传》里，还是赞美诗篇里，都没有提到雪，也没有提到冬天，耶稣住的地方就在那边……等我们读完赞美诗，我就教你读《福音》书。"

他又不吭声了，仿佛睡着了似的；不过，他又仿佛是在思索什么，斜着眼睛向窗外望，整个人显得又小又尖。

"快讲啊。"我轻声地提醒他。

"好吧,"他微微摇晃了一下,开始说,"刚才讲到哪儿?……噢,讲到那些法国人。法国人也是人啊,他们并不比我们这些浑蛋差。他们常常对我母亲说:'玛达姆,玛达姆。'这是'太太'的意思,是对人的一种尊称。我母亲可不是什么贵妇人,她只是个普通的妇女,她能从面铺里扛回五普特面粉。她身体健壮,力大无比,能把已经是二十岁的我毫不费力地把头发揪起来推来搡去。你不知道,我的身体那时已经很结实了,所以说啊,她简直不像个女人。那个勤务兵米朗非常爱马,他常常挨家逐户地串,打着手势要求洗马!刚开始人们对他不大放心,生怕他使坏,因为他毕竟是敌人嘛!但到了后来,人们就主动地跟他打招呼:'喂,米朗,洗一下马吧!'这时他只是轻轻一笑,牵着马就走了。他有鲜红色的头发,厚厚的嘴唇,大大的鼻子。他可会管马了,而且还会给马治病,医术蛮高明的。后来,在尼日尼他还做过马医,但不久就发疯了,被消防队员活活打死。那个军官在交春的时候病了,在春尼古拉节那天悄没声息地死了。他死的姿势很特别:坐在浴室的窗户跟前,头伸在窗户外面,好像怀有心事。我觉得他很可怜,他死后我还在暗地里哭了一场。他的脾气特别温和,常常揪着我的耳朵用法国话亲切地跟我交谈。我虽然听不懂他咕哝些什么,但我真的很高兴。要知道,真情是用钱买不到的!他原打算要教我说法国话,但母亲知道后不许我学,还把我带去见神父,神父让她揍我一顿,而且还告了那军官一状。傻孩子,那时陈规陋习特别多,你没有经历过:吃苦,受罪,受气等等,别人都替你受了,你可不能忘了!譬如说我吧,我什么事都经历过……"

天黑了下来。在苍茫的暮色中,外祖父渐渐变得庞大了,他的眼睛闪着亮光,好像狸猫的眼睛似的。他说话时声音压得很低,小心翼翼的,好像在想什么事,可是一谈到他自己,他就来了精神,声如洪钟,语气急促,感情热烈,而且不时地把自己夸上几句,所以我不喜欢他谈自己的事情,不喜欢他动不动就训斥人:

"记住!你千万要记住!"

他所讲的许多事情我都满不在乎,从来不愿意搁在心上。可是不知怎的,尽管外祖父并没有强迫我一定要记住它们,可这些事情还是深深地印在了我的脑海里。他向来不讲童话,只讲往事,我还发现他不喜欢别人问他;但是我就偏要缠着他,打破砂锅问到底:

"法国人和俄国人相比,究竟谁更好些?"

"这我怎么能知道呢?法国人在自己的国内是怎样生活的,我又没有亲眼见过。"他气哼哼地嘟囔道,接着又补充说:

"如果是在自己的洞里,就连黄鼠狼也是好的……"

"那么,俄国人好吗?"

"俄国人也有好坏之分。在地主时代要好些;那时候人们都被束缚着,没有人身自由,比较老实。现在大家都自由了,但却穷得没面包吃,也没有盐!虽然大老爷们为富不仁,但是他们头脑灵活,精明能干。当然,我不是说所有的老爷都是这样,如果碰上一位好的老爷,也会让人欢喜一阵子呢!不过,也有的老爷是蠢货,傻得像一只口袋一样,不管你给他往里面装些什么,他都会兜走。我们这里有许多人都像谷壳儿,外面光亮,可里面的仁儿早被吃掉了。所以哪,我们应当吸取教训,多磨砺自己,这样才能使人增长才干。可是又没有优质的磨刀石……"

"俄国人的力气大吗?"

"有些人的力气的确很大,但关键的问题不在于力气的大小,而在于智慧。人的力气再大,也大不过马呀。"

"法国人为什么要打我们?"

"哎,这种事我们平头老百姓怎么能明白呢?那都是皇帝的事情。"

于是我又问外祖父拿破仑是什么人,他的回答令我永远忘不了:

"他是一个雄心勃勃的人,想主宰全世界,然后让所有的人都过上同样的日子,既没有达官贵族,也没有商贩走卒,大家都过上没有等级的生活。尽管人们的名字各有不同,但是人人享受的权利都是平等的。信仰也只有一个。当然啦,这完全是瞎折腾,只有龙虾才都是一样的呢,至于鱼嘛,就有各种各样的了:鲟鱼和鲶鱼不能类聚,鳝鱼和鲱鱼不能成为朋友。我们俄国也有过拿破仑式的人物,譬如拉辛·斯杰潘·季莫菲耶夫和布加奇·叶米里扬·伊凡诺夫,我以后再给你讲他们的故事……"

他有时长时间的沉默不语,只是瞪大了眼睛眨也不眨地注视着我,好像是第一次看见我似的。这使人觉得很不自然。

他在我面前从来没有谈起过我的父亲和母亲。

外祖父跟我谈这类话的时候,外祖母也常来听,她一声不吭地坐在角落里,一坐就是好长时间,仿佛没有她这个人似的,可是她偶尔也会温声细语地突然问道:

"老头子,你记不记得我和你一块儿到穆罗姆山朝圣的情形?那有多美啊!咦,那是在哪一年呢?……"

外祖父思索了片刻,一本正经地答道:

"具体是在哪一年我记不清了,不过应该是在霍乱病流行以前吧……啊,对了,也可能是在进森林捉拿奥格涅茨人那年。"

"啊,没错,就是那年!当时我们都很害怕那些人……"

"对,的确是那样。"

我问外祖父:奥格涅茨人是谁,他们为什么要逃到森林中去。外祖父不大情愿地向我解释道:

"奥格涅茨人是普通的农民,他们是从官厅、工厂等等做工的地方逃跑的。"

"那么,"我问道,"怎样捉拿他们呀?"

"嗨,很简单嘛,就像小孩子捉迷藏一样:一些人藏起来,另一些人去寻找。如果捉住了,就用树条子抽,用鞭子打。打破鼻孔,往额头上打烙印,这算是惩罚的记号。"

"为什么要这么做?"

"因为必须要这么做才行。这种事没有谁是谁非,谁对谁错,我们这些人怎么能明白人家的用意呢……"

"老头子,你还记不记得发生大火灾以后的情形?……"外祖母又说。

"哪一次大火灾?"他严厉地问道,外祖父在哪一件事情上都喜欢准确性。

一提起往事,他们就把我给忘了。他们说话的时候不但声音很低,而且非常和谐,这使我觉得他们好像在唱歌,在唱一些不愉快的歌,歌的内容全都是疾病、火灾、打架、暴卒猝死、巧取豪夺、疯疯癫癫的乞丐,脾气暴躁的老爷。

"我们亲身经历过多少,见了多少,又听了多少啊!"外祖父嘟嘟囔囔地说。

"你认为我们的日子过得不好吗?"外祖母说,"你想想,我生瓦里娅的那一年,春天是多么好啊!"

"那是1848年,那一年远征匈牙利,我记得很清楚;"外祖父说。"教父吉洪在给咱们的孩子做完洗礼仪式的第二天就被抓去打仗……"

"以后就杳无音信了。"外祖母长长地吸了一口气。

"是啊,他好像从这个世界上消失了一样!从那年起,上帝的恩惠就像洪水冲走木筏子似的,冲到了咱们家。唉,瓦尔瓦拉啊……"

"你又扯到哪儿去了,老头子?……"

他脸一沉,气呼呼地说:

"我难道说得不对吗?不论怎么说,这些孩子都没出息。我们的心血白费了!我们有心把他们放在细柳筐里,但是上帝硬塞给了我们一个破筛子……"

接着,他大声嚷起来,在屋里跑来跑去,仿佛被火烧着似的,痛苦得骂骂咧咧,不但咒骂自己的儿女,而且扬起干瘦的小拳头吓唬外祖母。

"是你把他们纵容坏了,宠成了一群贼娃子!你这个老妖婆!"

他后来竟然到了难以自抑的地步,大喊大叫,悲声号哭,跑到角落里的圣像前,挥拳使劲地砸自己那干瘦的胸膛。

"上帝啊,我难道比别人的罪孽深重吗?你为什么要这么对待我啊?"

他的身子微微地摇晃着,噙满泪水的眼睛里含着委屈的、怨毒的光芒。

外祖母默默地坐在黑暗的角落里画十字,后来,她小心地凑近他,劝慰道:

"算啦,事情既然到了这一步,伤心难过又有什么用呢?上帝知道如何去做。儿女们比咱们家有出息的人家能有几个啊?老头子,哪儿都一样:吵吵闹闹,乱七八糟的。所有当父母的都得用自己的泪水洗清罪过,又不光是你一个人……"

这些话使他感到宽慰,于是,他一声不吭,疲倦地躺在床上,我和外祖母轻轻地走了出来,回到阁楼上。

但他并不是每一次都这样。有一次,当外祖母走到他跟前,准备劝导他一番的时候,他突然扭过身来,朝着她的脸就是一拳,外祖母急忙躲闪,向后一退,两条腿摇晃了几下,站稳了脚步,用手捂住嘴唇,压低了声音平静地说:

"哎呀,你这个笨蛋……"

她把一口血水吐在了他脚跟前,他干号两声,又扬起了拳头,发疯似的叫道:

"给我滚开!小心我打死你!"

"你这个笨蛋!"外祖母又说了一遍,便向门口走去。外祖父向她冲过去,她却不紧不慢地迈过门槛,顺手将门关上。

"你这个老不死的!"他气呼呼地说,脸涨得通红通红,像炭火似的,手扶着门框,使劲地抓挠它。

我吓得目瞪口呆,傻傻地坐在炕炉上面一动也不敢动,我根本难以相信我所看见的:这是他第一次当着我的面打外祖母,这让我感到它是一种难以容忍的卑劣行径,一种新的品性在他身上暴露出来,让人无法忍受,而且仿佛要把我彻底压碎。他依旧抓着门框站在那里,身上好像蒙了一层灰,变得那么肮脏,那么渺小。突然,他走到屋子中央,双膝跪在地板上,因为一下没有跪好,向前倾了倾,赶忙用手支住地板,随即又跪直了,用手捶胸,说:

"上帝啊,我的上帝啊!……"

我像冰块似的从炕头上滑了下来,撒腿向阁楼跑去。在那儿,外祖母在屋子里踱来踱去,正在漱口。

"你疼吗?"

她走到墙角,把口水吐到污水桶里,平静地回答道:

"没事儿,嘴唇虽然打破了,但牙齿总算没有伤着。"

"他为什么要打你呀?"

她朝窗外的大街上看了看,说:

"老样子呗,现在岁数大,心里常常窝火,凡事都不如意……你好好地睡你的觉吧,小孩子家别胡思乱想……"

我不知又问了她一句什么话,她一反常态,声色俱厉地喝道:

"我刚才对你说什么来着,啊?你怎么不听话呢?……"

她在窗前坐下,用舌头舔着嘴唇,不时地往手帕上吐。我一边脱衣服,一边看着她:在她那闪着亮光的黑头发上方的蓝色的四方形窗格子里,群星在闪耀。大街上出奇地静,屋里黑乎乎的。

我躺下之后,她走过来轻柔地抚摸着我的头,说:

"安心地睡吧,我下楼去看一下你外祖父……你不要为我感到难过,乖孩子,可能我自己也有过错吧……好好睡吧!"

然后,她轻轻地吻了吻我就走了,我觉得十分伤心,于是又从柔软而暖和的大床上跳下来,走到窗前,朝下望着空无一人的大街,一股难以忍受的愁闷使我呆住了。

第六章

又发生了一件噩梦般的事情。一天晚上,喝过晚茶之后,我和外祖父坐下来念圣诗,外祖母则在洗碟碗。正在这时,雅科夫舅舅风风火火地从外面闯进来,和平时一样,他的头发乱蓬蓬的,像一把破笤帚。他也不向众人打招呼,直接把帽子往角落里一扔,就挥舞着颤抖的双手,上气不接下气地说:

"爸爸,米什卡又在乱折腾啦,我看他这回很不正常!他在我那儿吃饭,喝多了酒,发起酒疯来:摔碟子砸碗,把一件染好的毛料撕成了碎片,把窗户也打碎了,辱骂我和格里戈里。他现在正朝这儿来,他扬言要拔掉您的胡子,将您生吞活剥了!您要当心啊,爸爸……"

外祖父扶着桌子慢腾腾地站起来,他的脸气得扭曲了,鼻子周围一下子堆满了皱纹,好像一把斧头似的。

"你听见了吗,老婆子?"他尖声喊道,"呵,多乖啊!他要来好好地孝敬孝敬我!是时候啦!是时候啦,孩子们!……"

他挺直了腰板在屋里转悠了一会儿,走到门前,猛地把沉重的门钩插进门环里,转过身对雅科夫说:

"你们一直想把瓦尔瓦拉的那一份嫁妆抢走,是不是?好吧,给你!"

他把拳头——大拇指夹在食指和中指之间,稍微露出一点点——伸到舅舅的鼻子底下,舅舅气得闪在一边。

"爸爸,不关我的事呀!"

"你?哼,你的那点鬼心思我早就看穿了!"

外祖母一声不吭,连忙把茶杯收到柜子里。

"我到这儿一是来告诉你他在胡闹,二是来保护你……"

"保护我?"外祖父冷笑了两声,叫道,"好,很好!谢谢你,我的好儿子!老婆子,给这个狐狸拿个家伙,火钩子或者熨斗!雅科夫·瓦西里耶维奇,等你哥哥一冲进来,你就照着他的脑袋砸!"

舅舅把手往裤兜里一插,躲到角落里去了。

"您不相信我就……"

"怎么样?"外祖父把脚在地板上狠狠地一跺,大叫道,"哼,我宁可相信狗和刺猬这些家畜野兽,也不愿相信你这种人!你以为我不知道你玩什么鬼把戏?哼,他分明是被你灌醉的,他是受了你的挑拨和教唆!好啊,来,来打吧,打他还是打我,你自己选择……"

外祖母对我耳语道：

"你快跑上去从小窗户里盯着，一看见你米哈伊尔舅舅在街上出现，你就迅速跑下来通知我们！快去……"

听说脾气暴躁的米哈伊尔舅舅要来袭击外祖父，我心里害怕极了，但我又因为外祖母交给了我一项任务而感到骄傲。我站在窗前，眼睛眨也不眨地注视着大街：宽阔的大街上蒙着一层厚厚的尘土，尘土下面的一个个圆圆的鹅卵石鼓了出来。这条街向左一直远远地伸展开去，横过山沟，通到慎行广场。那儿矗立着一座坚固的旧监狱，灰色，四角有四个岗楼，看上去不但庄严肃穆，而且有一种忧郁的美。往右，隔三幢房子就是宽阔的干草广场，广场旁边是黄颜色看守所和铅灰色的消防瞭望塔。一个值班的消防队员围着塔顶的瞭望口走来走去，仿佛一条拴在锁链上的看门狗。整个广场被层层沟壑切成几个部分，有一段沟底积满了绿莹莹的污水，右边是久科夫臭水池，就在那儿——外祖母以前对我讲过，有一年冬天，我两个舅舅把我父亲扔进水塘的冰窟窿里。几乎正对着窗户，是一条窄小的街巷，里面排着一些不同颜色的矮小房屋，街巷的尽头是低矮宽大的三圣教堂。径直地望过去，教堂的屋顶像一艘底朝天的小船飘荡在花园中的碧波之上。

我们街道上的房屋都蒙着一层尘土，由于长期被秋风秋雨、冬霜冬雪所冲洗、侵蚀，它们都已经褪了色，都拥挤在一块，活像教堂门前等待施舍的乞丐。那些窗户也满怀疑虑地瞪大了眼睛，仿佛和我一起在等待什么人。街上行人寥寥无几，他们不慌不忙地走动着，好像炉门前若有所思的蟑螂似的。一股憋闷的热气直冲我扑来，那是我所讨厌的、强烈的大葱胡萝卜馅包子的味道。这种味道总是让我心情沮丧。

不知怎的，我心中郁闷，几乎难以忍受。胸中像灌满了滚烫滚烫的铅水，它似乎要冲破我的胸膛和肋骨，从里面一泻而出。我仿佛觉得，我像一个热气球似的膨胀起来，被挤在一个狭小的屋子里，像棺材式的顶棚下面。

啊，他来了！米哈伊尔舅舅终于来了！他正站在巷口灰色的墙角后面鬼鬼祟祟地东张西望呢。他把帽子压得很低，两只耳朵压得往外张着。他穿着棕黄色的上衣，一双长及膝盖的靴子上面落满了尘土，一只手捏着胡子，一只手抄在方格布的裤兜里。他的脸我看不见，但从他站立的姿势看来，他好像要猛地一下跳过街去，用那双毛茸茸的黑手抓住外祖父的屋子。我得立即跑下去通知他们米哈伊尔舅舅来了！但是我仿佛被钉在窗户旁边似的，身子一动也不能动。我看见米哈伊尔舅舅蹑手蹑脚地朝大街这面走来，那模样好像怕尘土弄脏他那双灰色的、已是布满尘土的靴子似的。过了一会儿，我听见他在砸酒馆的门，门吱吱扭扭地直叫，震得玻璃"哗哗啦啦"地响。

我马上跑下去敲外祖父的门。

"谁?"外祖父不开门,扯着嗓子问道。"是你呀! 什么事儿? 他进酒馆去了? 知道啦,你走吧!"

"我一个人害怕……"

"你就将就着待一会儿吧!"

我又上了阁楼,仍旧趴在窗户上。天色暗了下来,街上的尘土变成了深灰色,显得更脏更厚。朦胧的橘黄色灯光像溶化的黄油,琴弦发出的忧郁而悦耳的声音从对面的房子里飘了过来。楼下的酒馆里也在唱歌,一打开门,疲倦而嘶哑的歌声便传到街上来。我知道,这是独眼乞丐吉图什卡的声音,他是一个蓄着大胡子的老头,右眼红得像炭一样,左眼闭得紧紧的。门一关上,他的歌声就戛然而止,好像被斧头突然砍断了似的。

外祖母非常羡慕这个行乞的老头。她一面听他唱歌,一面赞叹着说:

"真幸福,会唱这么多诗歌! 多么有福气呀!"

外祖母有时把他叫到院子里来唱,他扶着拐杖坐在门前的台阶上,边唱,边讲;外祖母坐在他旁边,专心致志地听着,不时地问这问那。

"我问你,难道梁赞也有圣母吗?"

那个乞丐压低了声音蛮有把握地答道:

"当然啦,哪儿都有她,每个省她都去过……"

梦一般的疲倦悄悄地在大街上流动,它挤压着人们的心灵和眼睛。要是外祖母在这儿该有多好啊! 哪怕外祖父来了也不错啊! 我的父亲究竟是个什么样的人呢? 外祖父和舅舅们都厌恶他,但是为什么外祖母、格里戈里和叶夫根尼娅保一提到他就赞不绝口呢? 我的母亲呢? 她到什么地方去了?

近来,我常常想到母亲,把她当成外祖母所述的全部童话故事里的中心人物。母亲不愿在外祖父家里长期待下去,这使我把她的形象幻化得更加高大了。我隐隐约约觉得,她现在可能和绿林豪杰住在驿道旁的客栈里,他们常常干劫富济贫的好事。不过,她也许住在森林里,住在山洞里,可无论怎么说,她肯定和心地善良的强盗们住在一起,给他们做饭,替他们看守抢劫来的财宝。也许她在周游世界,察看地上的宝藏,就像安加雷柴娃公爵夫人和圣母那样。圣母也像劝告公爵夫人那样劝告我的母亲:

可怜的奴隶啊,你为何这么贪心?
天下到处是宝物,你为何还要收集金银?
贪心不足的灵魂啊,
人间的财富再多也遮不住你那赤裸的身……

我母亲也用女强盗公爵夫人那样的话来回答她:

原谅我吧，至圣的圣母，
我这负罪的灵魂希望得到您的宽恕。
我打家劫舍并非为了我自己，
为了我那独生子我才成了基督的不肖信徒！

于是，像外祖母一样慈祥的圣母，宽恕了她，说：

嗨，玛留什卡，你的骨子里流的是鞑靼人的血，
啊，想不到你成了基督的背叛者！
那么，去走你自己的路吧。
路是你自己的，眼泪也是你自己的！
穿过森林，你去抢莫尔德瓦人，
穿过草原，你去抢加尔梅克人，
可是，
你千万不能碰那俄罗斯人！……

想着这些童话，我仿佛置身于梦境；忽然，楼下的嘈杂声把我从"梦"中惊醒。我听见下面过道和院子里乱哄哄的，脚步声、叫嚷声连成一片。我连忙向窗外看去，只见米哈伊尔舅舅被外祖父、雅科夫舅舅和酒馆的伙计麦里扬——一个模样十分滑稽的车累米俩人——从门口往街上拖。他死活不肯走，于是外祖父他们几个人就没头没脑地打他，踹他，最后，米哈伊尔舅舅"蹭"一下蹿到尘土飞扬的街道上去了。接着，只听"啪"的一声，门关上了，随即又响起插门和上锁的声音。过了一会儿，一顶揉得皱巴巴的帽子从院墙的大门上扔了出来，四下里又安静了下来。

米哈伊尔舅舅在尘土中躺了片刻工夫，艰难地爬了起来，全身的衣服都被撕成了碎片或长条，头发蓬乱不堪，像个鸡窝似的，他抱起一个大石头朝大门砸去，发出沉闷的巨响，好像砸在了木桶底上。一伙面色黑如锅底的醉汉摇摇晃晃地从酒馆里走出来，歇斯底里地狂叫着，街道上立刻活跃起来：人们都从自家的窗户探出头来，又笑又叫。尽管这一切也像童话一样深深地吸引着我，但却令人感到压抑，可怕。

忽然，街道上又恢复了宁静，一切声音都好像被大地吞没了似的。

……外祖母弓着身子坐在门槛旁边的大箱子上，纹丝不动，也几乎听不到她的呼吸声。我站在她面前，轻轻地摩挲着她那温润的、柔软的面颊，她好像没有看见我似的，阴沉着脸，嘟嘟囔囔地说：

"主啊，您为什么不把您那仁慈的智慧赐给我和我的孩子们呢？主啊，饶恕我们吧……"

　　我大约记得,外祖父在田野街的房子里住了刚好一年的时间,从第一年开春到第二年开春。不过,在这短短的一年里,这所房子可获得了不小的名气。差不多每个星期都有一群调皮的孩子跑到我们家大门口来看热闹,他们高兴地满街叫道:

　　"快来看呀,卡希林家又打架了!"

　　米哈伊尔舅舅一般是晚上来,整夜地在我们的住宅附近游来荡去,像个鬼魂似的,搅得全院不得安宁。有时候,他叫上两三个库纳维诺的流氓前来助阵;他们从山沟悄悄地溜进花园,把所有的草莓和酸栗都给拔掉,然后撒一阵酒疯扬长而去。有一次,他们捣毁了浴室,把里面的东西,诸如浴架、长凳子、水锅等等全弄坏了,还砸毁炉子,掀下许多块地板,拆掉了门和窗户。

　　外祖父阴沉着脸,静静地站在窗前听着他们肆无忌惮地砸毁他的东西。外祖母在院子里忙不迭地跑来跑去,黑暗中看不见她的脸,只听见她大声恳求道:

　　"米沙,你胡倒腾什么呀,米沙!"

　　接着,不堪入耳的辱骂声便像洪水似的从花园里向她涌过来。骂的这些话的真正含义,恐怕连这帮畜生自己也不能理解。

　　这当儿,我不能紧紧跟在外祖母身边,可是离开她我又觉得害怕。于是我从阁楼下来,跑到外祖父的房间,但他一看见我,就粗暴地喊道:

　　"滚出去,该死的小崽子!"

　　我又跑回阁楼,从天窗里望着沉沉暮色中的花园和庭院,瞪大了眼睛盯着外祖母,不停地大喊大叫,生怕她被他们打死。外祖母不理会我,我听见米哈伊尔舅舅辱骂我母亲的声音,大概是因为他听到了我的叫喊声而触动了心事吧。

　　有一次,还是在晚上,外祖父身体不适,躺在床上,缠着毛巾的脑袋在枕头上滚来滚去,大声地叫喊着:

　　"一辈子遭罪受苦,作了不少孽,好不容易攒下一点儿钱,没想到现在竟然落到这样的下场!要不是怕丢人现眼,我早就叫警察啦,明天我就去找省长……唉,这不是叫人笑话嘛!自己的儿子让警察来管教,这还算什么父母啊!哎,忍一忍吧,乖乖地躺着,老啦!"

　　他忽然从床上下来,磕磕绊绊地走到窗前,外祖母赶忙抓住他的手,说:

　　"你要去哪儿,老头子?你到哪儿去?"

　　"把灯点上!"他大口大口地喘着粗气,对外祖母叫道。

　　外祖母把蜡烛点着,他用两只手把烛台捧在胸前,模样像个持枪的士兵似的。他冲着窗户,用嘲笑的口吻大声喊道:

　　"喂,米什卡,你这个胆小如鼠的贼娃子、流氓、地痞、疯狗!"

　　话没说完,只听"哗啦"一声,窗户上方的玻璃被砸碎了,半块砖头飞进来落在外祖母身旁的桌子上。

　　"没打中!哈哈,没有打中!"外祖父放声大笑了起来——与其说是在大笑,不如说是在大哭。

外祖母像抱我似的把他抱起来,放在床铺上,惊叫道:

"怎么回事?怎么回事?上苍保护你!你不能这么做啊,否则他会被流放到西伯利亚!他喝醉了酒,根本不知道这件事的严重性!"

外祖父使劲地蹬腿,哑着嗓子嚷叫:

"让他打死我好了……"

接着,一阵叫嚷声、脚步声、抓挠声便从窗外传了过来。我从桌上抓起那半块砖就往窗口冲,外祖母一把拉住我,将我推到角落里,气呼呼地说:

"哎呀,你这个狗东西……"

有一次,米哈伊尔舅舅手持一条粗棍子,从院子里冲向过道,站在黑色的台阶上"咚咚咚"地砸门。而门后,外祖父正同两个房客和酒馆主人的老婆抄着家伙等着他:外祖父拿一条木棍,两个房客各拿一条尖头长棍,那个高个子女人拿一把擀面杖。外祖母在他们身后走来走去,苦苦哀求道:

"让我出去吧,我跟他说几句话,……"

外祖父像《猎熊图》上那个手持钢叉的壮汉一样,向前弓着一条腿。外祖母转悠到他跟前时,他一声不吭地用胳膊肘推她,用脚踹她。四个人凶巴巴地站在那里严阵以待。墙角挂着一个灯笼,微弱的光线照在他们的头上。我站在阁楼的梯子上,俯视着这一切,很想冲下去把外祖母拉上来。

舅舅依旧奋力地撬门,门开始摇晃了,随时都有可能从上面的活页跳出来。下面的活页已经被砸坏了,"吱吱嘎嘎"地发出刺耳的声音。外祖父对那几个帮手严厉而坚决地说:

"除了脑袋,别的地方你们尽管打……"

门边的墙上有一个脑袋大小的窗户,上面的玻璃早已被舅舅打得稀巴烂,周围还留下一些碎片,窗口就好像一只挖掉眼珠的眼睛似的,黑洞洞的。

外祖母冲到窗口,伸出一只胳膊,挥着手喊道:

"米沙,看在老天的份上,你赶快走吧!要不然,他们会把你打成残废的,快走吧!"

舅舅提起棍子朝她的胳膊砸了下来,只见一个很粗的东西在窗口迅速地闪过,击在外祖母的胳膊上。紧接着,她就跌倒在地,仰面朝天,但仍然叫道:

"米沙,快跑啊,米沙!……"

"喂,老婆子,你怎么啦?"外祖父吼叫起来,声音煞是怕人。

突然,门一下子被打开了,舅舅冲进漆黑的门洞里,但立刻就像一团肉球似的被甩到台阶下面去了。

那个女人把外祖母搀到外祖父屋里,过了一会儿,外祖父也回来了,走到外祖母身边,黑着脸说:

"怎么样,骨头没有伤着吧?"

"哎哟,我估计是断了,"外祖母紧闭着眼睛说,"他怎么样啦? 你们把他怎么处置啦?"

"你少说两句好不好?"外祖父粗暴地喝道。"你以为我也没有人性吗? 我们把他捆了起来,扔到棚子里了。我在他身上浇了冷水……嘿,凶狗似的! 不知道像哪个家伙?"

外祖母"哼哼"起来。

"你忍着点儿,我已经派人去找接骨婆啦!"外祖父坐在床上,安慰道。"他们要折腾死咱们俩,老婆子,用不了多久就会被这两个畜生活生生地折腾死!"

"都给他们吧,……"

"胡说! 都给他们了,瓦尔瓦拉怎么办?"

两个人谈了很长时间,外祖母的声音既低沉又可怜,而外祖父却火气很大,一直在吵闹。

不久,一个驼背的小老太婆走进来。她的嘴特别大,几乎能咧到耳根,下巴不停地颤动着,像鱼似的张着嘴,鼻子尖尖的,越过上唇向嘴里探头探脑,她的眼睛瞎了,扶着拐杖摸索着探路,手里拎着一个包袱,随着她的移动,不时地发出"叮叮当当"的声音。

我以为这个老太婆是来要外祖母的命的,于是蹦到她面前,发疯似的叫道: "给我滚出去!"

外祖父一把揪住我,毫不留情地将我扯到阁楼上去了……

第七章

我很早就清楚,外祖父和外祖母各有各的上帝,俩人的上帝不一样。

我记得,外祖母早晨醒来,总要长久地坐在床上,梳理她那又黑又密的长头发。梳的时候,她牙关紧咬,头一仰一仰的,撕下一绺绺发丝,因为怕吵醒我,压低了声音骂道:

"这遭天杀的头发!叫你得纠发病,真可恶,……"

把头发梳好,她迅速地编成发辫,然后匆匆跑去洗脸,气哼哼地呼哧着鼻子,还没有把睡皱了的大脸上的怒色洗掉,就站到了圣像面前祷告。这时,真正的早晨的盥洗开始了,她马上变得神采奕奕。

她挺直身子,仰起头,和善地望着喀山圣母的圆脸,张开手臂在胸前恭敬地画着十字,热切地低声祈祷:

"无上光荣的圣母啊,把你的恩惠赐予未来的日子吧,圣母!"

她虔诚地鞠躬到地,然后慢慢地伸直腰,于是更热切、更虔诚地再次低声祈祷起来:

"最最圣洁的圣母,你是欢乐的源泉,是盛开的苹果树!……"

她每天早上祈祷,我都一心一意地听着,因为几乎每次她都能找到新的词语赞美圣母。

"上天的心啊,你是我的纯洁之心!圣母啊,你是我的庇护者,你是我的大恩人,你是金光四射的太阳,求你将罪恶的诱惑祛除掉吧,不要让任何人受欺凌,也不要让我没来由地受欺侮!"

她那一对黑眼睛里露出了笑意,她好像变得朝气蓬勃了,抬起沉重的手,缓缓地画着十字。

"耶稣基督,上帝的儿子,请看在圣母的份上,大发慈悲,施舍恩惠给我这个罪人吧!……"

她的祈祷从来都是对圣母的赞美,诚恳而又率直。

外祖父已经不雇仆人了,因为要去泡茶,所以她祈祷的时间较短。如果在外祖父规定的时间她还没有把茶准备好,他就会气冲牛斗,喝骂不休。

外祖父有时醒得比外祖母早,来到阁楼上,碰见她正在低声祈祷。听一会儿之后,他就撇撇两片发暗的薄嘴唇,露出轻蔑的神色,在喝早茶的时候便嘟囔起来:

"你这个橡木脑袋,我已经教过你多少次应当如何祈祷,可你还是老样子,念你那一套,异教徒!上帝早被你唠叨烦了!"

"他心里明白,"外祖母满怀信心地答道,"无论你对他说什么,他都听得懂……"

"讨厌的楚瓦什女人!嗨,你们这些人啊……"

她整天都在问候上帝,甚至对牲口也不忘记提起上帝。我清楚,人、狗、鸟、蜜蜂、花草……一切生物都很容易地、老老实实地服从她的上帝;对人世间的一切,上帝都是同样的亲切,同样的慈善。

酒馆女主人养着一只猫,它有着云烟色的毛,金黄色的眼睛,机灵乖顺,爱吃美味的食物,讨人喜欢,全院的人都喜欢它。有一天,它把一只八哥儿从花园里拖走,外祖母看见了,立刻从它的嘴里把这只被折磨得半死的鸟儿夺下来,训斥那猫:

"你这个无耻的坏种,难道你不怕上帝!"

听了这句话,酒馆女主人和扫院子的杂工都笑起来,但是外祖母生气地冲他们喊道:

"你们以为畜生不知道上帝呀?任何生物都知道上帝,甚至知道的不比你们少,你们这些人,没有一点儿慈悲心……"

她一面套那匹肥大的垂头丧气的沙拉普,一面对他低声说:

"上帝的奴仆,你为什么老是一副没精打采的模样呢,嗯?你这老东西……"

沙拉普摇着头叹息。

可是,外祖母念叨上帝的名字,不像外祖父念叨得那么勤。我觉得,外祖母的上帝容易理解,也不可怕,但不能对他说谎话——对他说谎话会感到十分难为情,他在我心里引起的只是无法遏止的羞耻。况且,我从来不对外祖母说谎话。什么事都瞒不住这个仁慈的上帝,好像就连隐瞒的念头也没有出现过。

有一天,酒馆女主人和外祖父发生口角,她顺便把没有参加他们的吵架的外祖母也给骂上了,而且骂得很凶,还拿胡萝卜砸她。

"你为什么不分青红皂白地就骂我呢,我善良的太太?"外祖母平静地对她说,然而这使我非常气愤,我打定主意要把这个泼妇狠狠地修理一顿。

我于是细细思索起来,想着如何才能把这个双下巴、小眼睛、棕红头发的胖女人整治一下。

据我观察,邻居之间发生矛盾以后,他们采取的报复手段通常是:剁掉猫尾巴、毒死狗,打死鸡,或者半夜三更地悄悄溜进仇家的地窖里,把煤油浇到腌白菜和黄瓜的木桶里,放出桶里的克瓦斯。但是,这些手段我都不太满意,应该想出一个更加令人可怕、令人恼火的办法。

我终于想出了一个办法:趁酒馆女主人下地窖的时机,我偷偷地把地窖的顶盖盖上,锁好,而且在上面以一个得胜者的姿态狂舞了一阵,然后把钥匙朝屋顶一扔,欢天喜地地跑进厨房,外祖母正在那里做饭。她起初不明白我为什么乐滋滋的,但是，当她得知情况以后，在我的屁股上狠狠地揍了几巴掌，把我拖到院子里，硬要我到屋顶上去找钥匙。她的态度使我非常惊奇，我默然不语地把钥匙拿下来，然后躲到院子的角落里看她释放我的这个"囚犯"，她们俩有说有笑地走过院子，样子十分友善。

"我要让你为此付出代价。"酒馆女主人扬起胖乎乎的拳头吓唬我说，但是她的脸上却堆满了笑意，几乎连她的小眼睛都被遮没了。外祖母抓住我的领子，把我拉进厨房，问道：

"你为什么要搞这个恶作剧？"

"她拿胡萝卜砸你……"

"你是替我报仇吗？原来是这么回事！你这个没用的东西，我把你塞到炉底下喂老鼠，你就明白啦！你充什么英雄啊，一个拳头大的小泡儿，一扎即破！如果让你外祖父知道了，他非剥掉你一层皮不可！快到阁楼上念书去！……"

她整整一天都没有搭理我。到了晚上，祈祷之前，她在床沿上坐下，声色俱厉地对我说了一番终生难忘的话：

"廖恩卡，我的乖孩子，你要记住：别去理会大人的事！大人都有好多坏心眼，上帝正在考验他们。你年纪尚小，还没有受到考验，你应当按照孩子的想法和方式生活，等待上帝来敲开你的心灵之门，指引你做什么，走哪条路，知道吗？至于谁对谁错，谁是谁非，这与你毫不相干，上帝自会做出公正的评判。这是上帝的事，我们不要瞎掺和！"

她沉吟了片刻,闻了闻鼻烟,眯缝起右眼,继续说:

"退一步讲,有时上帝也弄不清楚谁犯了过错。"

"上帝不是无事不晓的吗?"我问道,露出了惊讶的神色。外祖母悲伤地轻声答道:

"如果真是这样,很多事情人们或许就不会去做啦。上帝在天上俯视凡界,观察众生,有时也会伤心地号啕大哭:'人们啊,我亲爱的子民啊!唉,我真可怜你们啊!'"

她自己也哭了起来,站起身到墙角祈祷去了,脸上依然带着泪水。

打那时起,我觉得她的上帝更亲近更容易理解了。

外祖父也常常这样教育我,说上帝无所不在,无时不在,乐施好善,神通广大,无论什么事都蒙蔽不了他的眼睛,但是他的祈祷跟外祖母迥然不同。

每天早晨,在到墙角祈祷之前,他慢腾腾地洗完脸,然后把衣服穿得整整齐齐地,把棕色的头发梳了又梳,修剪一下胡子,对着镜子拉直衬衫,把黑色的三角围巾塞进背心里,最后轻轻地走到圣像跟前,好像怕把什么人惊动了似的。地板上有一块马眼般大小的节疤,他总是在那儿停下来,默默地站上一会儿,垂着头,两只手臂伸展开来,紧贴着身子,规矩得活像一个士兵。然后,他挺直了干瘦的腰板,一本正经地说:

"'以圣父圣子圣灵的名义!'"

我觉得,他说完这句话以后,屋子里似乎显得十分肃静,就连"嗡嗡"飞着的苍蝇都飞得更加小心了。

他昂首挺胸地站着,眉毛高高扬起,头发竖立,金黄色的胡子撅得平平的。他语气果断地念着祈祷词,好像是在回答功课一样:口齿清楚,而且极富威严。

"'审判官突然到来,每个人的行为都暴露出来……'"

他握起拳头轻轻地捶打着自己的胸膛,用坚决的口吻请求道:

"'我只对你一个人犯罪,请您把脸扭过去,不要看我的罪恶吧……'"

他念《信经》时,字音咬得特别清楚。他的右腿微微地抽动,仿佛是在无声地给祈祷打拍子。他的整个身子紧张地向圣像倾过去,他好像在长高,变得越来越细,越来越瘦,他的全身是那么整洁,他的神情是那么诚挚:

"'降生一个医师吧,圣母,医治我多年来郁结在心中的痛苦吧!向您呼唤的声音从我的心底不断地发出,求求您啦,圣母!'"

他高声恳求,绿眼睛里噙满了泪水。

"'上帝啊,看在我的信仰的份上,请不要阻止我要做的事情,因为那些事情足以证明我是无罪的!'"

这时,他用颤抖着的手画十字,好像山羊牴人似的不住地点头,而且发着又尖又细的抽搭声。后来,我到过犹太教会,方才明白外祖父是按照犹太人的方式祈祷的。

桌子上的茶壶早已"噗噗"作响，奶渣煎黑面饼的气味在屋子里弥漫着，使我馋涎欲滴！外祖母靠着圆柱子，耷拉着眼皮望着地板叹息，面色十分阴沉。欢乐的太阳从花园照进窗户，树上的晨露闪烁着，仿佛晶莹夺目的珍珠，茴香、酸栗和成熟的苹果的幽香在空气中散发着。可是外祖父仍然站在那里摇晃着身子祈祷，尖声尖气地叫道：

"'熄灭我胸中燃烧着的欲火吧，我穷困潦倒，而且品行恶劣！'"

我把晨祷和晚祷的全文都记熟了，不仅如此，我还专心致志地倾听外祖父会不会念错，会不会漏掉字句。

这种情况很少发生；不过，一旦发生，我就有一种幸灾乐祸的感觉。

做完祈祷，外祖父对我和外祖母说：

"你们好啊！"

我和外祖母也向他欠身问好，大家最后围着桌子坐下来。刚刚坐定，我就对外祖父说：

"你今天把'补偿'两个字给漏掉了！"

"你该不会是瞎说吧？"他有点不大相信地问道，露出了不安的神色。

"我没有瞎说，真的！应该念作：'但是一切可以由我的信仰来补偿'，可是你今天没说'补偿'这两个字。"

"竟然会有这种事！"他感叹道，面带遗憾地眨巴着眼睛。

事后他总会找个借口狠狠地整治我一顿，因为我指出了他的过错。但是无论如何，这时看着他那副尴尬的模样，我心里倒很得意。

有一次，外祖母用一种取笑他的口吻说：

"老头子，你念叨的永远是你那一套，上帝都已经听得腻烦了。"

"你说什么？"他拉长了语调，恶声恶气地说。"你在胡说什么？"

"我说，我不论怎么认真听，都感觉你没有把心里话说给上帝听！"

他脸涨得通红，浑身颤抖起来，跳到椅子上，抓起碟子就朝着她劈头盖脸地砸去，一面不住嘴地叫嚷着，好像锯木节似的：

"哼哼，你这个老妖婆！"

他老是给我讲上帝的力量是无穷的，可以征服一切，而且再三强调这种力量多么残酷。他说，如果人们犯了罪，那么就会被淹死，再犯了罪，就会被烧死，他们的城市会被毁灭。他还说，上帝永远是挥舞着宝剑统治人间，挥舞着皮鞭对付恶人，用冻馁和瘟疫来惩罚人们。

"凡是违背了上帝的意志的人，都要遭受灾难和灭亡的惩罚！"他神色严厉地说，一面用细细的手指关节"咚咚"地敲着桌子。

上帝真的很残酷吗？我不大相信。我怀疑这些东西全是外祖父为了让我怕

他,而不是怕上帝而有意编造出来的。于是我直截了当地问道:

"你说这些,是为了让我听你的话吧?"

他也直率地答道:

"是啊!你还敢不听话吗?!"

"那么,"我又问道,"外祖母为什么不说这些呢?"

"你别信她的,她是个老糊涂虫!"他严厉地训导我说。"她从小就很愚蠢,既不识字,又没头脑。我以后坚决不容许她把这些重大的事情讲给你听!你告诉我:天使共分多少级别?"

我做了回答,立刻追问道:

"那么,这些官吏是什么人呢?"

"你看你,又扯到哪里去了!"他嘿嘿一笑,避开我的目光,咬着嘴唇,不大乐意地解释说:

"这跟上帝风马牛不相及,你刚才问的那些官吏是人间的事!官吏是吃法律的,法律都被他们吃了。"

"那么,法律又是什么呢?"

"法律?法律就是习惯。"外祖父高兴地答道,那双智慧而且带刺的眼睛闪闪发光。"人们在一起生活,渐渐达成了共识,一致认为:这个办法最好,于是我们就把这个当成习惯,并且定为规矩,称作法律!这跟你们小孩子玩游戏大同小异:先说好怎么个玩法,然后立下规矩。那么,这个规矩就是法律!"

"官吏是干什么的?"

"官吏好像爱捣蛋的孩子,他一来就把所有法律破坏了。"

"为什么?"

"得啦,得啦,这个你现在还搞不明白!"他严厉地说,皱了皱眉头,接着又训导我:

"人们的一切事情全由上帝掌管!人们要这样,他偏偏不乐意。人的事情都是不可牢靠的。如果上帝吹口气,那么一切都会变成烟云,随风飘散。"

我有很多理由对官吏发生兴趣,于是我继续问他:

"可是雅科夫舅舅总是这么唱:

光明的天使啊,

你是上帝的官吏;

撒旦的奴隶啊,

你成了人间的官吏!"

外祖父用手掌托起胡须,把它塞进嘴里,然后闭起眼睛。他的腮帮在抖动,我看得出,他正在暗自发笑呢。

"哼,把你和雅什卡的腿绑在一块儿,投到河里去!"他说。"这些歌他不应当唱,你也不应当听。这是那些异教徒瞎编出来的,是分裂派教徒的戏言。"

他沉思片刻,眼睛越过我的头顶往前注视着,拉长了腔调低声说:

"嗨,你们这些人啊……"

虽然,他把上帝威严地、高高地凌驾于世人之上,但也请求上帝以及许许多多的圣徒参加他的各种事情,一如外祖母。不过,除了尼古拉、尤里、弗罗尔和拉夫尔之外,外祖母对于其他的圣徒仿佛一无所知似的,尽管他们也很善良,对人们也非常亲近。他们走遍乡村和城市,介入人们的生活琐事,而且具有人的一切属性。外祖父的圣徒几乎都是一些蒙难者,他们鄙视偶像崇拜,跟罗马教皇辩论,为此,他们有的受到严刑拷打,有的被火烧死,有的被扒皮。

外祖父有时幻想:

"如果上帝帮助我把这所房子卖掉就好了,哪怕赚五百卢布也行,我情愿为此给圣徒尼古拉做一次谢恩祈祷!"

"你瞧,这个老糊涂虫,好似圣徒尼古拉除了帮他卖房子之外,再也没有别的事可做一样。"外祖母私下对我说,露出了嘲笑的神色。

我把外祖父那一本上面有他亲笔写下的字句的教堂日历保存了很久。譬如,在约阿基姆节和安娜节背面,用红墨水工工整整地写着:"恩人们拯救了我,使我免受了一场灾难。"

他所说的这场"灾难"我记得很清楚:米哈伊尔舅舅和雅科夫舅舅俩人的染坊生意不景气,外祖父为了帮助他们,开始放高利贷,偷偷接受典当。但是,不知什么人告了他的密。一天夜里,警察突然来搜查,闹得鸡犬不宁,人心惶惶,结果有惊无险。外祖父祷告了一夜,直到太阳出来。早晨他在教历上写下那句话的时候,恰巧被我看见。

晚饭前,他和我一块儿念圣经、日课经,或者叶夫列姆·西林的大部头的著作,接着便开始祈祷。吃过晚饭,四周万籁俱寂,只听见外祖父长久地凄凉地忏悔:

"永世不朽的上帝啊,我怎样侍奉你,怎样报答你……大慈大悲的上帝啊,保佑我们,别让我们想入非非……伟大圣洁的上帝啊,保佑我不受恶人欺负……让人们为我流泪,在我死后记住我吧……"

但是外祖母常常说:

"哎哟,看样子我没法祈祷啦,我今天可累坏啦,睡吧……"

外祖父常常带我到教堂去。每逢星期六他就去做彻夜祈祷;每逢节日他就去做弥撒。在教堂里,人们在什么时间向哪个上帝祈祷,我也能区别开来:神父和助祭念叨的,全是对外祖父的上帝祈祷,而唱诗班唱的颂歌,全是对外祖母的上帝赞扬。

当然,对于我孩提时心目中的两个上帝,我只是粗略地说说。我记得,这种差异曾使我不安,使我伤心。因为外祖父的上帝不爱任何人,老用严厉的目光注视一切，所以我对他感到恐惧，心里也不痛快。他看人，首先寻找人的阴暗的一面：坏的、恶的、有罪的、卑污的……这么看来，他是不相信人的，总是期盼着人们向他忏悔，喜欢惩罚人们。

在那些日子里，对于上帝，我是那么的热衷，那么的爱恋，以至于他成了我的主要的精神食粮，成了我生活中最美好的东西，其他一切印象都是残酷的，污浊的，只能让我生气，使我沮丧，引起我深深地厌恶心情。上帝是我周围的一切事物中最美好、最有光彩的，外祖母的上帝是一切生物的最可爱、最忠实的朋友。同时，有个问题一直困扰着我：外祖父为什么看不见慈善的上帝呢？

家里的人不允许我上街玩耍，因为街上的东西使我眼花缭乱，看了，我就兴奋，仿佛喝醉了酒似的，几乎每次出去都要惹是生非，成了一个捣乱、打架的大坏蛋。我没有同伴，邻居的孩子们都很敌视我。当他们得知我不喜欢被人叫作卡希林以后，反而叫得更厉害了，故意气我：

"噢，小气鬼卡希林的孙子出来啦，快来看呀！"

"揍他一顿！"

于是，一场斗殴就开始了。

只要一打架，他们就合伙来对付我，因为在年岁相当的孩子们中间，我的力气算是大的，而且身手也很灵活，围打我的敌人也承认这一点。尽管如此，我独自一人还是抵不住整条街的孩子的合击，所以每次回家我几乎都是鼻青脸肿，嘴唇破裂，衣服撕得稀烂，浑身是泥。

看见我这副模样，外祖母总会大吃一惊，心疼地说：

"又打架啦，是不是，小萝卜头？你到底是怎么回事啊？要不要我再狠狠揍你一顿？……"

她给我洗了脸，在伤痛的地方敷上一种海绵状的东西，贴上铜币或者抹一些醋酸铅水，并且劝我说：

"你这浑小子，为什么老打架呢？在家里乖乖的，一出大门就不像话了！好不害臊！当心我告诉你外祖父，把你锁在家里……"

外祖父看见我脸上青一块，紫一块的，可是从来不训斥我，只是咂巴着嘴，粗着嗓子低吼道：

"又当英雄了？我的阿尼克武士？记着以后别再往街上跑了，听见没有？！"

如果街上安静的话，那么我就不感到它有吸引力。但是，一旦听见孩子们快乐的吵闹声，我就坐立不安了，把外祖父的禁令抛在脑后，立刻从院子里蹿了出去。被打得浑身是伤我倒并不生气，可街道上那些令人无法忍受的恶作剧，却使我非常愤慨。那些为我十分熟悉的残忍行为，有时达到发疯的地步。他们挑逗狗或公鸡互相斗架，毒打猫，追赶犹太人的山羊，侮辱喝醉酒的乞丐和一个外号叫"口袋里的死鬼"的傻子伊戈沙，我感到非常生气。

伊戈沙又高又瘦，浑身好像被熏烤过似的，黑黝黝的。他穿一件羊皮袄，瘦削的、铁锈色的脸上长满了硬毛。他弓着腰在街上行走，奇怪地摇晃着，两只眼睛呆呆地盯着脚下的地面，一句话也不说。他的眼睛细小而且忧郁，脸孔铁铸似的，使我敬畏。我隐隐觉得，他似乎正在谋划着什么大事，正在寻找一件很重要的东西，不应该骚扰他。

孩子们紧跟不放，拿石子砸他的驼背。他好像觉得这些孩子始终不存在似的，甚至连疼痛也感觉不到。但是，他忽然停了下来，仰起头，用颤巍巍的手扶一扶头上的破皮帽，四下里张望一番，仿佛刚刚清醒过来似的。

"喂，伊戈沙，你这个口袋里的死鬼，你要到哪儿去啊？当心，你口袋里有个死鬼！"孩子们叫喊着。

他一把抓紧口袋，然后，很快地弯下腰从地上拾起石子、木棍或者土坷垃，笨拙地扬起长胳膊朝孩子们砸去，一面嘟嘟囔囔地骂个不停。他骂人的话翻来覆去就那么几句，可是孩子们在这方面的词语比他要丰富得多，而且稀奇古怪的。有时他一瘸一拐地去追他们，由于那件皮袄太长，老绊他的腿，所以动不动就跌倒在地，双膝跪着，用两只瘦若枯枝的黑手撑着地面。趁这当儿，孩子们迅速跑过来，用石子猛砸他的腰和背，胆子稍微大一点的孩子甚至冲到他的面前，把泥土往他头上一撒，然后拔腿就跑。

大街上，还有一个令我悲痛的印象，他就是格里戈里·伊凡诺维奇——外祖父家里的老师傅。这时他的双目已经完全失明，流落街头，到处乞讨。他高高的个儿，气度不同常人，总是一声不吭。一个矮小的脸色灰白的老太婆给他引路。她牵着他的手，每到一家窗口就停下来，眼睛瞟着路旁，拉着尖腔喊道：

"看在上帝的分上，可怜可怜这个瞎眼老叫花子吧……行行好吧……"

可是格里戈里·伊凡诺维奇却沉默不语。他那副黑色的眼镜直直地对着墙壁、窗户和迎面走来的行人。他紧闭着嘴，用一只被染料染透了的手轻柔地捋着宽宽的胡须。我虽然在街上常常碰到他，但是从来没有听见他说过一句话——哪怕是一点儿声音也没有听见。老人的沉默使我不仅感到伤心，而且觉得压抑。我没有勇气到他跟前去，一次也没有；相反的，远远看见他，我就跑回家去，对外祖母说：

"格里戈里在街上讨饭呢——这是我亲眼看到的！"

"真的吗？"外祖母怜悯地叫了一声，露出不安的神色。"来，拿着这个，快给他送去！"

我坚决不去，而且很气愤。她只好亲自拿着东西去站在人行道上，和格里戈里谈了许久。他脸带微笑，胡须一抖一抖的。不过，他很少说话，即使说话也是只言片语。

有时外祖母把他叫到厨房里来，给他喝茶，吃点东西。有一次，他问起了我，外祖母就喊我来见他，但是我跑开了，躲在木柴堆里。我不愿到他跟前去，因为在他面前我觉得十分难为情。我也知道,外祖母也很难堪。我跟外祖母只提过一次格里戈里的事。那一天,她把他送出大门之后,回到院子里,低着头抽泣着。我走到她身边,拉着她的手。

"你为什么不去见见他呢?"她轻声地问道,"他非常喜欢你,他可是个好人啊……"

"外祖父为什么不养活他?"我问道。

"你外祖父?"

她停了下来,把我搂到怀里,贴着我的耳朵低声预言说:

"你记着:我们迟早都会因为这个人而遭到上帝的惩罚!一定会的……"

果然不幸被她言中:大约在十年后,外祖母与世长辞,外祖父则沦落为乞丐,而且疯了,流落街头,乞讨度日,可怜兮兮地在人家窗下哀求着:

"行行好吧,善良的厨师们,给我一个馒头吧,可怜可怜我吧!嗨,你们这些人啊……"

往事真的不堪回首,现在他只剩下这句酸楚的、慢条斯理的、令人不安的话:

"嗨,你们这些人啊……"

除了伊戈沙和格里戈里之外,还有一个人使我感到难过,那就是一看见我就远远地躲开的荡妇沃罗尼哈。她个儿高大,头发蓬乱,脸孔污垢不堪,老是喝得仿佛一只醉猫似的。每逢过节她就跑到街上来。她走起路来好像脚不着地,轻飘飘的,边走边唱着淫秽的歌曲。人们一旦看见她迎面走来,就像躲避瘟疫一样,连忙躲到门洞后面、墙角和店铺里,仿佛遇到扫大街的似的。她脏兮兮的脸透着铁青,腮帮肿得好像气泡似的,一双灰色的大眼睛又滑稽又可怕的圆睁着。她有时杀猪般地嚎叫,哭道:

"你们在哪儿啊,我的孩子们?"

有一次,我问外祖母:

"她到底是怎么回事?"

"这事你犯不着问!"外祖母阴沉着脸答道,但是仍然解释了几句:这个女人的丈夫是个官吏,名叫沃罗诺夫。他为了升官就把自己的老婆卖给了他的上司,他的上司就把她带走了。两年以后,她回到家,发现她的两个孩子——一男一女全都死了,她的丈夫也被抓去坐牢,因为赌钱输了一笔公款。这个女人万念俱灰,于是就喝起酒来,放荡不羁,胡闹不止,每逢过节的夜晚,她就被警察抓了回去……

不错,家里的确比街上好些,尤其是午饭后的那段时光更是美妙无比。外祖父到雅科夫舅舅的染坊去了,外祖母就坐在窗户前面给我讲各种有趣的故事,讲我父亲的事。

那只外祖母从猫嘴里夺下来的八哥儿,已经养好了伤。她剪掉它折断了的翅膀,在那条受伤的腿上巧妙地绑上一根木片,治好了它,而且教它学讲话。有时,她在窗框上靠着,守着鸟笼子站上整整一个小时。她好像一只温顺的野兽似的,用低沉的声音对着这只黑漆漆的、喜爱模仿的鸟不住地说:

"喂,你用恳求的口气说:'给小八哥儿喂饭吃!'"

八哥儿斜着那只滑稽演员的、生动的眼睛望着她,用腿上的小木片扑打着薄薄的笼底,伸长脖子学黄鹂啼,夸张地学松鸦和布谷鸟"咕咕"地叫、学猫儿"咪咪"地叫、学狗"汪汪"地叫,可是学人说话总显得很笨拙。

"喂,别捣蛋!"外祖母对它认真地说,"你快说:'给小八哥儿喂饭吃!'"

这只长相酷似丑陋的猴子的鸟儿大叫一声,有点外祖母教的那句话的味道,于是她高兴地笑起来,用指头递给它要的稷子粥,乐呵呵地说:

"你这个调皮鬼,我早就猜出你在耍滑,我心里明白,其实你什么都能说,什么都能一学就会!"

外祖母果真把这只八哥儿给教会了。不久,它就能够主动跟人要饭吃了,而且口齿相当清楚。一看见外祖母,它就拉长腔调喊出很像"你——好——啊!"的声音。

这只八哥儿最先挂在外祖父的屋里,后来因为它老学外祖父说话,使外祖父非常腻烦,于是就把它移到我和外祖母住的阁楼上来。外祖父清晰地背祈祷词,它就把黄蜡似的小嘴伸出笼外,尖声尖气地跟着外祖父叫道:

"啾,啾,啾,伊儿,秃伊儿,踢伊儿,啾——啊!"

外祖父觉得这只鸟儿有意惹他生气。有一天,他停下祈祷,跺着脚发疯似的大叫道:

"快把这个鬼东西给我拿到一边去,否则我打死它!"

在这个家里,有许多有趣的和好玩的事,但有的时候,一种难以排遣的忧郁和沉闷压抑着我。我浑身好像被一种混浊的溶液灌满了似的,长久地陷进黑暗的深渊里,失去了视觉、听觉、知觉等等一切感觉,眼前黑的伸手不见五指,浑浑噩噩地生活着……

第八章

外祖父突然把房子卖了,买主是酒馆老板,在缆索街重新买了一幢。这条街上没有铺石子,长着杂草,但很清洁、安静。它穿过两排漆成各种颜色的小屋,一直通到田野。

这所新房比从前那所更漂亮,更令人喜欢。它的正面的墙涂着深红色油漆,让人有一种温暖而宁静的感觉;三个窗户上都装着浅蓝色的护栏板,阁楼上的窗户装的是筛状护栏板,它们在明亮的阳光下显得非常耀眼;靠左边的房顶遮掩着榆树和菩提树的浓荫,十分美丽。院子里和花园里有许多僻静的角落,特别舒适,好像是专门为孩子们捉迷藏设计的。花园尤其美观好看,它虽然不大,但草木葳蕤,错落有致,使人感到愉快;花园的一角有一所玩具似的小巧的洗澡房;另一角是一个相当大的深坑,坑里长满了青草,几根烧焦了的木头在草丛中露着,这是旧洗澡房被烧以后留下来的痕迹。花园左边是奥夫相尼科夫上校的马棚的围墙,右边是贝特连家的房子;花园前边连接着卖牛奶的女商贩彼得罗芙娜的菜地,她是一个面色红润的肥胖女人,说起话来声音很响,而且从早到晚吵吵闹闹个不停;她的小屋坐落在地平线下面,破旧不堪,阴暗潮湿,不过屋顶上面盖着的一层青苔,使它增色不少,两个窗口安详地瞅着深壑纵横、远处是一片浓密的树林的田野;田野上整天都有士兵训练,跑步,在秋天的斜辉下,他们的刺刀闪闪地发着白光。

整所宅院里挤满了人,我一个也不认识:一个鞑靼军人在前院住着,他的老婆虽然个儿矮小,但是又圆又胖,整天都吵吵嚷嚷,笑笑嘻嘻,常常弹着一把装饰得非常漂亮的吉他,用嘹亮的嗓音高亢地唱一支热情的歌儿:

> 光有爱情还不够,
> 再找一个解忧愁!
> 千方百计找到它。
> 只要顺着正道走,
> 瞅准机会去等候,
> 就会得到好报答!

那个军人也长得圆滚滚的,仿佛皮球似的。他坐在窗户旁,鼓着胖乎乎的、发青的脸,快活地瞪着一双棕红色的眼睛,不住地抽着烟斗,一面奇怪地咳嗽着,发出狗叫一样的声音：

"呜汪,呜汪,汪,汪……"

在地窖和马棚上面,有一间温暖的小屋,两个运货的马车夫在里面住着:个儿矮小、头发灰白的彼得大叔和他的哑巴侄子斯捷帕,他是一个体格强健、面孔好像红铜托盘的小伙子;那里还住着一个名叫瓦利伊的勤务兵,他是鞑靼人,长得又高又细,一副愁眉苦脸的样。这些都是陌生人,他们身上有许多我很惊奇的东西。

但是,那个外号叫作"好事情"的包伙食的房客最令我感兴趣,他深深地吸引着我。他在后院的厨房隔壁租了一间屋子,这间屋子很长,有两个窗户,一个朝着花园,一个向着院子。这个人有点儿驼背,瘦瘦的,面色白净,留着两撮黑黑的胡子,眼镜后面的一双眼睛闪烁着和善的光芒。他很少说话,不被人注意,每次叫他吃饭或者喝茶的时候,他总是回答:

"这是好事情。"

无论是背地里还是当他的面,外祖母都这样叫他:

"廖恩卡,去叫'好事情'来喝茶!喂,'好事情',您怎么才吃这么点儿?"

他的屋子里塞满了各种各样的箱子和许许多多我所不认识的世俗字体刊印的厚厚的书籍;到处都是盛着五颜六色的液体的瓶瓶罐罐,铜片、铁片和成条的铝随处可见。从早到晚,他穿着一件棕红色的皮上衣,一条带方格的浅灰色的裤子,身上沾满了各种漆料,散发着一种难闻的气味;他的头发脏乱不堪,做起事来动作笨拙,整天架在那里熔化铝条,焊接铜器,或者在小小的天平上称来称去,同时,"哼哼唧唧"的,有时烧疼了手指,忙不迭地向它吹气,踉踉跄跄地走到挂图跟前,擦擦眼镜,在那儿看来看去,他那又细又直、白得出奇的鼻子凑近图纸,仿佛在闻它似的。有时他突然在屋子中央或者窗户旁边停下来,双目紧闭,沉默不语地呆呆地站上好大一会。

我爬到板棚顶上面,隔着院子从那个敞开的窗口对他进行观察,我看得见桌上酒精灯的蓝色的火焰和一个黑乎乎的人影,看得见他在一个破旧的本子上涂涂画画,他的眼镜放射着清冷的光,好像两片薄冰似的;我常常在板棚顶上一趴就是几个钟头,他的魔术般的工作太使我感兴趣了。

有时,他背着双手仿佛站在木框子里似的站在窗口,眼睛眨也不眨地望着板棚的屋顶,可是他好像并没有发现我,这使我大为恼火。突然,他急匆匆地跑到桌子前,俯下身子,在桌子上搜寻什么东西。

我暗想,如果他是个有钱人,穿着更讲究些,我肯定会怕他的,但是他显然很穷:露在皮上衣领口外面的衬衣领子又脏又皱,打满补丁的裤子污斑点点,赤脚穿着破鞋。穷人不可怕,而且没有危险,我在不知不觉中相信了这一点,因为外祖母怜悯他们,外祖父蔑视他们。

这位"好事情"在宅院里不讨人喜欢:一谈到他,大家都露出讥讽的神色。鞑靼军人那位快乐的妻子叫他"白灰鼻子",彼得大伯叫他"药剂师"和"魔术师",外祖父叫他"巫师"和"虚无份子"。

"他到底在干什么?"我问外祖母。她严厉地对我说:

"没你什么事。别东问西问的,懂了没?"

有一天,我壮着胆子走到他的窗户跟前,强压住内心的激动,问道:

"你究竟在干什么?"

他吃了一惊,透过眼镜上方把我仔细地端详了一番,接着向我伸出一只布满烫伤和烧伤的手,说:

"爬进来吧……"

他叫我从窗口跳进去,而不是让我从门口走进去,这让我感觉他确实不同一般。他坐在箱子上,让我站在他面前,不时把我推开,不时把我拉近,最后,他压低了声音问我:

"你打哪儿来?"

这叫我有点儿不知所措:我每天四次在厨房里吃饭喝茶,每次坐在他身边的啊!我回答说:

"我是房主的外孙子……"

"啊哈,我想起来了。"他瞧着自己的手指说,接着又默不作声了。

这时,我觉得应当向他解释一下:

"我姓彼什科夫,不姓卡希林…"

"你姓彼什科夫?"他好像不相信自己的耳朵,又重复了一遍。"这是好事情。"

他推开我,站起身来朝桌子走去,一面对我说:

"很好,你就乖乖地坐着吧……"

我坐了相当长一段时间,仔细看他怎么样用木锉锉那块用老虎钳子夹着的铜。金黄色的铜末落在老虎钳子下面的硬板纸上。他把铜末收集起来,放进一个厚厚的杯子里,再从小罐里倒出一点食盐似的白色粉末,加在杯子里,接着拿起一个黑色的瓶子往杯子里面倒了点什么液体,于是杯子里就发出"咝咝"的声音,而且冒着烟,一股刺鼻的气味直扑鼻而来。我不停地咳嗽,摇晃着脑袋,可是这位怪人却用一种炫耀的口吻问我:

"感觉很难闻,是吧?"

"嗯!"

"这就对了!小家伙,如此一来就太好啦!"

"这有什么大不了的!"我心中琢磨着,然后一本正经地说:

"如此难闻,肯定就是不好的了……"

"你确信?"他大声问道,眨巴了几下眼睛。"小家伙,不能这样说话!喂,你会玩羊拐游戏吗?"

"羊拐游戏?"

"对啊,你喜欢玩这个吗?"

"当然了!"

"你想不想叫我帮你做一个灌铅的羊拐? 用它来打,十分的准!"

"那当然。"

"很好,去拿一个来吧。"

说着,他端着那个冒烟的杯子向我走来,一面歪头仔细地看着它,到了我跟前他又说:

"我帮你做一个灌铅的羊拐,你以后别到我这儿来了,怎么样?"

听到这话我非常生气。

"不做就不做,你是不是以为我稀罕? 以后再也不到你这儿来了……"

我气呼呼地"哼哧"着鼻子,走进花园。外祖父正在那儿把落下的枝叶往苹果树的根部堆。秋天到了,万木开始凋谢。

"来,帮我剪齐草莓的枝叶。"外祖父说着,递给我一把剪刀。

我问他:

"'好事情'究竟在干什么呀?"

"他在搞破坏!"外祖父气呼呼地答道,"我正准备让他滚蛋! ——他烧坏了地板,他弄脏了墙壁,墙纸也是一塌糊涂!"

"对,就应该这么办!"我附和道,拿起剪刀开始帮他干活。

可是,这话我说得未免太匆忙了。

秋天的夜晚,夜雨绵绵,如果外祖父外出,外祖母就在厨房里搞有意思的晚会,所有房客都被邀请。马车夫和勤务兵过来喝茶,还有泼辣的彼得罗芙娜,有时那个热情活泼的军人妻子也来。"好事情"来了之后,总是躲在墙角的炉子那边,不说话,也不动弹。哑巴斯捷帕和鞑靼勤务兵玩纸牌,瓦列伊用纸牌拍打哑巴的大鼻子,一面说:

"你这个可恶的魔鬼!"

彼得大叔带来一大块白面包和一大瓶"种籽"果酱,面包被切成薄片,然后他把果酱抹到上面,捧着这些美味可口的食物向大家深施一礼,分给众人品尝。

"各位,尝一尝!"他恳切地说,当别人从他手里把面包拿走以后,他留意他那黑黑的手掌,一旦看到上面有点儿果酱,便用舌头舔干净。

彼得罗夫娜带来一瓶樱桃甜酒,那个开朗的军人妻子带来一些核桃和糖果。于是,外祖母最喜爱的晚宴便开始了。

就在那次"好事情"以答应给我做一个灌铅的羊拐为代价叫我不要再去找他之后不久,外祖母搞了一次晚会。外面秋风阵阵,淫雨霏霏,树叶在风雨中哀鸣,墙壁被树枝刮地索索地响。厨房里显得一片温馨,大家都兴高采烈地坐在一块儿,十分亲热。外祖母很少如此快乐过,不停地讲童话故事,讲得神采飞扬。

她坐在炕沿上,两脚蹬着炉台,弓着腰看着那些被小羊铁灯的亮光照耀着的人们。只要外祖母讲到兴头上,她就爬到炕炉上,跟大伙儿说:

"我要坐得高一点儿,这样才能讲得更好。"

我在她脚旁边宽宽的炉阶上寻了一个地方坐下,几乎就在"好事情"的头顶上。外祖母讲了一个有关伊凡勇士和米龙隐士的动人的故事。那些富于表现力的、形象生动的词句从她的嘴里汩汩涌出:

很久之前有一个恶狠狠的督军,名叫高尔将,

他心如铁石,灵魂肮脏;

他鱼肉百姓,灭绝真理,

他好像树洞里的枭,满心都是坏主意。

他最痛恨的是谁?

最痛恨的就是老人米龙——一个隐居者。

米龙暗中捍卫真理,体贴百姓,

他天不怕,地不怕,只为人们做好事情。

督军唤来忠实的奴隶——勇士伊凡,

命令他:"伊凡啊,你去除掉那个老头子,

杀死那个目空一切的老隐士米龙!

你去砍下他的脑袋,

提着他的花白胡须来见我,

我要把它拿去喂狗!让人们尝尝我的厉害"

伊凡领命之后立刻动身,

一路上他苦苦思量:

"我并非有意要去行凶,这是主命难违!

因为上帝对我的命运就做了这样的安排。"

他把一柄尖刀藏在衣襟下面,

走到隐士米龙跟前,赶忙下跪行礼:

"好心的老人家,你一向可好?

上帝是否保佑你一切顺利,健康平安?"

老隐士早就明白伊凡的来意,

他笑脸相迎,并且机敏地对他说:

"得啦,伊凡,你不必隐瞒真情!

你想什么,做什么,上帝都很明白,

他神通广大,善与恶都逃不脱他的慧眼!"

你找我有何贵干,我也知道!"
伊凡一听,涨红了脸,
但是督军的命令又不可违抗。
他从皮鞘里抽出一把刀,
在宽大的衣襟上'霍霍'磨个不停。
"米龙啊,我本来不想让你看见这把刀,
趁你不备就砍下你的脑袋。
唉,你现在快快向上帝祈祷吧,
为了你,为了我,为了所有的人,
你向上帝做最后一次祈祷吧,
祈祷一完,这把刀就会立即砍向你的脑袋!……
老隐士双膝跪倒在地,
面对着一棵小橡树,安之若素,
小橡树对他躬身行礼。
老人微笑着说:
"伊凡啊,你要有个心理准备:
这次祈祷会让你等很久很久!
因为这不仅仅是为你、为我祈祷,更是为所有的人祈祷,具有重要的意义!
你最好把刀朝下一挥,割去我的首级,
免得你苦苦等待,终生遗憾!"
伊凡一听,气炸了肺,
马上愚蠢地夸下海口:
"我一言九鼎,决不反悔!
纵然等上一百年,我也毫无怨言!"
老隐士开始祈祷,直到深夜,
从深夜祈祷到日出,
从日出祈祷到日落,
从夏天祈祷到春天。
如此祈祷不停,
小橡树已经长得高入云霄,
橡树的籽儿也变成了郁郁葱葱的橡树林,
圣徒的祈祷却还没有休止!
他们至今仍然是那样:
米龙没完没了地祈祷,
盼望着上帝能把恩惠施与人们,

期待着圣母能把甘露带到凡界。

伊凡站在那里纹丝不动，

他手中的宝刀已被尘封，

他身上的衣服已经破烂、腐朽、脱落，

无论冬夏，他都光着身子，

炎炎烈日无情地炙烤着他的躯体，

但是皮肤却被晒不干，

蚊虫吸他的鲜血也吸不尽，

狼熊虎豹也不敢来吞噬他的肉体，

他的头高高昂起，迎着风霜雨雪。

他浑身动弹不得：

手抬不起来，话说不出来。

你们瞧，这就是对他的惩罚，

多么可怕啊！

他不该盲从坏人的话，

不该替人受过！

但是那个善良的老人家，

他直到如今仍在为我们这些负罪的人祈祷，

他的祷词如同清澈明亮的河水流入大海一样，流入上帝的心田！

外祖母刚开始讲的那会儿，我就注意到"好事情"的神情不安：双手奇怪地抽搐着，时而地把眼镜摘下来戴上去，摆弄着它，跟外祖母讲故事的节奏很合拍；他左摇右晃的，不住地用手背拭擦着前额和腮帮，仿佛出了满头大汗似的。如果听众有谁动弹、咳嗽或者跺地板，他就会立刻发出严厉的警告：

"嘘！……"

外祖母讲完故事以后，他猛然站起来，舞动着双手，不知为何很不自然地扭动着身子，嘟嘟囔囔地说：

"真是太棒了，应当把它写下来，必须要写下来！你说得很对，我们……"

这时，我确定地看见他哭了，眼里满是泪水，泪水浸湿了他的眼圈，接着便模糊了他的眼睛：这使我感到不知所措，觉得他十分可怜。他在厨房里跳来蹦去，手脚笨拙，模样滑稽。他手里拿着眼镜，在鼻尖上不停地摆动，想戴上它，可是眼镜腿总挂不到耳朵上。看着他那副可笑的样子，彼得大叔不禁露出了笑容，但是大家都沉默不语，不好意思地张望着，外祖母急不可待地说：

"那就写下来吧，这并不妨事。这样的故事我还会讲很多呢……"

"不，就写这个！这才是纯粹的俄罗斯童话。""好事情"激动地叫道，忽然，他在厨房中间站住了,好像患了痴呆症似的。过了一会儿,他就大声讲起来,右手在空中摆动,左手拿着眼镜抖动。他讲了很长一段时间,嗓子尖细,情绪激昂,而且不住地捶胸顿足,有一句话他常常重复说:

"不能代人受过,没错,不能代人受过!"

后来,他突然不说了,望了望大家,带着愧疚的表情悄声地走了出去,低着头。众人尴尬地笑了笑,面面相觑,外祖母移到炕炉深处的黑影里,摇着头叹息。

彼得罗芙娜用手掌擦了擦红红的厚嘴唇,问道:

"看样子,他好像生气了?"

"哪儿啊,"彼得大叔说,"他就是这样……"

外祖母从炕炉上下来,一声不吭地把茶壶煨热,彼得大叔不疾不徐地说:

"先生们全是这个样子——难以捉摸!"

瓦列伊面色阴沉地低声说:

"单身汉都爱犯这种怪脾气!"

大家被他逗得笑了起来,彼得大叔拖着长长的声音说:

"难以自制,泪流满面。看来,从前是大鱼上钩,现在连小鱼儿都钓不着啦……"

屋里十分沉闷,一种忧郁袭击到了我的心头。"好事情"的言谈举止使我惊愕不已,同时我又觉得他很可怜,他那双被泪水浸湿了的眼睛清清楚楚地印在我的记忆里。

那天晚上他没有回家来住,直到次日午饭过后才回来。他显得很平静,虽然看上去无精打采的,而且衣服也揉得皱皱巴巴。

"昨晚我吵吵闹闹的,"他像个孩子似的愧疚地对外祖母说,"您没有生我的气吧?"

"生你什么气?"

"我不该多嘴多舌,不该乱发议论。"

"您没有得罪谁……"

我感觉外祖母好像怕他,总是避开他的目光,说话时声音也很低,跟往日大不相同。

他凑到外祖母跟前,毫不隐饰地说:

"要知道,我举目无亲,茕茕孑立,形影相吊,闷得难受! 我整天沉默不语,一旦激动起来,就无法自制……即使是对着一块石头,对着一棵树,我也想一诉衷肠……"

外祖母退后几步,说:

"那您就结婚呗……"

"唉!"他愁眉苦脸地长叹一声,甩了甩手就走开了。

外祖母双眉紧蹙,望着他的背影,一连闻了几下鼻烟,然后声色俱厉地教导我说:

"你以后离他远一点,他到底是什么人只有天晓得……"

然而,这更加引起了我的好奇。

我留意到,当他说"闷得难受"的时候,他的脸色变得惨白不堪,煞是吓人;这句话所包含的某种东西,我似乎能够理解,它触动了我的心灵,于是我找他去了。

我从院子里朝他的窗户望了望,屋里没有人,好像贮藏室似的,只有各种正像它们的主人一样多余而且古怪的东西乱七八糟地堆放着。我走进花园,在花园的坑里找到了他。他懒洋洋地坐在烧焦了的梁木尾部,弯着腰,两手抱着头,胳膊肘支在膝盖上。梁木在枯萎的蓬蒿、荨麻和牛蒡丛中突出着,上面撒满了土,它的尾部,黑炭发着亮光。他坐的姿势很不舒服,这加深了我对他的同情。

他过了片刻工夫才发现我。他那双隼鹰似的、半瞎的眼睛向远处张望着,然后呼哧着鼻子没好气地问我:

"你是来找我的吗?"

"不是。"

"那你来干什么?"

"我什么也不干。"

他把眼镜摘了下来,用一块黑迹斑斑的手帕擦镜片,一面冲我叫道:

"喂,你过来!"

我在他身边坐下,他把我肩膀紧紧地搂着。

"坐下吧。我们就这么坐着,不说话,好吗?对,就这样……你的脾气是不是很拗?"

"是。"

"这是好事情!"

我们俩一言不发地久久地坐着。这是一个秋天的傍晚,安静而且温和,周围的草木格外鲜艳,但是显然已经褪色不少,每小时都变得更为黯淡。大地上,那旺盛的夏天的气息也几乎耗尽,只剩下寒冷的潮气。空气非常明净,一群群的寒鸦在红晕的天空中匆匆地飞来飞去,唤起人们闷闷不乐的思绪。一切都出奇地静,一片落叶,一只鸟儿,甚至是一茎枯草,发出来的细微的声音,听来都是那么的大,吓得你想打冷战,然而冷战过后,你又沉浸在寂静之中,凝神不动——大地充满了寂静,心胸充满了寂静。

这时,一些特别纯洁、飘忽的思想就在头脑中产生。这些思想是细腻的,像蜘蛛网一样透明,简直难以言传,它们往往转瞬即逝,如同流星划破夜空,像一种忧伤的感情之火,焚烧着人的心灵。这使你有时得到慰藉,有时觉得惶恐。一时间,心潮澎湃,开始沸腾、熔化,最终铸成一种永远不变的形状,于是心灵特征就这样产生了。

我偎依在这个怪人的温暖的身边,和他一起透过苹果树乌黑的枝杈,仰望着晕红的天空,眼睛眨也不眨地瞅着朱顶雀飞来飞去,看见几只金翅雀敲开一株干枯的刺实植物的果儿,啄食里面苦涩的种子。一抹云彩下面,老鸦向墓地的鸟巢缓缓飞去。一切都是美好的,那么不同寻常,不像往日那样容易理解和令人感到亲切。

不时地,这个怪人深深地叹一口气,问道:

"好不好啊,小鬼?的确很好!你觉得潮湿吗?你身上冷吗?"

天空变得越来越暗,周围的一切似乎膨胀起来,被潮湿的暮色所笼罩。他说:

"好啦,坐够了!咱们走吧……"

在花园的门口,他又停了下来,轻声说:

"你的外祖母真好。啊,大地多么美好啊!"

他闭上了眼睛,脸上露出笑容,口齿清晰地低声念道:

> 这就是对他的惩罚,
> 多么可怕啊!
> 他不该盲从坏人的话,
> 不该代人受过!

"这些话你要牢牢记住,小鬼,要牢牢记住!"

他把我推到前面,问道:

"你会不会写字?"

"不会。"

"你应当学着写字。如果你学会了,就可以把你外祖母讲的童话记下来,小鬼,要知道,这将对你大有益处……"

我跟他交上了朋友。打那以后,只要我乐意,我随时可以去找他。我坐在他那盛满破烂的箱子上,自由自在地注视着他熔化铅条,焊接铜板,把铁片绕红放在小砧子上用红把儿的小锤捶打,用木锉、锉刀、金刚砂纸和线锯忙碌。他常常把一些东西拿到极其灵敏的铜制的天平上称一称。他把各种液体倒在一个很厚的白杯子里面,并且神情专注地观察它们冒烟,屋子里充满了刺鼻的气味,他板着面孔查看一本厚厚的书,咬着红嘴唇不时地咕哝些什么,或者拉着长腔嘶哑地低声唱道:

沙朗的玫瑰哟……

"你这是在做什么啊?"

"做一件东西,小鬼……"

"什么东西?"

"嗯,这不好说,我无法说得使你明白……"

"外祖父说,你大概是在造假币……"

"外祖父?嗯……他瞎说!小鬼,钱无足轻重……"

"那么,用什么买面包啊?"

"是啊,小鬼,你说得没错,买面包是得用钱……"

"我说的对吧?就是牛肉也得用钱买……"

"牛肉也得用……"

他轻柔地、十分和善地笑了,他像揪小狗似的揪着我的耳朵,说:

"我无论如何也辩不过你,小鬼,你把我给难住了。咱们还是不要说话吧……"

有时他放下手中的活计,挨着我坐下。我们长久地望着窗外,看那细雨飘洒在屋顶上,飘洒在长满青草的院子里,看那苹果树的叶子纷纷凋落,露出光秃秃的枝杈。"好事情"极少说话,但是他说的话总是很有必要,如果提醒我注意什么东西,他只是用胳膊肘轻轻地推我一下,或者朝我眨巴眨巴眼睛。

在院子里我并没有看到什么新奇的东西,不过一经他这么轻轻一推,或者提示一两句话,我所看到的一切就似乎具有了特别的意义,而且总会牢牢记在心里。譬如,一只猫在院子里跑,它在一洼清水前面停下来,瞪着自己的影子,抬起柔和的爪子,好像要去打它似的。这时,"好事情"就会小声说:

"你瞧,猫儿又高傲又多疑……"

金黄色的大公鸡玛玛伊飞到花园的栅栏上,站好以后,拍拍翅膀,差点儿摔下来。它非常恼火,伸长脖子,气得低沉地叫了几声。

"这位将军气派十足,就是不大聪明……"

手脚笨拙的瓦列伊好像一匹老马似的,艰难地在泥泞的院子里走过。他的颧骨高高凸起,鼓着腮帮子,眼睛眯成一条缝儿望着天空,秋天白亮白亮的阳光径直照在他的胸上。瓦列伊的上衣铜扣子被照得闪闪发光,他站住了,弯曲着手指摸摸铜扣子。

"他好像获得了一枚奖章似的,正在抚摸呢……"

没过多久,我就深深地喜欢上了"好事情",无论是在受屈受辱的痛苦的日子,还是在愉快的时刻,他都成了我不可或缺的人。尽管他极少说话,但是从来不限制我把我所想到的一切讲出来,不像外祖父,我刚一开口,他就严厉地训斥我说:

"不要多嘴多舌,好像小鬼拉磨似的!"

外祖母整天忙忙碌碌的,没有功夫听别人说话,也懒得过问别人的事。

"好事情"总是很认真地听我闲扯,常常笑呵呵地对我说:

"不对,小鬼,这该不是你自己瞎编吧?……"

他的评语简明扼要,而且一语中的。我心里想什么他仿佛都能看穿似的,没等我把废话和不真实的话说出来,他就温和地用片言只语把我顶回去:

"瞎扯淡,小鬼!"

有时我想试验一下他这种神奇般的本领,于是就乱编一气,一本正经地讲给他听,可是往往刚开个头儿,他就摇晃着脑袋说:

"你又胡诌啦,小鬼……"

"你怎么知道我在胡诌?"

"小鬼,我一听就知道……"

我常常跟着外祖母到干草广场去担水。有一次,我们看见五个小市民正在殴打一个乡下人。他们把他掼倒在地,好像一群疯狗似的在他身上厮打。外祖母把水桶一扔,抢着扁担便向他们跑去,一面冲我喊道:

"快跑开!"

我吓得面如土色,不敢一个人跑开,于是跟着她跑过去,从地上捡起石子和石块朝小市民身上乱砸。外祖母毫不畏惧地用扁担捅他们,在他们的肩膀上和脑袋上敲打。后来又来了一些人,小市民们掉头就跑,外祖母给那个浑身是伤的乡下人洗脸洗手——他的脸被打得血肉模糊,我至今回想起来还觉得恶心。他用脏兮兮的手指揩住流血的鼻孔,低声哭叫着,不停地咳嗽,血从他的指缝中溢出来,溅在外祖母脸上和胸上;她也叫唤,而且全身哆嗦。

我一回到家,就跑去找那个怪人,把这件事告诉了他。他停下工作,走到我面前，像举马刀似的把长锯举了起来，从眼镜下面瞪着我。过了一会儿，他非常带劲地插嘴说：

"好，太棒了，就这样办！太棒了！"

由于这件事大大地震动了我，所以对他的话我没有表示惊讶，接着往下讲，但是他把我抱住，磕磕绊绊地在屋子里走来走去，说：

"够了，不要再说啦！小鬼，该说的你都已经说了，知不知道？全说了！"

我住了嘴，觉得很委屈，但是细细一想，忽然明白过来——使我永远难忘的明白过来：他恰到好处地制止了我，因为我的确已经把事情说清楚了。

"小鬼，这种事情不要老去念叨，这不值得记在心里！"他说。

有时，他会冷不防说出一些永远留在我的记忆里的话。有一次，我跟他说起我的敌人克留什尼科夫——一个体胖头大的孩子；他是新开路打架的高手，我无论如何也打不过他，但是他也打不过我。"好事情"聚精会神地听完我的不幸，对我说：

"这没有什么了不起。这种力气算不上大，真正的力气在于动作敏捷，越敏捷越有力——明白吗？"

接下来的一个星期日，我试着出拳快一点儿，结果把克留什尼科夫轻而易举地打败了。这使"好事情"在我心目中的地位抬高了许多。

"什么东西都得会拿，你明白吗？要学会拿，还真的不容易呢！"

我好像被泼了一头雾水似的，不明白他这句话的含义。但是，在无意中我把这类话记在了心里，因为在这些简单朴素的话中，有一种使人恼火的、不可理解的东西：拿石块、拿面包、拿茶碗、拿锤子，并不需要什么特别技巧呀！

"好事情"越来越不被院子里的人喜欢了，即使性格开朗的军人妻子的那只可爱的猫也不往他的膝盖上爬，但是对于别人却很亲近。他温和地招呼它，它也不过去。我十分生气，就打它，揪它的耳朵，为了劝它不要畏惧"好事情"，我差点儿哭了起来。

"这猫儿不接近我是因为我的身上有股酸味。"他解释说。然而，我看得出来，包括外祖母在内的所有人对他都另有一套怀有敌意的、歪曲的看法。

"你老在他身边转悠什么呀？"外祖母气呼呼地问我，"当心点儿，他会把你教坏的……"

我常常到"好事情"那儿去，这事渐渐被外祖父知道了，我每去一次，这个红毛黄鼠狼就狠狠地打我一顿。家里人不容许我跟"好事情"来往，我当然没有把这个告诉他，不过，我毫不隐讳地对他说了家里人对待他的态度。

"我外祖母怕你，她说你有股邪气；我外祖父也唯恐躲你不及，说你专门跟上帝作对，是个危险分子……"

他轻轻地摇摇头，仿佛驱赶苍蝇似的。接着，他露出了笑容，白皙的脸颊立刻泛出一层红晕。望着他尴尬的笑容，我难过极了，眼前直冒金光。

"这我早就知道,小鬼!"他压低声音对我说。"这真叫人头痛,小鬼,你说是吗?"

"是啊!"

"唉,真让人头痛,小鬼……"

他终于被迫搬走了。

一天,吃过早茶以后,我到他那儿去,看见他正坐在地板上往箱子里装东西,一面唱着那支《沙朗的玫瑰》。

"再见吧,小鬼,我就要走了……"

"你为什么要走啊?"

他直勾勾地看着我,说:

"难道你一点儿也不知道吗?这间屋子要腾出来给你母亲住……"

"这是谁说的?"

"你外祖父说的……"

"他骗人!"

"好事情"把我拉到他身旁,等我坐到地板上,他轻声地说:

"别发火!小鬼,我错怪了你,我以为你假装不知道,故意不告诉我呢,真是不好意思……"

不知怎么回事,我心里极不痛快,而且为他惋惜。

"你听我说完,"他微笑着,温声细语地对我说,"我曾经对你说过'不要到我这儿来',你还记得吗?"

我点点头。

"你当时生我的气了,对不对?"

"没错……"

"我本来不想惹你生气,小鬼。你看看,我早就料到,如果我跟你交往过密,你家里的人肯定会骂你,没错吧?事实就是如此。现在你总该明白我跟你说这话的道理了吧?"

他跟我说这些话的时候,就像一个年岁和我一般大的孩子似的,这使我乐不可支,我甚至觉得,我起初就很了解他。于是,我坚决地答道:

"我早就知道了!"

"啊,真的吗?很好,小鬼。就应该这样,我亲爱的孩子…"

我伤心极了。

"你为什么不讨他们喜欢呢?"

他紧紧地搂着我,眨巴了几下眼睛,回答说:

"我跟他们志趣不投,你明白吗?就因为这。我不是他们那样的人……"

我拉着他的袖子,不知该说些什么才好。

"别发火，"他重复道，又凑近我的耳朵轻轻地补充说，"也别哭……"

可是，他的眼眶里却噙满了泪水，过了一会儿，泪水从灰蒙蒙的眼镜下面直往下掉。

后来，除了偶尔说一两句话以外，我们像往常一样，默默无言地坐了很长时间。

晚上，他走了，跟大家亲切地告别，紧紧地拥抱我。我走出大门，看见他坐在一辆大车上，身子颠得摇来晃去，车轮子在冻结的泥疙瘩土面上缓慢地滚动着。他刚走，外祖母便开始洗刷那间脏兮兮的屋子，我为了打搅她，故意在屋子里转过来，转过去。

"滚到一边去！"她冲我叫道，因为我老妨碍她。

"你们为什么要把他撵走？"

"不关你的事！"

"你们太糟糕啦！"我说。

她用湿布打我，一面嚷道：

"你是不是疯啦，浑小子?!"

"我不是说你，除你之外，别的人都太糟糕啦！"我改口说，但这并不能平息她的心头的怒火。

吃晚饭时，外祖父说：

"哎呀，多谢上帝！要不，我一看见他，心窝里就好像扎着一把尖刀似的，非常难受。哈哈，赶走他真是太好啦！"

我非常生气，故意弄断一把羹匙，于是又挨了一顿揍。

就这样，我和祖国的许许多多的优秀人物中的第一个人的友谊结束了。

第九章

我总是把我的童年时代比作一个蜂房。各式各样的平凡的人好似蜜蜂一样，把各自的知识和生活的体验当作蜜一般送进蜂房里，他们从方方面面毫不吝啬地滋养着我的心灵。这种蜜通常夹带着一些乌七八糟的东西，而且味道有点儿苦，但是无论什么知识终究是蜜。

"好事情"走后，彼得大叔跟我的关系逐渐密切起来。他的样子和我外祖父很像：瘦瘦的，衣服穿得很整洁，不过个儿比外祖父更为矮小，好像滑稽短剧里扮演老头儿的小孩似的。他的脸上的细小的皱纹纵横交织，如同网筛，一双眼睛机灵锐利，眼白发黄，仿佛鸟笼子里的黄雀似的，滑稽地跳动着。他的浅灰色的头发卷得很厉害，一幅大胡子卷成许多圈儿。他很爱抽烟斗，烟斗冒出的烟和他的头发颜色相同，缓缓上升。他说话喜欢转弯抹角，爱开玩笑。而且说话瓮声瓮气的，听来似乎很有礼貌，但是我觉得他是在故意嘲弄人。

"那时候，敬爱的伯爵小姐塔季扬·列克谢芙娜吩咐我说：'你就去做铁匠吧，'过了不久，她又吩咐我说：'你去给园丁帮帮忙吧！'于是，我就去了。但是，哪料到把一个老家奴安排在哪里都不妥！过了一些时候，她又对我说：'彼得鲁什卡，你还是去打鱼吧！'行啊，对我来说，反正干什么活儿都没有大的分别，我就去打鱼……可是，我刚刚干出点儿眉目来，她又有了别的指示，于是我就和打鱼儿分了手，这倒也没什么。她又叫我到城里赶马车，交给她租金。好吧，赶马车也行，我还能干些什么呢？后来，小姐还没有来得及让我再改行，农奴就解放了，我就从事这个行当，留下了这匹马，现在啊，这匹马就成了我的伯爵小姐赠给我的东西了。"

这是一匹老马。它的毛色非常古怪，就好像它原来是白的，曾经被一个喝醉了酒的画匠用画笔在它身上乱涂一气，却又涂了寥寥几笔，没有涂完似的。它的腿脱了白。它的身子仿佛是由破布连缀而成。它的头瘦骨嶙峋，两只眼睛雾蒙蒙的，它沮丧地低着头，粗大的青筋在瘦弱的脖子上凸显出来，磨光了毛的老皮难看地颤动着。彼得大叔对它十分疼爱，从不打它，而且亲昵地叫它丹尼尔。

有一天，我外祖父对他说.

"你怎么可以用基督教徒的名字称呼牲口呢？"

"没有啊，瓦西里·瓦西里耶夫，没有啊，老哥！基督教里没有这样的名字，丹尼尔不是教名，而塔吉扬娜才是教名呢！"

彼得大叔也粗通文字，所以对《圣经》里的故事并不陌生。他和我外祖父常常为了圣徒里面谁最神圣这个问题而争论不休。有时他们批评那些违反教规的古人,言辞非常激烈,一个比一个义正词严,特别对押沙龙,更是不客气。有时他们还为一些纯粹属于语法性质的问题争执不下,我外祖父说"犯罪""犯法""不合理"这三个词的词尾都应当是阳性的,而彼得大叔坚持说这三个词的词尾应当是阴性的。

"我跟你说的不是一回事!"我外祖父怒气冲冲地吼道,他的脸涨得通红,故意学他说话嘲笑他。

但是彼得大叔喷出一口烟雾,立即对外祖父还以颜色:

"你那些阳性词尾有什么好呢?它对上帝来说一点儿也不好!我琢磨着,上帝一面听你祈祷,一面肯定在想:任凭你怎么祈祷吧,反正你的祈祷毫无作用!"

"滚开,阿列克谢!"外祖父气愤地喊道,绿眼珠子直射凶光。

彼得大叔喜欢整洁,做事很有条理。他从院子里走过,总要把碎石块、土疙瘩和碎骨头踢到一边去,一面骂骂咧咧道:

"多余的东西,碍手碍脚的!"

他很健谈,看上去十分和善和快活。不过,有时他的眼睛充满血丝而且混浊不清,仿佛死人似的呆滞无光。他常常蜷缩在昏暗的角落里,阴沉着脸,就像他的哑巴侄子一样一言不发地长久地坐着。

"彼得大叔,你怎么啦?"

"滚到一边去!"他沉郁地说,口气十分严厉。

在我们这条街上,搬来一位脑门上长着一个肉瘤的老爷,此人有一个非常奇怪的习惯:一到节日,他就坐在窗口,拿着一杆猎枪打狗啦、猫啦、鸡啦、乌鸦啦等等,甚至还打他不喜欢的行人。有一次,他用细铅沙打中了"好事情"的腰,皮夹克没有被霰弹打穿,但是有几粒落进了衣袋里。那位戴眼镜的房客仔细察看那些浅灰色霰弹的神情我至今还清楚地记得。外祖父劝他去告那个老爷的状,但是他把霰弹朝厨房的角落里一扔,懒洋洋地说:

"没意思。"

还有一次,他把我外祖父的脚踝用猎枪打伤了,我外祖父怒不可遏,马上向调解法官告了他一状,而且召集了街上的其他受害者和目击者,但是那位射手突然不见了。

每每街上响起枪声,彼得大叔——只要他在家——就会赶紧把那顶只有过节时才戴的褪了色的宽檐帽子戴到浅灰色头发的头上,急匆匆地往大门外跑去。他两手藏在背后的长衫下面,把长衫撩得高高的,鼓得好像公鸡尾巴似的,挺着肚子,大模大样地在人行道上来回转悠。他常常要在那个老爷的窗口外面晃荡很长一段时间。我们全家人都在大门口站着观望。那个军官也把头从窗口探了出来往外看,在他的铁青的脸上面,是他妻子的金发脑袋。贝特连家的院子里,也走出一些人来凑热闹。只有奥夫相尼科夫家那座灰色的房屋死气沉沉的,没有走出任何人。

有时,彼得大叔逛来逛去,一无所获,或许那位射手认为他不值得被猎取,白白浪费子弹。然而,有时双管猎枪一连发出两响:

"嘣——嘣……"

彼得大叔不紧不慢地朝我们走来,一副神气活现的样子,得意地说:

"下襟被打着了!"

有一次,霰弹击中他的肩膀和脖子。我外祖母一边用针给他挑霰弹,一边对他唠唠叨叨地说:

"你何必去招惹那个恶棍呢?当心他把你的眼睛打瞎!"

"不,不会的,阿库林娜·伊凡娜,"彼得大叔拉长了腔调满不在乎地说,"他算什么射手……"

"你干吗纵容他呢?"

"纵容?或只不过是耍弄他一番罢了……"

他把挑出来的霰弹放在掌心里,一边仔细察看,一边说:

"他算什么射手!以前啊,我们伯爵小姐塔季扬·列克谢芙娜跟前有一个临时充任她的丈夫的——她的丈夫是经常换的,就跟换仆人一样——名字叫作马蒙特·伊里奇的,是个军官。嗬,他才算得上是真正的射手呢,他往往百发百中!老婆婆,他打枪得都是真子弹。他让傻子伊格纳什卡站在大约四十步远的地方,在他裤带上系一个瓶子,瓶子就悬在他的两腿之间。伊格纳什卡把两腿叉开,傻乎乎地笑着。马蒙特·伊里奇用手枪瞄准瓶子,"砰"地一声,那瓶子就被打得开了花,只有那么一次,可能傻子被一只牛虻在腿上咬了一口吧,他稍一哆嗦,子弹就打在他的腿上,正打中膝盖骨!他叫来了一位医生,立刻把傻子的那条腿齐膝锯掉了,这下就完事啦!然后就把锯掉的那半截给埋了……"

"那么傻子呢?"

"什么事也没有。对于他来说,要不要手脚都无关紧要,光凭那副蠢相他就可以养活自己了。傻瓜人见人爱,因为他不会得罪任何人。俗话说得好,教堂里的执事和法院里的文书都要管人,可是傻瓜就不一样了,从来不会惹人烦……"

这类故事在外祖母看来再寻常不过,她可以一连讲出好几个来。可是我听了之后有点儿害怕,就问彼得:

"那位老爷会打死人吗?"

"当然会啦,怎么不会呢?老爷之间也经常发生殴斗。有一次,塔季扬·列克谢芙娜家里来了一个枪骑兵,不知为何,他跟马蒙特翻了脸,两人立刻诉诸武力,各自拔出枪来,他们走到一个花园,就在池塘旁边的小路上,那个枪骑兵朝马蒙特开了一枪,正中肝脏!结果把马蒙特送到坟墓里去了,那个枪骑兵被流放到高加索,这就算了结!这是老爷之间互相杀害,假如打死的是农民或者其他什么人,那就毫不在乎啦!嗬,现在的老爷们哪,更不怜惜人了,因为农民不再是他们的农奴了。

如果放在从前,他们多少还有点儿心疼,私人财产嘛!"

"哼,就在以前,他们也不怎么心疼。"我外祖母说。

彼得大叔又附和道:

"这话也对:既然是私人财产,那就更肆无忌惮了,都不值钱……"

彼得大叔很喜欢我,跟我说话时总是很亲热,比跟大人说话时和善得多,两眼总是带着笑意看着我。然而不知怎的,我觉得他身上有一种我不喜欢的东西。他请大家吃他心爱的果酱,我的面包上总会被抹上厚厚的一层,有时他从城里给我带来麦芽糖和樱桃夹心饼,跟我说话也总是一副一本正经的样子,慢吞吞的。

"小鬼,将来长大了做什么呀? 是当兵呢,还是当官?"

"当兵。"

"很好。如今当兵不怎么苦啦。当神父也不错,随便咕哝几句'上帝饶恕'就完事啦! 当神父比当兵还容易些,当渔夫那就更不用说啦,容易地不需要任何本事,只要习惯就行!……"

接着他就滑稽地描述鱼儿如何围着鱼饵游来游去,鲈鱼、雅罗鱼和鳊鱼上了钩以后怎样挣扎。

"你外祖父用树条子抽你的时候,你一定很生气吧?"他安慰地说,"其实生气大可不必,他都是为了教你学好,这种打法,不算是真打! 我那位塔季扬·列克谢芙娜小姐,她打起人来才是厉害呢,要知道,她打人都打出了名! 她养了一个名叫赫里斯托福尔的打手,这家伙可真善于打人。邻近的一些地主都向我过去的这位主子借他帮忙:'塔季扬·列克谢芙娜小姐,把赫里斯托福尔借我们一用吧,让他去教训教训我们家的农奴吧!'于是她就把他借给他们。"

他心平气和地详细地讲述那位伯爵小姐如何穿着洁白的薄纱连衣裙,系着柔和的天蓝色头巾,坐在廊檐下的一把红圈椅子里看赫里斯托福尔当着她的面鞭打农妇和农夫。

"小鬼,那个赫里斯托福尔很像茨冈人或者乌克兰人,可他实际上是梁赞人。他的两撇小胡子一直连到着耳鬓,脸色铁青铁青的,下巴上的胡子刮得一根不留。他整天作一副傻样,不知是真傻呢,还是怕人家打搅他而故意装傻。他常常独自待在厨房里,把捉到的苍蝇、蟑螂和甲虫什么的,放进盛满水的杯子里,用一根小木棍把它们按到水里,直到它们被淹死为止。要不然就把手伸进自己的领口去捉虱子,然后也放到水杯里淹死它们……"

诸如此类的故事我已经不觉得很新鲜了,因为外祖父和外祖母给我讲过很多很多。表面上看来这些故事各具特色,细细一想,才发现它们就内容来说都是大同小异:每个故事讲的都是怎样折磨人、侮辱人或者压迫人。我听够了这些故事,于是请求这位马车夫说:

"讲点新鲜的吧!"

这时,他把满脸的皱纹聚拢到嘴角上,随即又使它们爬到眼角,便高兴地说:

"好吧,讲点新奇的,你真是个故事迷。以前我们那儿有个厨子……"

"到底是在哪儿呀?"

"就是伯爵小姐塔季扬·列克谢芙娜那儿呗。"

"你怎么叫她塔季扬?难道她是个男人?"

他笑了起来,声音又尖又细。

"她当然是女人啦,不过她长着黑漆漆的小胡子。她的祖先是黑皮肤的德国人,这个民族跟阿拉伯人很像。现在我还是来给你讲讲这个大师傅。小鬼,这个故事才好笑呢……"

其实这个故事并不好笑:大师傅把一个大馅儿饼给烤煳了,主人就强迫他一口气把它吃掉,结果他就得了一场大病。

我恼火地说:

"这并没有什么好笑的地方呀!"

"好笑?那么你说什么才好笑呢?"

"我不知道……"

"那你就别多嘴多舌!"

他于是又瞎扯了一些无聊的东西。

有时赶上过节,两个表哥来做客——一个是米哈伊尔舅舅的那个愁眉苦脸而且动作迟缓的儿子萨沙,一个是雅科夫舅舅的那个无所不知但是腼腆懂事的儿子萨沙。有一次,我们三个人在屋顶上跑着玩,看见贝特连院子里有一位老爷,穿着绿色皮礼服,坐在墙边的柴火堆上,跟几个小狗逗着玩,他没有戴帽子,光秃秃的脑袋又小又黄。有一个表哥提议偷他一只小狗,而且立刻拟定一个偷窃的巧妙方案:两个表哥马上去贝特连家大门口,由我去吓唬那位老爷,等到他吓跑之后,他们就迅速地溜进去抱上小狗逃跑。

"怎么个吓唬法?"

有一个表哥出主意道:

"你往他的光脑袋上吐唾沫!"

这是一桩小事,没有什么大不了的罪过,比这坏得多的事情我都亲耳听过,亲眼见过不知多少,所以,我就忠实地肩负起了这个任务。

结果,捅出了大娄子:贝特连家里的一群男男女女来到我们院子里,为首的是一个年轻英俊的军官。因为事发时我的两个表哥都到街上玩去了,压根儿不知道我捣蛋的行为,所以外祖父只把我一个人狠狠地揍了一顿,充分满足了贝特连全家人的要求。

挨揍之后,我就躲在厨房里的吊床上。这时,快活的、穿着过节的衣服的彼得大叔爬到我的床上来。

"小鬼，你这个主意想得真是妙极了！"他低声说。"就应当这样整治他。这个老山羊，该啐！如果用石头砸他那发霉的脑袋就更好了！"

于是，那位老爷的没有胡须、像小孩似的圆脸就浮现在我的眼前。我记得，他一边用小手擦着发黄的秃脑袋，一边像狗仔一样低声地尖叫着，可怜兮兮的。我羞得无地自容，我憎恨两个表哥。然而，我细细地打量了这个马车夫那张满是皱纹的脸，竟然把这一切霍然忘却了。他那副脸孔煞是吓人，而且令人厌恶地颤抖着，就跟外祖父打我时脸上流露出来的表情一样。

"走开！"我冲他大喊道，手脚并用地把彼得推开。

他干笑几声，挤了挤眼睛，爬下了吊床。

打那以后，我再也没有兴致跟他谈话了，我开始回避他，而且用怀疑的眼光看着他的一举一动，隐隐约约觉得会有什么事发生。

在得罪了那位光头老爷之后不久，又发生了一件事：我早就对奥夫相尼科夫寂静的庭院发生了兴趣，我觉得，这座灰色的房屋很特别，那里过着像童话一般神秘的生活。

贝特连家总是一派热闹的景象，充满了欢乐，有许多漂亮的小姐、军官和大学生常常来家里找她们。任何时候，我都可以听见里面传出说笑声、叫喊声、歌声和音乐声。房屋的外观也让人赏心悦目，玻璃窗亮亮堂堂，闪闪发光，玻璃窗后面，美丽的盆花的绿影映现出各种鲜艳夺目的色彩。

外祖父不喜欢这一家人。

"这些不信仰上帝的异教徒！"外祖父一谈到他们全家的人就这样说，而对这家的女人，总是用污秽的字眼称呼她们。彼得大叔有一次带着幸灾乐祸的神情给我解释了这些令人恶心的字眼。

外表威严而且死气沉沉的奥夫相尼科夫的房舍令外祖父肃然起敬。

这所高大的平房坐落在大院最深处，院子中央是块绿色的草坪，显得清洁幽静。院子当中有一口井，井上有一个顶盖是用两根柱子支起来的。这座房子缩进院子里，仿佛想要躲开大街似的。三个狭窄的拱形的窗户离地面很高，窗户玻璃不大透明，在阳光的照耀下闪射出彩虹般灿烂的光芒。大门旁边有一座仓库，仓库的正面和房屋一模一样，也有三扇窗户，不过都是假的：三个窗口嵌在灰色的墙壁上，窗框由白色颜料涂画而成。这些窗户看上去好像是盲人的眼睛似的，给人一种很不愉快的感觉，整个仓库也暗示出：这所房子想要躲起来过一种神秘的生活。整个园地以及空无一物的马厩和开有一扇大门，而且同样空无一物的板棚，仿佛有一种宁静而屈辱或者宁静而高傲的东西。

有时候，院子里有一个老头在走动，他个儿挺高，有点瘸腿，头光秃秃的，上唇留着根根如针的雪白的胡子，翘得老高老高。有时候，另一个留着络腮胡子、歪鼻子的老头从马厩里牵出一匹灰马。这匹马脸长，肚瘪，腿细，一走到院子里，就好像一个谦恭有礼的尼姑似的冲着周围的一切点头哈腰。那后瘸腿老头用手掌"啪啪"地拍打着那匹马，吹着口哨，不停地喘着粗气，然后又把那匹马牵到阴暗的马厩里。我似乎觉得，这个老头很想离开这所房子，可是不能如愿，他好像被什么魔法给控制住了。

在这家院子里，差不多每天都有三个小孩子，从中午一直玩到晚上。他们都穿着同样颜色——灰色的衣服，戴着同样的帽子，都是圆脸庞、灰眼睛，彼此长得十分相像，我只有从个头儿上去区分他们。

我从墙缝观察他们，他们看不见我，我倒特别希望他们发现我。我喜欢他们那样快快乐乐、和和气气地玩我所不知道的游戏，喜欢他们的穿着，喜欢他们彼此之间充满善意的关怀，尤其是两个哥哥照顾那个个子矮小、滑稽活泼的胖乎乎的小弟弟。他如果跌倒了，他们就像往常人们笑一个跌倒的人那样哈哈地笑起来，但是他们并非幸灾乐祸，而是立刻把他扶起来；他如果弄脏了手或者膝盖，他们就用牛蒡叶子或者手绢帮他把手指和裤子擦干净，那个二哥态度温和地说：

"你看你，笨手笨脚的……"

他们一向不骂架，也不互相欺诈，三个人都很机灵，也都很有劲，玩起来不知疲倦。

有一次，我爬到一棵树上，朝他们吹口哨，一听见我的口哨声，他们都站住了，接着便不紧不慢地聚在一起，一面抬头望着我，一面悄悄地商量着什么。我以为他们要用石子砸我，于是就从树上爬下来，把口袋和怀里都装满了石子，然后又爬了上去。然而他们早已离开我，远远地躲到院子角落里玩去了，似乎把我给忘了。这使我有一种怅然若失的感觉，但是我不想主动招惹他们。过了一会儿，有人从窗户的通风口喊他们：

"孩子们，快回家吧！"

他们从从容容、老老实实地走了，好像三只小鹅似的。

我有好多次坐在围墙旁边的一棵树上，期待着他们叫我跟他们一块儿玩，但是他们不理会我。不过，我的心已经跟他们在一块儿玩了，有时玩得十分投入，竟然禁不住放声大笑起来。于是，他们三人都带着惊讶的神情看着我，一面低声地谈论着。我觉得很尴尬，赶快从树上溜了下去。

有一天，他们在院子里玩捉迷藏，轮到老二找人，他站在仓库拐角处，诚实地用手捂住眼睛，不偷着看，他的哥哥和弟弟跑开去藏起来。老大机灵地爬到仓库廊檐下面一架宽大的雪橇里面，小弟弟却手足无措，绕着井可笑地乱跑，不知道藏到哪儿才好。

"一，"老二喊道，"二……"

那个小弟弟慌慌张张地跳到井栏上，抓住井绳，把脚踏进空桶里，那个水桶在井壁上"嗵嗵嗵"地碰了几下，就掉下去不见了。

我一看见那缠得紧紧的辘轳迅速而无声地旋转，就吓得呆若木鸡，但是很快便明白了将会发生什么事情，于是从树上纵身跳到他们的院子里，急忙喊道：

"他掉到井里去啦！……"

老二跟我同时冲到井栏跟前，他一把抓住井绳，鼓足气力往上拉，他的手磨得火烧火燎地疼，我也抓住了井绳，正在这时，老大跑了过来，帮助我们一起往上拉水桶。他对我说：

"请您轻点拉！"

很快地，我们把小弟弟拉了上来，他也吓得够呛，他的右手指滴着血，面色发青，腮帮发紫，一直到腰部都湿透了。但是他微笑着，浑身颤抖，眼睛圆睁。他微笑着拉长了声音说：

"我是——怎样——掉——下去——的——呢？……"

"那是因为你有点儿神志不清了。"老二边说边把他抱住，用手帕将他脸上的血迹拭去，老大则紧锁双眉说：

"反正是瞒不下去的，咱们还是回去吧……"。

"你们会不会挨揍？"我问。

他点了点头，然后又把手向我伸过来说：

"你跑起来速度真快！"

这句赞扬使我心里高兴极了，我还没来得及把他的手握住，他又向老二说道：

"咱们走吧，不然他会受凉的！咱们就说他跌倒了。掉入井里的事情——千万不要说出去！"

"对，不说！"小弟弟哆哆嗦嗦地表示同意，"就说我在水洼里摔倒了，是吧？"

他们走了。

所有这些事情都突如其来，我望望我从上面跳下来的那根树枝——它还在摇摆不停呢，那上边的叶子还在"簌簌"地往地上落呢。

兄弟三人大约有一个星期没有到院子里来，后来他们又露面了，比以前玩得更快活。老大发现我坐在树上，亲切地喊道：

"喂，到我们这边来玩吧！"

我们爬到仓库廊檐下面破旧的雪橇里，互相仔细地打量着，谈了很久。

"你们挨打了吗？"我问。

"挨了。"老大答道。

简直难以令人置信，这些孩子也会像我一样挨打，真让人替他们感到委屈。

"你为什么要逮小鸟呢？"小弟弟问。

"它们叫得很动听，好像唱歌似的。"

"不，你以后不要再逮小鸟了，还是让它们自由自在地飞吧……"

"好吧，我听你的话！"

"但是,你得先逮一只送给我。"

"送给你? 你要什么样的?"

"能够唱歌的——而且能够装到笼子里面。"

"这么说,你想要的就是黄雀了。"

"会被猫吃掉的,"小弟弟说,"更何况,爸爸也不让养鸟。"

老大立刻附和道:

"是啊,爸爸不让养鸟……"

"你们有妈妈吗?"

"没有。"老大说,老二改正说:

"有,不过是另外一个,不是我们的亲妈妈,我们的亲妈妈没有了,她——她死了。"

"不是亲的就叫后妈。"我说。老大点点头,说:

"对。"

他们三人都陷入了沉思,神色黯淡。

对于他们的沉思,我深表理解,因为后妈是怎么一回事,我老早就从外祖母讲的童话中知道了。

兄弟三人紧紧地靠在一块儿,模样长得都一样,好像三只小鸡似的。这时,我想到了童话里的巫婆后妈,她用欺诈的手段骗得了亲妈的地位,于是我安慰他们说:

"放心吧,亲妈还会回来的,你们等着吧!

老大耸了耸肩膀,说:

"人死了哪能再回来呢? 这不可能……"

不可能? 我的上帝,人们死而复生的事不知有过多少啊,甚至那些被砍成碎片的人,只要把圣水往他们身上洒一点儿,他们都可以活过来,这种情形可多啦! 有时人并不是真死,上帝没有让他们去死,而是中了巫师妖婆的魔法!

我把外祖母讲过的童话故事讲给他们听,讲得舌绽春蕾。老大刚开始只是抿着嘴笑,后来轻轻地说:

"这些我们都知道,这是童话……"

他的两个弟弟默默地听着:小弟弟脸色忧郁,嘴唇紧闭;老二向我探过身来,一只胳膊肘支在膝盖上,另一只胳膊搂着小弟弟的脖子。

黑暗笼罩了大地,几块红色的云朵在仓库上空飘浮着。这时,一个白胡子老头神不知鬼不觉地出现在我们身旁,他穿一件神父常穿的咖啡色长袍,戴着一顶长毛的皮帽子。

"这是谁家的孩子?"老头指着我问道。

老大站起来,朝我外祖父的房屋努了努嘴,说:

"他是那家的孩子……"

"是谁叫他到这儿来的?"

三个孩子默默地从大雪橇里爬出来,乖乖地回家去了,我又想起了三只温顺的小鹅。

那个老头紧紧揪住我的肩膀,拽着我穿过院子向大门口走去。我被他的这副架势吓坏了,直想哭,但是他大踏步地向前走,我还没有来得及哭出声来,就被拉到大街上。他在旁门站住,指着我的脑门吓唬我说:

"以后不准你到我家来!"

我气得火冒三丈,冲他大声叫道:

"我压根儿就不是来找你的,老鬼!"

于是他又一把抓住我,拖着我在人行道上走,一面声色俱厉地问我,他问话的语气好像一把小铁锤敲打着我的脑袋似的。

"你外祖父在家吗?"

真不幸,我外祖父偏偏在家。外祖父站在这位凶恶的老头面前,仰起头,胡子向前伸着,直直地望着他那双又圆又暗的、好像旧铜币似的眼睛,神色慌张地说:

"他母亲外出了,我忙得不亦乐乎,抽不出空来管教他——请您多多原谅,上校!"

上校干咳了几声,震响了全屋,他仿佛一根木柱似的转过身去走了。过了一会儿,我被扔到院子里彼得大叔的马车里了。

"又惹是生非了,小鬼?"他一面卸车,一面问道。"为什么挨打呀?"

我于是把挨打的原因告诉他,他听了之后怒不可遏,低声吼道:

"你为什么要跟他们掺和在一起呢? 他们都是少爷,心如蛇蝎。你看你,为了这些狗崽子被打成这个样子! 去,把他们狠狠地揍一顿,现在就去,别站着!"

他气愤地唠叨了半天。我挨了打,心里窝火,起初听他说话我抱有同感,可是当我看到他那张满是皱纹的脸难看地不停地哆嗦时,不由得起了厌恶之心,我忽然想到那兄弟三人可能也要挨揍,然而他们并没有做什么对不起我的事。

"揍他们大可不必,他们都是好人,你净骗人。"我说。

他直勾勾地望了我一会儿,突然大声叫道:

"你从马车上给我滚下去!"

"你这个傻蛋!"我喊了一声,跳到地上。

他满院子追我,但是追不上。他一面跑,一面冲我嚷道:

"你敢说我骗人,还敢骂我傻蛋?! 我要给你点儿颜色看看……"

这时,外祖母正好从厨房里走出来,我机敏地躲到她的背后,他向外祖母埋怨道:

"这小鬼气得我血往上涌! 我的年岁比他大五倍,可是他竟敢骂起我的祖宗来,什么脏话都骂……还骂我四处招摇撞骗……"

我一听到别人当着我的面撒谎,就惊奇得不知所措,一时间,我不知如何是好,但是外祖母坚定地说:

"彼得,你这不是在撒谎吗。他决不会骂出那种难听的话!"

如果换作是外祖父,他就会相信马车夫的话。

从那天起,我们两个人之间就发生了无言的、相当厉害的战争:他装出一副无意的样子,把我撞一下,或者用缰绳抽打我一下,或者偷偷放走我的鸟儿。有一次,他竟然把我的鸟儿喂了猫。他动不动就找借口在我外祖父面前告我的状,而且总是添枝加叶地瞎扯一气。我渐渐觉得,他简直就是一个老顽童。我偷偷拆散他的草鞋,弄松或者剪断他的鞋带,当他穿上它们时,这双草鞋就会马上散架。有一次,我把好多胡椒面撒在他的帽子上,害得他接连不断地打喷嚏,足足打了一个钟头。总之,我使出浑身解数给他使坏。每逢节日,他便整天盯着我,留意我的行动。我跟邻居家的小少爷们来往,不止一次地被他发现。他一发现,就立刻向外祖父告密。

我仍然和小少爷们一起玩耍,并且觉得越来越开心。在外祖父的墙和奥甫相尼科夫上校的围墙之间,有一个小小的隐秘角落,那里长着一片榆树、菩提树和接骨木丛。在树丛下的围墙上我挖了一个小圆洞,三兄弟依次或者俩人一块儿来到小洞前,我们或是坐着,或是蹲着,或是跪着低声地交谈起来。为了防止那位上校忽然闯到这里来,他们仨中总有一个人留在外面望风。

他们告诉我,他们的生活非常苦闷,这使我十分同情他们。他们谈如何喂养那只我替他们捉的小鸟,谈他们童年的许多事情,但是他们绝口不提他们的父亲和后妈,至少我不记得他们说过这方面的事。他们常常请求我给他们讲童话故事,我把外祖母讲过的故事一本正经地再复述一遍,如果哪儿忘了,就请他们稍等片刻,我跑到外祖母那里去问。我这样问她,她总是很愉快。

我把许多有关外祖母的事讲给他们听,有一次,老大长长地叹了一口气,说:

"看样子,所有的外祖母都很好,以前我们也有一个善良的外祖母……"

他常常闷闷不乐地说,他遇到过形形色色的人和各种各样的事,仿佛他在世间已经活了一百年,而不是十一年似的。我记得,他身体瘦弱,手掌窄小,手指纤细,一双眼睛清澈明亮,而且目光柔和,就像教堂里长明灯的灯光。他的两个弟弟也很惹人喜欢,很容易让别人产生信任,我一直想为他们做点什么事儿,使他们愉快,但是我更喜欢老大。

我常常跟他们谈得正投机时,彼得大叔就不知怎样出现在我们身边,他总是拉长腔调沉闷地叫喊,驱散我们:

"又——掺和到——一起啦?"

我发现,彼得大叔的忧郁痴呆症发作的次数越来越多了,甚至他干完活回来后的心情如何,我都能够预先判断出来;一般说来,他总是不紧不慢地开门,门环发出的吱扭声又沉又长,懒洋洋的;要是他心情不好,门环的响声就十分短促,好像一个人痛得不禁尖叫一声似的。

他的哑巴侄子到乡下结婚去了。彼得大叔一个人住在马厩上面的一间窝棚里。窝棚很矮,开着一扇小小的窗户,里面老是散发出一股股发霉的皮革、焦油、汗臭和烟草的气味。由于这种气味十分呛人,我从来不到他那里去。最近他睡觉老是不熄灯,这引起了我外祖父深深的反感。

"当心啊,彼得,不要把我的房子烧着了!"

"你放心吧,决不会的! 我把过夜的灯放在盛着水的碗里。"他眼睛望着别处,满不在乎地答道。

近来,不知怎的,他遇见任何人都似乎不敢正眼去看,而且好长时间不来参加外祖母的晚会了。他也不再请人吃他做的果酱了,他的脸变得干巴巴的,皱纹更深了,走起路来像个病人似的晃晃荡荡,拖着两条仿佛灌了铅的腿。

有一天,那是一个普普通通的日子,我跟着外祖父一大早就打扫院子里的积雪,因为深夜下了一场大雪。这时,旁门的门闩突然响了一下,响声很特别,跟平时大不一样,一位警察走进院子里来,他用肩膀关上门,伸出一个又肥又白的手指,向外祖父勾了勾,叫他过去。外祖父走到他跟前,他把脸凑近外祖父,那长长的大鼻子好像要啄食外祖父的额头似的。不知他在低声嘀咕些什么,只听见外祖父慌里慌张地回答说:

"是啊,就住在这里!什么时候?让我想想……"

过了一会儿,他突然可笑地蹦起来,大声喊道:

"天哪,这是真的?"

"别嚷嚷!"警察严厉地说。

外祖父四下里瞧了瞧,看见了我。

"把铁锹收起来,快回屋里去吧!"

我躲在一个角落里窥视他们,只见他们径直向彼得大叔的窝棚走出,警察脱下右手上的手套,用它在左手掌上拍打着,说:

"他自己倒很明白,把马一扔,自己藏起来……"

我急急忙忙跑进厨房,把我的所见所闻详细地告诉了外祖母。她正在面盆里和面,准备烤面包,不时地摇晃着落了一层面粉的脑袋,听我把话说完,她若无其事地说:

"没准儿他偷了什么东西……你出去玩吧,这和你不相干!"

我又跑到院子里,看见外祖父站在旁门边上,摘下帽子,抬头望着天,不停画着十字。他一脸怒气,头发竖直,一条腿颤抖不已。

"我刚才不是叫你回屋里去了吗?"他跺着脚怒气冲冲地对我喊道。

他自己也跟在我后面回屋里了,一进厨房,就喊外祖母:

"老婆子,过来!"

他们走进隔壁房间里,在那里嘀咕了很长时间。当外祖母回到厨房时,我看见她面色阴沉,我猜想一定发生了什么大事。

"你怎么那么害怕啊?"

"别瞎扯,听见没有?"她压低声音回答说。

这一整天,家里的人都忐忑不安。外祖父和外祖母神色惊惶地张望,说话时声音很低,而且总是三言两语,使人听不懂,这更加重了恐惧的气氛。

"老婆子,你把所有的长明灯都点上。"外祖父吩咐道,嘴里不停地咳嗽。

大家都打不起精神来吃午饭,然而又不得不匆匆忙忙地吃,好像在等待什么人似的。外祖父面带倦容地鼓起了腮帮,清着嗓子,嘟嘟囔囔地说:

"魔鬼的力量就是比人大!信教的人总应该很虔诚吧,可是到头来又怎么样呢,嗯?"

外祖母连连叹气。

这个雾气茫茫的冬日显得特别漫长,长得令人疲倦,令人心烦,家里的人越来越坐立不安,空气十分沉闷。

傍晚时分,来了一个红头发的胖警察,不是原先的那个。他坐在厨房里的长凳子上打瞌睡,轻轻地打着呼噜,还不时地磕着头。当外祖母问他"这件事是怎样查出来的"的时候,他沉吟了一会儿,然后声音低沉地答道:

"我们什么事都能查出来,你别担心!"

我记得,我那时坐在窗户旁边,把一枚古老的钱币放在嘴里焐热,试图把战胜毒龙的胜利者格奥尔吉的像印在结满冰花的玻璃窗户上。

门洞里忽然传来"咚咚"的声音,紧接着,房门猛地敞开了,彼得罗芙娜在门口歇斯底里地叫道:

"快去看看吧,你们后院究竟怎么啦!"

她一眼瞥见警察,赶忙转身往过道里跑,但是警察一把揪住她的裙子,也惊慌地大喊:

"站住,你是什么人? 你要去看什么?"

她在门槛上绊了一跤,跪倒在地上,泣不成声地说:

"我去挤牛奶,发现卡希林家的花园里有一个好像靴子似的东西!"

这时,我外祖父跺着脚,怒不可遏地吼道:

"你瞎扯,蠢货! 围墙那么高,墙上又没有缝,你怎么能看见我家花园里有什么东西? 你瞎扯,我家后院里什么也没有!"

"哎哟,天哪!"彼得罗芙娜大声哭喊道,一只手抓着自己的头发,一只手伸向外祖父。"对啊,天哪,我的确是在瞎扯! 我走着走着,发现有一溜脚印通到你们的围墙下面,雪地被人踩过,我朝围墙那边一看——哎哟,我的老天啊,看见他躺在那儿……"

"谁——躺在——那儿?"

这一声拉长的喊叫声使人不寒而栗,不明白说的是什么,但是大家忽然好像发了疯似的,推推搡搡地从厨房拥了出去,径直冲到花园里。在花园的一个坑里,只见彼得大叔躺在厚软的雪地上,背靠着烧焦的梁木,脑袋耷拉在胸前。他的右耳下面有一条很深的裂口,红通通的,仿佛一张嘴似的;裂口里露出几块如同牙齿一样的发青的东西。我吓得微微合上眼睛,透过睫毛隐隐约约看见彼得大叔的膝盖上有一把我所熟悉的马具刀,在刀旁边,他的右手的黑手指弯曲着,左手摆在一边,埋进雪里。马车夫身子底下的雪早已融化,他那短小的躯体深深地陷到柔和明亮的绒毛里,看上去越发像个小孩。他身子右边的雪地上,有一片古怪的殷红色的花纹,仿佛一只鸟儿似的;身子左边的雪没有被人动过,光亮平整。他的脑袋自然地耷拉着,下巴抵在前胸上,浓密卷曲的胡须被压得乱糟糟的,赤裸的胸脯上紧贴着一个大大的铜十字架,上面是一道凝固的通红的血痕。吵闹声响成一片,震得人的脑袋晕乎乎的。彼得罗芙娜尖叫不停,警察也在喊叫着,一边吩咐瓦列伊到什么地方去,外祖父大声叫道:

"别乱踩,别乱踩,别把痕迹踩乱了!"

可是他忽然锁紧眉头,瞧着自己的脚,严肃地对警察大声说:

"你瞎嚷嚷什么呀,老总! 这是上帝的事情,上帝会做出决断,你说的全是些废话——嘿，你们这些人啊！"

人们马上安静下来，目光集中在死者身上，不住地叹息着，画着十字。

这时，有一些人从院子往花园跑，他们翻过彼得罗芙娜的围墙，踉踉跄跄，发出"呼哧呼哧"的声音。但是，周围仍很安静，直到外祖父四下里瞧了瞧，绝望地喊了一声，把这种沉寂打破：

"邻居们，你们怎么也不害臊啊，瞧，把树莓糟蹋成什么样了！"

外祖母抽泣着拉住我的手，把我领回屋子里……

"他到底怎么啦？"我问；她回答说：

"你不是都已经看到了吗……"

整个晚上一直到深夜，厨房里和隔壁房间里都挤满了陌生人。他们吵吵嚷嚷，警察指挥着，一个貌似教堂执事的人写着什么，好像一只鸭子似的"嘎嘎"地叫：

"怎么样？怎么样？"

外祖母在厨房里请所有的人喝茶，桌子旁边坐着一个胖墩墩的人，一脸麻子，留着一撇小胡子，粗着嗓子讲道：

"此人的真正姓名无稽可考，只查出他是耶拉吉马人。那个哑巴并不是什么真正的哑巴，对于一切供认不讳。还有一个参加作案的人也招供了。他们早就从事抢劫教堂的勾当，这是他们主要的活动……"

"啊呀，我的天哪！"彼得罗芙娜叹息道，泪水挂在通红的脸上。

我躺在吊床上朝下望，似乎觉得每一个人都变得越来越矮小，越来越肥胖，越来越可怕……

第十章

一个星期六的清早,我到彼得罗芙娜家的菜园子里去捕捉一种红胸脯的鸟儿——灰雀。但是我等了很久,那些神气活现的小家伙就是不肯入网。它们好像在故意卖弄风情似的,在银白色的冰雪上蹦来跳去,模样煞是可笑。有时振翅而飞,落在覆压着一层厚厚的霜的灌木丛枝上,如同美丽的鲜花。它们在枝头摆来摆去,淡青色的雪花不时地被摇落下来。尽管我一只鸟儿也没有捕到,然而并不觉得沮丧,因为这种景象真是太迷人了。更何况,我对打猎并不热衷,我只喜欢捕鸟的过程,至于结果如何,我倒不放在心上。我喜欢看小鸟怎样生活,爱想它们。

在严冬,我喜欢独自坐在雪地边缘上,四下里一片静谧,只有鸟儿啾啾地叫个不停,而在远方,云雀的声声尖叫传了过来。云雀在俄罗斯的冬天变得十分忧郁,它唱着哀婉的歌儿飞走了,美丽的歌声仿佛驶过的三套马车的铃铛声。

在雪地上我已经待了很长时间,冷得浑身哆嗦,感觉两只耳朵都冻僵了。于是,我把捕鸟网和鸟笼收了起来,翻过围墙到外祖父的花园里,走回院子。这时,我看见靠近街道的大门敞开着,一个身材魁梧的乡下人正牵着三匹套在一辆带篷的大雪橇上的马向院外走。那些马浑身是汗,热气蒸腾。这个乡下人欢快地吹着口哨,我的心猛然震动了一下。

"你是送谁来了?"

他转过脸,手搭着凉棚地看了看我,然后跳到驾驶座上,回答我说:

"我送神父来了。"

这与我毫不相干。既然来的是神父,那么他可能是探望房客的。

"走啦,我的小鸡们!"乡下人吆喝一声,吹起口哨,一面把缰绳抖了抖,催动了马。于是,寂静的大门口顿时显得热闹起来,三匹马驾着雪橇往田野里疾驰而去。看着它们走远了,我把大门关上,回到屋里。可是,我刚刚走进空空如也的厨房,我母亲的声音就从隔壁房间里传了过来,她的嗓音很高,字字都很清晰:

"现在怎么办,莫非要把我逼死吗?"

我没有脱外套,把鸟笼子一扔,就冲到门厅里,正好与外祖父撞了个满怀。他揪着我的肩膀,两只眼睛凶恶地瞪着我的脸,使劲咽了一口什么东西,粗声粗气地说:

"快去吧,你妈妈回来啦!等一等……"他摇晃着我的身子,我几乎站不住脚,接着他把我往房门口一推,说:"去吧,去吧……"

我一头栽倒在房门上,好大一会没有摸到门把手。因为天寒地冻和心情激动,我的双手直战栗,在钉着毡子和漆门的门上摸了很久,终于摸到了门把手,把门悄悄地打开。我站在门口,头昏脑涨的,两眼直冒金星。

"呀,他来了,"我母亲说,"我的天哪,都长这么高了!怎么,认不出我来啦?看你们,给他穿得不成样子……呀,耳朵都冻白了!妈妈,快拿点鹅油来……"

母亲站在屋子中间,躬下身来给我脱衣服,把我转来转去,仿佛转皮球似的。她那高大的身躯穿着一件如同乡下人穿的长袍一样的红色连衣裙,看上去十分宽大,又暖和又柔软,一排黑色的大纽扣从肩膀一直斜缀到下襟。这种连衣裙我还是第一次见。

我觉得,她的脸好像比以前又小了,而且显得更加苍白,但是眼睛大了,眼窝深深地陷下去,金黄色的头发越发明亮了。她给我把衣服脱下来,扔到门口,她那紫色的嘴唇厌恶地撇着,不断地用命令的口吻说:

"你怎么一声不吭,啊?高兴吗?看你,衬衣脏兮兮的……"

过了一会儿,她用鹅油给我擦耳朵,我疼得难以忍受,但是,一闻到从她身上散发出来的香味,我就感到疼痛减轻了许多。我紧紧地靠在她的身上,直勾勾地看着她的眼睛,激动得无法启齿。透过她的声音,我听见外祖母不大高兴地咕哝道:

"这个小家伙越来越不老实了,谁都管不住他,连他外祖父也不怕……唉,瓦里娅,瓦里娅……"

"妈妈,不要再嘟囔了,他渐渐地会乖起来!"

周围的一切同母亲相比都显得非常渺小、可怜和衰老,我觉得自己也和外祖父一样变老了。母亲用有力的膝盖紧紧地夹住我,用那只温暖而沉重的手轻柔地抚摸着我的头发,说:

"头发该剪啦。也该上学了。你想不想念书?"

"我已经会念书了。"

"还得再念一点儿。呀,你的身体倒蛮结实的,是吧?"

她高兴地笑了,不时地逗着玩儿,她的笑声低沉而且充满力量,笑得我心里暖烘烘的。

外祖父走了进来,他垂头丧气的,头发乱如杂草,眼睛红通通的。母亲把我推到一边,大声问道:

"考虑好了吗,爸爸,要不要我走?"

外祖父站在窗子旁边,用指甲抠着玻璃窗上的霜花,好长时间一言不发。周围的空气似乎都紧张得凝滞了,使人觉得沉闷、压抑和不安。一如往常,每逢这种尴尬的情景,我好像全身都长出了眼睛和耳朵,胸部奇怪地膨胀起来似的,总是格外敏感,真想大声呼喊。

"阿列克谢,你给我滚出去!"外祖父恶声恶气地说。

"为什么?"母亲问道,一把又将我拉到她身边。

"我不准你走,你哪儿也不要去……"

母亲站起来,仿佛一朵红云似的走过去,停在外祖父背后。

"爸爸,你听我说……"

外祖父猛地转过身来,冲着母亲尖声叫道:

"你给我闭嘴!"

"你不要对我这么粗暴。"母亲低声说。

外祖母从长沙发上霍然站起,指着我母亲的鼻子恐吓道:

"瓦尔瓦拉!"

外祖父一屁股坐在椅子上,嘟嘟哝哝地说:

"你说,我到底是什么人?啊?你竟然敢这样跟我说话!"

忽然,他吼叫起来,声音也变调了:

"你使我无颜见人,瓦里卡……"

"去,你出去!"外祖母对我说,语气十分严厉。我无精打采地走到厨房里,愁闷地爬上炉炕,长久地听着隔壁的谈话。他们有时一起说话,互相打断对方的话;有时一言不发,好像一下子全都睡着了似的。他们谈到我母亲生了一个孩子,不知送给哪家了。但是我觉得十分纳闷,外祖父为何生气呢?不知是因为母亲没有征得他的同意就把孩子生下来了呢,还是因为母亲没有把那个孩子给他带来。

后来,外祖父来到厨房里,头发乱糟糟的,面色通红,看上去非常疲惫。外祖母接着也走了进来,一面用衣袖拭着眼角的泪水。外祖父坐到板凳上,两只手掌压着板凳,弯着腰,咬着没有血色的嘴唇,浑身颤抖不已。外祖母跪倒在他的面前,轻声而又激动地说:

"老头子,看在上帝的分上,你就把瓦里卡饶恕了吧!这其实是一件稀松平常的事儿。你看看那些地主老爷、商人巨富,他们的家里不也同样发生这种事吗?无论怎么说,她是一个女人呀,而且是一个美丽的女人!好啦,饶恕她吧,哪一个人不犯过错呢……"

外祖父斜靠在墙上,盯着外祖母的脸,皮笑肉不笑地抽咽着说:

"唉,你说得没错,那就饶恕她吧!除了饶恕她,还能把她怎么样呢?哪一个人你没有饶恕呢?所有的人都得到了你的饶恕。真是无可奈何,嗨,你们这些人啊……"

他弯下腰,抓住外祖母的肩膀摇晃起来,一面急匆匆地低声说:

"可是,上帝恐怕对什么都不肯饶恕,不是吗?我们将不久于人世了,上帝还要惩罚我们,老了老了,麻烦事越多了,整天难以让人心安,事事不如意,日后也不得安宁!我们将来会沦落为乞丐,会饿死的!你记住我的这句话吧……"

外祖母握着他的小手,挨着他坐下来,温柔地笑了。

"没关系！沦落为乞丐又有什么可怕的呢？大不了就去讨饭呗。我们不会饿死的，到时候，你待在家里，我出去四处讨饭，还怕人家不施舍给我们东西吃！你就不要想那么多了！"

外祖父忽然笑了起来，像只山羊似的背过脸去，双手搂过外祖母的脖颈，紧紧地靠在她的身上。这时，他显得那么瘦小，那么疲惫不堪。他抽泣道：

"唉，傻蛋，你这个可爱的傻蛋，我现在唯一的亲人就是你了。你这个傻蛋，什么事都不放在心上，什么事都不懂！你好好想想，我们俩在穷愁苦累中摸滚爬打了一辈子，难道为了他们没有作过孽吗？可到头来又怎么样呢？唉，哪怕稍稍……"

此刻，我再也忍不住了，我的眼睛里噙满了泪水，我跳下炉炕，朝他们扑了过去。真料不到他们谈得这么投机，这使我非常高兴，同时又替他们感到悲伤，母亲的归来以及他们对我的平等态度，这一切使我感动得泪如雨下。外祖父和外祖母紧紧地拥抱着我，让我和他们一起放声痛哭起来。外祖父对着我的耳朵和眼睛亲切地低声说：

"哎呀，你这个调皮鬼，原来你也在这里呀！你妈妈回来啦，你现在可以跟她在一起了。外祖父是个老恶鬼，整天气势汹汹的，现在就让他滚远一点儿，好不好？外祖母老是宠着你，看见你做坏事总是睁一眼闭一眼地爱理不理，现在也让她滚远一点儿，好不好？嗨，你们这些人啊！……"

他松开手，把我和外祖母推开，站了起来怒气冲冲地叫道：

"谁都要走，谁都想离开这个家，事事不如意……唉，你快去把她叫过来呀！快去……"

外祖母恭顺地走了出去，外祖父垂下头，对着墙角说：

"大慈大悲的上帝啊，这一切你都亲眼看见了吧！"

他一边咕哝着，一边用拳头把自己的胸膛捶得"咚咚"作响。我厌恶他跟上帝对话，因为我总觉得他是在自我夸耀。

母亲进来了，厨房立刻被她的红衣裙照得明亮起来。她在桌子旁边的一条长板凳上坐下来，外祖父和外祖母坐在她的两侧，她那宽宽大大的衣袖搭在他们的肩膀上。我母亲一脸庄重，小声地在说着什么。外祖父和外祖母沉默不语，只是静静地听着，不打断她的话。这时，他们俩变成了小孩子，她仿佛变成了他们的母亲似的。

因为过分激动，我感到疲倦不堪，很快就躺在吊床上昏昏沉沉地睡着了。

晚上，外祖父和外祖母打扮得好像过节似的，到教堂去做晚祷。外祖父穿上他那件行会会长的制服：浣熊皮大衣和撒脚裤。外祖母乐呵呵地看着外祖父，朝我母亲眨巴了一下眼睛，说：

"看你爸爸穿得多么整洁，仿佛一只白净的小羊羔似的！"

母亲高兴地笑了。

屋子里只剩下我和母亲的时候,她盘着腿坐在沙发上,用手拍了一下沙发,说:

"来,过来! 告诉我,你过得怎么样,不大好吧?"

我不知道该怎么说,于是答道:

"我不知道。"

"你经常挨外祖父的揍吗?"

"现在好多了。"

"是吗? 你随便给我讲点儿什么吧,好吗?"

外祖父的事讲起来没有什么意思,因此我就从这个房间讲起,讲到曾经有一个特别好、但是不讨众人喜欢的人住在这个房间里,外祖父不愿意把房子租给他。我看见,母亲听这个故事的时候,懒洋洋的,她说:

"还有其他的吗?"

我给她讲那三个小少爷的事情,讲到那个上校把我从家门里赶了出来。母亲听到这里,紧紧地拥抱着我,说:

"这个恶棍……"

母亲沉默了,她眯缝着眼睛望着地板,一个劲地摇头。我问她:

"外祖父为什么生你的气?"

"我做了对不起他的事。"

"你只要把那个小孩给他带过来就没事了……"

母亲把头向后一仰,双眉紧蹙,咬着嘴唇,然后又抱着我,放声大笑起来。

"哎呀,你这个鬼东西! 这些话以后不许你再说,听见没有? 别胡说,也不要胡思乱想!"

她嘟嘟囔囔地说了很长时间,不知在说些什么,表情古怪,神色严厉。过了一会儿,她站起来在屋子里走来走去,不时地用手指敲打着下巴,两道浓密的眉毛高高扬起。

桌子上的一支蜡烛慢慢地熔化,在空荡荡的镜子里倒映着,地板上影影绰绰,墙角里的圣像跟前,一盏长明灯摇曳着。银白色的月光照得玻璃窗上的霜花发出微微的光亮。母亲仰起头,四下里扫视了一下,好像要在秃墙空顶上寻找什么东西似的。

"你是不是想睡觉?"

"不想,再过一会儿吧。"

"难怪呢,你白天已经睡过觉了。"母亲想起来了,长长地叹息了一声。我问她:

"你是不是要走?"

"到哪儿去?"她不答反问,露出十分惊讶的神色。

这时,她捧起我的头,细细地观察着我的脸,我的眼泪涌上了眼窝。

"咦,你怎么哭了,我的乖孩子?"

"我脖子疼得厉害。"

其实,我流泪都是因为抑制不住内心的难过。我隐隐约约觉得,母亲在这个家里是待不下去的,她迟早还要离我而去。

"你长大后肯定跟你爸爸很像。"她说,把毡垫子一脚踢到旁边。"有关你爸爸的一些事,外祖母给你讲过吗?"

"讲过。"

"她对你爸爸抱有特别特别大的好感,非常喜欢他!你爸爸也喜欢她……"

"这个我知道。"

母亲瞧了瞧蜡烛,皱起了眉头,然后把它吹熄了,她说:

"这样更好!"

没错儿,蜡烛熄灭以后,屋子里顿时清爽了许多,模模糊糊的影子不再摇动了。清冷的月光洒在地板上,玻璃窗上呈现出淡淡的金色亮光。

"你前几年在什么地方住啊?"

她好像努力在思索早已被遗忘了的往事,说了几个城市的名字。她在屋子里不停地踱来踱去,仿佛一只鹰在毫无声息地盘旋似的。

"你打哪儿买的这件衣服?"

"我自己做的。我的衣服都是自己缝制的。"

母亲的性格跟别人不大相同,这使我感到十分愉快,但是她寡言少语,又使我觉得十分伤心。如果我不主动问她,她就一直一声不吭。

后来,她挨着我在长沙发上坐下,我们俩人一句话也不说,只是紧紧地靠在一块儿,直到外祖父和外祖母回来。浓郁的蜡烛味和神香味从他们的身上散发出来,两位老人满脸庄重,但是态度非常和善。

晚饭十分丰盛,好像过节似的。大家规规矩矩,很少说话,而且用语小心谨慎,仿佛生怕把别人从睡梦中惊醒过来。

不久,母亲开始教我念世俗的识字课本。她精力充沛,给我买了几本书。没出几天,我就把其中一本《国语》读完了,学会了阅读世俗的俄文书籍。但是,很快地,母亲又教我念诗,而且要求我把它们背下来。打那以后,种种烦恼就在我们母子俩之间产生了。

有这样一首诗:

道路啊,平直宽广,
上帝的旷野上,你自由翱翔。
不用开辟,无须整饬,
马蹄踩在你柔和的躯体上,尘土飞扬。

我总是把"旷野"念成"普通"，把"开辟"念成"砍平"，把"马蹄"念成"马帝"。

"喂，你动脑子想一想，"母亲训斥我说，"为什么要念成'普通'？你这个鬼东西！应当念作'旷野'，记住了吗？"

我心里很清楚，但就是念不准，连我自己也感到奇怪。

母亲气呼呼地说我脑袋瓜子不灵活，而且一味固执任性。这些话使我很难过。我专心致志的尽力去记住那些拗口的诗句，默念的时候，一点儿也不出错，可是一旦念出声来，肯定走样。我讨厌这些模模糊糊的诗句，有时候赌气故意把它念错，把发言相近的词乱七八糟地排列起来。我非常喜欢这些自己胡诌的、一点儿实义也没有的诗句。

然而，这样调皮捣蛋使我遭受了一次惩罚。有一次，我毫不费事地做完了功课，母亲问我把那些诗句背会了没有，我禁不住顺口念了出来：

> 一条路，两只角，
> 奶渣儿，便宜了，
> 马蹄，和尚，水槽……

等我恍然大悟的时候，已经来不及了。母亲用双手撑着桌子站了起来，严厉地问道：

"你到底在念些什么？"

"我不知道。"我慌忙答道，顿时感到惶惶不安。

"不知道？告诉我，你到底怎么啦？"

"就……就这样啊。"

"就是——什么样啊？"

"为了好玩。"

"站到墙角去！"

"为什么啊？"

她声音低沉，但是坚决严厉地重复说：

"站到墙角去！"

"哪个墙角啊？"

她没有吭声，两只眼睛眨也不眨地瞅着我的脸，使我心里直发毛，弄不明白她想要干什么。墙角里圣像旁边的一张小圆桌上，摆放着一只插着一束干枯的花草的花瓶，浓郁的花香沁人心脾。前面的墙角上放着一只盖有一块壁毯的箱子，后面的墙角放着一张大床，最后一个墙角——其实没有墙角，因为门框紧挨着墙壁，墙角被房门占据了。

"我不清楚你要干什么。"我说，她的用意我无法明白。

母亲坐下,沉默了一会儿,把额头和面颊用手擦了擦,然后问道:

"外祖父罚你站过墙角吗?"

"什么时候?"

"随便什么时候,你到底站过没有?"她大声冲我喊道,把桌子拍得"咚咚"作响。

"没有……啊,我也不记得了。"

"站墙角是一种处罚,你懂吗?"

"我不懂。你为什么要处罚我呢?"

母亲长长地叹息了一声,说:

"唉,你过来。"

我走到她跟前,问道:

"你为什么冲我叫叫嚷嚷?"

"你为什么故意把诗念走样?"

我认认真真地告诉她,我一闭上眼睛,就能把这些诗句一字不差地默默背诵下来,但是一念出声来,不知怎的就走了样。

"你是不是有意念走样的?"

我对她说不是,但是立刻想了想:"莫非我真的是有意念走样的?"想到这里,我忽然安之若素地把这首诗背了一遍,——完全正确!这使我十分惊奇而且非常尴尬。

我觉得我的脸好像忽然肿胀起来似的,火辣辣的难受,两只耳朵没了感觉,头晕眼花,我站在母亲面前,窘迫不堪,泪水涌了出来模糊了我的视线。我隐隐约约看见她的脸色忧伤地黯淡下来,双眉紧蹙,紧紧地咬着嘴唇。

"这到底做何解释?"母亲用变了调的声音生气地问,"那么,你是故意的了?"

"我不知道。我真的不是故意的……"

"你这孩子真让人头痛,"母亲低着头说,"你去吧!"

母亲要求我背诵更多的诗,但是我的记忆力越来越糟糕,无法记住那些整齐的诗行。我总想添加一些别的词句,改变它们的形式和内容。这种念头越来越强烈,我几乎难以克制了。更何况,我毫不费力地就可以把一首诗念错——那些一点儿意义也没有的词句一不小心就闯进我的脑海,迅速地跟书本上的原诗混淆在一块儿。这种情况时常发生,以至于整齐的诗行在我眼前闪闪烁烁,无论我怎么去记,都记不住它。有一首悲伤的诗,似乎是维亚捷姆斯基公爵的,使我非常苦恼:

> 无论早晚,
> 许多鳏寡孤独者,
> 凭着上帝的名分,呼吁赈济,

可是下面一行诗:

　　　　拎着饭袋行乞于窗下,

我费尽九牛二虎之力也记不住,总是把它漏掉。母亲十分恼火,把我的这一切告诉了外祖父。外祖父气势汹汹地说:

"他在捣蛋!他的记性非常不错,祈祷词记得比我还熟。他分明在欺骗你,他的记忆力牢靠的好像石头一样,一旦刻上去,就牢不可忘!你应当把他狠狠地教训一顿!"

外祖母也附和道:

"是啊,他的记性是很好的,故事啦,歌词啦,他都记得住。难道歌词和诗句不一样吗?"

这话没错儿,我也觉得无地自容。然而,一念起诗来,一些乱七八糟的词句就像蟑螂似的,不停地从什么地方爬了出来,而且也都排列成整整齐齐的诗行:

　　　　在我家大门口,
　　　　有许许多多孤儿和老头,
　　　　他们沿街乞讨,高声哀求,
　　　　用讨来的东西换彼得罗芙娜的牛,
　　　　骑着牛儿到山沟里去喝酒。

晚上,我和外祖母躺在吊床上,我把从书本上学来的诗句和自己编的顺口溜喋喋不休地念给外祖母听。她有时放声大笑,不过多半总是责备我。

"瞧,念得多好啊,你会背诗!但是不要取笑乞丐,他们由上帝庇护着呢!耶稣曾经就是乞丐,大凡圣人都当过……"

我嘟嘟囔囔地念道:

　　　　乞丐我厌恶,
　　　　也不喜欢外祖父,
　　　　这有什么办法呢?
　　　　主啊,饶恕我吧,主!
　　　　外祖父想方设法找碴儿,
　　　　我一不小心就挨他的揍……

"你胡说些什么呀,小心烂掉你的舌头!"外祖母气哼哼地说。"如果被你外祖

世界经典文库

世界二十大名著

童 年

图文珍藏版

父听到了,他非狠狠地揍你一顿不可!"

"我才不理他那一套呢!"

"你不该瞎折腾,把你母亲惹气了,有什么好处! 她已经够伤心的了,你还要调皮捣蛋。"外祖母愁眉苦脸地、温和地对我说。

"她为什么伤心呢?"

"给我把嘴巴闭上,听见没有? 别问长问短,你懂得些什么呀?……"

"我早就知道,不就是外祖父对她……"

"闭上嘴,听见我的话了吗?"

我的生活过得很不愉快,一种绝望的感觉笼罩在我的心头,但是不知怎的,我总想对此视而不见,竭力不去想它,老是调皮捣蛋。母亲教我的功课越来越多,而且越来越令我无法领会。算术我很快就掌握了,然而写字我十分讨厌,对于文法一点儿也不懂。但是,最让我悲伤的是,我看见并且意识到母亲在外祖父家里的日子非常难熬。她的脸色越来越黯淡,常常用陌生人的眼光看待一切,总是长时间地坐在朝向花园的窗户旁边,不言不语,仿佛浑身掉了色似的。刚到外祖父家的前几天,她活泼开朗,有说有笑,然而现在,她的眼睛周围出现了黑圈儿,一连好几天不梳理头发,穿的衣服是皱巴巴的,纽扣也不扣好,那样子看上去糟糕透了,我为此非常生气:她应该超过任何人,永远都保持着美丽、洁净和端庄。

她在教我时,目光总是越过我,落在身后的墙壁和窗户上,回答我提问的声调总是漫不经心,甚至常常忘了答话,还越来越心浮气躁,成天嚷来嚷去,这令我感到很不公平:母亲应该像童话中的人物一样,永远平等待人。

我有时会问她:

"跟我们待在一起,你是不是不高兴?"

她便气呼呼地斥责我:

"干你该干的事。"

我还发现,外祖父正在为什么事儿忙活着,而这事似乎让外祖母和母亲感到害怕。他常常待在母亲房里,反锁上门,在里边长吁短叹、吵吵嚷嚷,那声音就像那个我很反感的歪身子牧人尼卡诺尔吹木笛的音响。有一次,母亲在这样的谈话中突然大喊了一声,把整所房子都震了一下:

"不,这不可能办到!"

然后她呼地一下关上了门,丢下外祖父愤怒地吼叫。

这事儿是在晚上发生的。外祖母正在缝补外祖父的衣服,坐在厨房的桌前自个儿嘀咕着什么。听见关门声之后,她又静静地听了一会儿,说:

"她去房客家了,噢,上帝呀!"

外祖父猛地冲进了厨房,凑上前照着外祖母的头就打了一下,然后摇摇打疼了的手,厉声叫道:

"让你多嘴多舌,老妖婆子!"

"你这老不死的,"外祖母一面整理着打歪的帽子,一面平静地说:"行,我不说啦!但只要是我知道的你那些鬼点子,我都会告诉她……"

他又扑了上去,把拳头劈头盖面地往外祖母的大脑袋上乱砸一气。她没有躲闪,也没有把他推开,只是不住地说:

"打吧,打吧,老不死的!让你打!"

我抓起枕头、被子什么的,从吊床上向他们扔去,又从炉炕上拿起皮靴扔过去,可是外祖父已经是狂怒不已了,对我扔的东西根本没有丝毫的注意。外祖母被打倒在地,他便往她头上踢,最后他给绊了一下,又倒了下来,打翻了一只水桶。他蹿起来,鼻子"吭哧吭哧"地喘着粗气,啐了几口唾沫,恶狠狠地朝周围瞪了一圈,便回他的阁楼去了。外祖母"哼哼唧唧"地爬了起来,坐在长板凳上,梳理起被弄得乱蓬蓬的头发。我跳下吊床,她气愤地冲我说:

"把枕头什么的都收拾好,放上炉炕!扔枕头,这就是你要的小聪明!你在旁边儿使个什么劲儿?那个老不死的,疯疯癫癫的!"

她突然呻吟了一声,皱着眉低下了头,对我说:

"过来看看,这为什么会疼?"

我分开她那一大把头发,原来是一只发卡扎进了头皮,我把它拔了出来,发现还有另外一只。我的手指不听使唤了。

"应该去把妈妈找来,我害怕!"

她摆了摆手,说道:

"你想干什么?看你敢节外生枝。感谢上帝她没看见,也没听见,你居然想去把她找来!滚一边儿去!"

她把绣花的灵巧指头伸进浓密的黑发中,自己摸索起来。我壮起胆,把另一只砸弯了的发卡帮她拔了出来。

"你疼吗?"

"没什么,明天烧点洗澡水,洗一洗就行啦。"

她轻柔地请求我说:

"乖孩子,别把他打我这事儿告诉你母亲,好吗?他们父女俩的矛盾已经让人够受啦,告诉我,你会不会说?"

"不会。"

"那好,可得记清楚了!来,咱们收拾收拾东西。我的脸上没什么伤痕吧?那就好,不会有人察觉的……"

她开始擦起地板,我很感动,说道:

"你真像一个圣徒,对别人施加的罪孽,你从不计较!"

"这是什么道理?圣徒……你还真想得出来!"

她又"唧唧咕咕"地絮叨了半天,在地板上忙活了好一阵子,把地板擦拭干净。我坐在炉炕前的台阶上,琢磨着怎样帮外祖母出口气。

他当面这样残暴地殴打外祖母,我还是头一次看见。在昏暗的空间里,他的面庞在我眼前燃烧,金色的头发张扬飞动。我觉得心中有一股炽热的屈辱,恨自己连一个合适的复仇方法都想不出来。

可是过了几天,我不知什么原因上楼去找他,见他坐在地板上,身前摆着一个敞开的木箱,他正忙着整理里面的文件。他最钟爱的那十二张绘在灰色硬纸上的圣像图就放在椅子上,每张纸都被划出许多小方框,按一个月的日期排列,每个格里就是一幅当日的圣像。外祖父对这些圣像图爱不释手,通常都不让我看,只有他对我非常满意的时候才例外。每次看到这些密密麻麻的可爱的灰色小人儿,我就会产生一种奇怪的感觉。我知道一些圣徒的传记,诸如基里克和乌莉塔,受难的瓦尔瓦拉,潘苔雷蒙,以及其他不少人,我最钟爱的,是神人阿列克谢感伤的传记,还有赞美他的那些动人诗句,外祖母常常把这些诗绘声绘色地念给我听。当你看着数百个这样的圣徒,也就聊以自慰了:从古至今,都有这样受难的人。

可是,现在的我却在打算毁了这些圣像,趁他一不留神——他凑到窗前去看一张印着鹰徽的蓝色文件——我便抓起几张飞快地逃掉了。我从外祖母的桌子里取出剪子,爬上吊床,开始一个个地剪圣人的脑袋。在我剪完了一排之后,突然又对

这些圣像起了怜悯之心,于是就沿着方框的边儿来剪,还没等我剪完第二排,外祖父就冲进来了,站在炉炕的台阶上,问道:

"谁让你拿这些圣像图的?"

他看见床板上乱扔着好多纸片,便顺手捡起几张,拿到眼前瞧了瞧,又扔在一边,重新捡起几张。他的鼻子都要被气歪了,胡子不停地抖动着,大口大口地喘着粗气,使劲地把那些纸片吹落在地板上。

"你在干什么?"他到底叫出声来,抓住我的一只脚用力拽,我腾空翻了个滚,外婆慌忙伸手抱住我。外祖父挥拳揍她,连我也一块揍,一边歇斯底里地喊道:

"我要把他揍死!"

我母亲闻讯赶来。我在炉炕边的墙角里躲起来,母亲以身体遮蔽着我,捉住外祖父舞动着的拳头,用力地把他推开,一边说道:

"这样做算怎么一回事?您赶快清醒清醒呀!"

"打死我吧!你们全都成了我的对头……"

"您怎么一点都不觉得丢人?"我母亲低声说道,"您怎么总是装模作样啊!"

外祖父大叫大喊,两只脚在长凳上踢打着,胡子滑稽地翘向上面,两眼却紧紧闭着。我也感到母亲的话使外祖父颜面扫地,他确实是在装模作样,故而连眼睛都不敢睁开。

"我用细纱布把这些碎片给您贴起来,会给您弄得更好、更结实的。"母亲仔细地审视了那些碎纸片没被损坏的圣徒像,说,"您看,都折坏了,要破碎了……"

她对外祖父说话,就像在给我上课的时候,对我提出的问题进行解答一样。就在这时,外祖父忽然直起身来,郑重其事地把衬衣和马甲整理了一下,咳了一声,清清喉咙说:

"你今天就把它贴起来!我现在去把其余的几张给你拿过来……"

他朝外面走去,可是没到门口又回转身子,弯曲的手指向我指着说:

"应该揍这家伙一顿!"

"他真该揍。"母亲随声附和他,接着弯下腰对我说:

"你为什么要这样干?"

"我是有意如此的,看他敢不敢再打外婆。否则我就把他的胡子都剪掉……"

外婆脱下被撕得七零八落的上衣,摇摇头,愤愤地说:

"你答应过不告诉人的!"

然后她往地板上吐了一口唾沫,骂道:

"让你的舌头发肿,动都动不了!"

我母亲朝她望了一眼,在屋子里走来走去,过了一会儿,又走到我近前。

"他是什么时候打她的?"

"瓦尔瓦拉,你真有脸打听这个,这干你什么事呢?"外婆气呼呼地说。

母亲紧紧拥抱着她。

"哎,妈妈,你真是我的好妈妈……"

"叫好妈妈干什么!快给我滚开……"

她们两人无言以对,沉默了片刻,各自散开了,外祖父"咚咚"的脚步声从门厅里传来。

母亲刚回来没几天,就和那个活泼的女房客——军官夫人交上了朋友,差不多每晚都要去房客们住的前院,贝特连家的漂亮女士们、军官们也经常聚到那里去。外祖父很反感这事,当我们在厨房里吃晚饭的时候,他就用汤匙敲敲打打,悻悻地说:

"这些该死的家伙,又聚在一块了!你们等着瞧吧,甭指望在明早以前睡觉。"

他很快就让房客们从这儿搬走。他们搬走之后,他不知从什么地方运来了两大车各式各样的家具,搁置在前院的房里,然后又拿一把大锁锁上门。他说:

"我们用不着要这些房客,我要自己来请客!"

果然,打这时起,客人们每到节日就来了。常来做客的有外婆的妹妹马特廖娜·伊凡诺芙娜。她是大嗓门,高鼻子的洗衣婆,穿着一件带条纹的绸衣,系着金黄色的头巾。和她同来的还有她的两个儿子,瓦西里和维克托。瓦西里是个绘图员,留一头长发,待人友善,性子乐观,穿一身灰色的衣服;维克托长条脑袋,狭长的脸上到处长着雀斑,衣着花哨,刚到门厅,就一边往下脱套鞋,一边像鲁什卡一样尖着嗓子唱道:

安德烈爸爸,安德烈爸爸……

这些素不相识的人让我又惊又怕。

雅科夫舅舅也带着他的吉他来了,还领来一个钟表匠。这个钟表匠独眼、秃顶,穿着宽大的黑礼服,神情呆板,一副教士的样子。他老是缩坐在屋角,歪着脑袋,脸上笑眯眯的,古怪地拿一根指头支着剃光了的双层下巴。这家伙肤色黝黯,用独眼瞅着人,神情异常专注,他少言寡语,老是重复着一句口头禅:

"不用劳您大驾,反正没什么区别……"

头一回见到他,我脑海中忽然掠过很久以前的一桩事情。那时候,我们还住在新开路。一天,一阵嘈杂的鼓点声从大门外传来,就见打监狱那边驶过来一辆高大的黑色马车,经过我家门口朝广场方向驰去。一个戴镣铐的人坐在马车的板凳上,此人中等身材,头戴一顶圆毡帽,胸前挂着一块黑色的牌子,上面用白颜料写着几个大字。他低垂着头,仿佛在念黑牌子上的字迹,身体晃个不停,身上的镣铐被抖得直响。所以,当我母亲向这位钟表匠介绍我的时候,我吓得直往后面缩,把双手藏了起来。

"不必劳您大驾,"他的嘴巴令人恐怖地歪向右耳说,此时,他抓着我的腰把我抱了起来,轻快地转了个圈儿,然后又放下我,赞扬道:

"还好,这孩子挺壮实的……"

屋角放着一把可以躺下一个人的大皮圈椅。我外祖父经常对他这把圈椅赞不绝口,把它称作格鲁吉亚王公坐过的圈椅。我爬到它上面去观看大人们乏味的欢闹,我发现,钟表匠的面部表情古怪而可疑地变化着。他那搽着油脂、臃肿不堪的脸软弱无力地打着战。他笑起来时,肥厚的嘴唇撇向右腮,小鼻子也向一旁歪去,就像碟子中的一只饺子。两只硕大的招风耳朵奇怪地扭来扭去,不时地与那只好眼上的眉毛一起向上竖,不时地挤向高高的面颊,似乎只要他肯的话,就可以随时用耳朵代替手掌把自己的鼻子捏住。他一会儿长叹一声,伸出他那杵槌般的圆溜溜的深色舌头,灵巧异常地画个正圆圈,把油腻的嘴唇舔一舔。他的这些表情并不使我觉得可笑,只是觉得吃惊,使我不时把注意力投向他而已。

他们喝起茶,并且把甜酒掺在茶里,这样一来,茶水中就含有一股烤煳了的葱皮的气味。然后他们又开始喝外婆做的各种各样的果子酒,有金黄色的,有焦油一样黑的,有绿色的。之后,他们喝浓浓的酸奶,吃樱桃蜜做的奶油馅饼。他们吃得大汗淋漓,喘着粗气,不断地称赞外祖母的烹饪手艺。吃饱喝足之后,大家都面色红润,腆起圆鼓鼓的肚子,一本正经地坐在自己的位置上,懒洋洋地请雅科夫舅舅唱个曲子听听。

雅科夫舅舅抱起吉他,弯下腰,轻轻地弹起来,惹人反感地唱道:

> 嗨,自由自在,乐意融融,
> 满城都是风言风语,
> 一位贵妇来到了喀山呀,
> 把这详情尽数与她诉说……

我觉得这是一首令人心伤的歌曲。外祖母说道:

"雅沙,还是来个别的什么吧,弹一首正经的歌,好吗? 马特里娅,那只以前的歌儿是怎么唱的,你还记得吗?"

洗衣婆整了整沙沙作响的连衣裙,很认真地说:

"太太,那些歌儿现在早就过时了……"

雅科夫舅舅眯缝起双眼,望着外祖母,仿佛她与他的距离很远。他又把那只伤心的歌弹了下去,唱着单调乏味的歌词。

外祖父正跟钟表匠谈着什么,鬼鬼祟祟的,手还不住地比比画画。钟表匠扬起眉朝母亲望了一眼,时不时地晃晃脑袋,他的脸松松垮垮的,表情变幻莫测,让你捉摸不定。

母亲总是坐在谢尔盖耶夫兄弟之间，一本正经地跟瓦西里轻声谈些什么。瓦西里则长吁短叹，说道：

"对呀，对呀，这事儿是得琢磨琢磨……"

维克托满脸欢笑，拖着步子走了过来，忽然尖声尖气地唱道：

　　安德烈，爸爸，
　　安德烈，爸爸……

大家全都不作声了，诧异地望着他，洗衣婆有板有眼地解释道：

"这是他从剧院学的，现在的剧院，成天就唱这样的歌儿……"

这样的聚会有过两三次，不过每次都让人觉得无聊和厌烦。后来的一个星期天，午祷刚结束钟表匠便来了。母亲正往一块残破的绣花图案上穿玻璃珠，我在一旁帮她。忽然，房门猛地被推开了，外祖母把头探了进来，神色慌张，朝母亲轻轻地喊了一声便不见了：

"瓦里娅，他来啦！"

母亲若无其事地坐在原处，一动不动。过了一会儿，门开了，外祖父站在门口，像宣布一件重要事儿似的说道：

"瓦尔瓦拉，快把衣服穿上，走吧！"

母亲仍然没有动，连头都不抬一下，冷冷地问道：

"上哪儿？"

"去吧！别再斤斤计较啦。他人老实，又是那一行的好把式，也能作阿列克谢的好父亲……"

外祖父的语气很严肃，双手一个劲儿地在两肋摩挲。他把胳膊肘藏在背后，不住地颤抖着，那样子仿佛他的双手总想伸出去，而他则在竭尽全力地抑制它们。

母亲平静地说：

"跟您说吧，这是不可能的……"

外祖父跨前一步，猫着腰探出双手，样子跟盲人摸路似的，扯着沙哑的嗓子愤怒地嚷道：

"快去！别让我揪着你的头发把你拽去……"

"把我拽去？"母亲腾地站起来，大声反问道。她脸色苍白，眼睛可怕的眯缝起来，几把扯掉了毛衣和裙子，只剩下一件衬衣，凑到外公跟前，说道："把我拽去呀！"

外祖父朝母亲伸出拳头，凶神恶煞地威胁道：

"瓦尔瓦拉，把衣服赶紧给我穿上！"

母亲一把把他推开，抓住门把手，说：

"得啦，快走呀！"

“我要把你赶出这个家！”外祖父喊道，声音很低沉。

“那没什么。走呀！”

母亲打开门，外祖父却一下子跪在了地上，抓住她的衣角轻轻地说：

“瓦尔瓦拉，这像什么话，你会把自己给糟蹋了的！别让我丢人现眼……”

然后，他又惨兮兮地低声叫道：

“老太婆，老太婆……”

外祖母这时已经堵住了门，挡在母亲身前，不住地舞动着双手，像赶母鸡似的把母亲朝屋里赶，还咬着手轻轻地埋怨说：

“傻瓜，瓦丽卡，你这是干什么？快进去，真不害臊。”

她把母亲推进来，挂上门钩，又弯下身把外祖父一把拽了起来，用另一只手指着他骂道：

“看你这老怪物干的，老糊涂虫！”

然后“扑哧”一下把外祖父扔到了长沙发上，那架势就像扔的是一只布娃娃。外祖父张着嘴，用力晃了晃脑袋。外祖母又冲母亲喊：

“快把衣服穿上！”

母亲俯身拾起了衣服和裙子，说道：

“我不会去见他的，听见了吗？”

外祖母把我推下沙发，吩咐道：

“去舀一瓢水来，快些！”

她的声音很轻，就像在耳语一样，但却平静而不容反驳。我打开门跑了出去，过门厅的时候，听见一串沉闷而有节律的脚步声在前排的房子里响起。又听见母亲在自己的房间里喊道：

“我明天就离开！”

我来到厨房，在桌子旁坐了下来，仿佛置身于梦境。

外祖父一面抽泣着，一面在嘴里嘀咕些什么，外祖母则埋怨个不停，没过多久，又响起一声关门声。周围都静了下来，静得让人惶惶不安，我想到外祖母是让我来打水的，便用铜勺舀了一勺水回去，在门厅里恰好跟从前屋出来的钟表匠碰上，他耷拉着脑袋，手里不住摩挲着皮帽子，一面清着嗓子。外婆两手按在腹门，躬身朝他背后行了个礼，轻声说道：

“您也知道，强人所难没什么好结果……”

他在门前绊了一下，往前一蹦，蹦进了院子。外祖母在胸前画了一个十字，身体抖动起来，搞不清究竟是在哭，还是在偷偷地笑。

“怎么回事呀？”我赶紧跑上前去，问外祖母道。

外祖母劈手夺过我拿着的勺子，把水浇到我腿上，喊道：

“你到哪儿舀水去啦？快把门关上！”

说完,她就到我母亲房间里去了。我又回到厨房里,听见她们俩人低声地交谈,不时地长吁短叹,好像在吃力地搬一件沉甸甸的东西似的。

天朗气清,惠风和畅。冬日的阳光透过两个结着冰花的玻璃窗斜照进来。准备吃午饭的餐桌上,摆着闪闪发亮的锡器,一个盛着棕红色克瓦斯的大瓶,和特意为外祖父预备的一瓶里面浸泡着郭公草和金丝桃的深绿色伏特加酒。穿过化了冰的玻璃窗,可以看见附近的屋顶上晶莹夺目的积雪。围墙的柱子上和椋鸟的小屋上,都覆盖着银白色的雪,看上去仿佛戴了一顶亮晶晶的包发帽。阳光照耀着挂在窗户框上的鸟笼子,我的小鸟们正在嬉戏、唱歌:温顺的黄雀"唧唧喳喳"地叫,灰雀"吱吱嘎嘎"地叫,而叫得最好听的还要数那只金丝雀。但是,这个阳光灿烂的日子和鸟儿们的欢叫,一点儿也不让人感到惬意。这一天毫无意义,一切都毫无意义。我想去把鸟儿们从囚笼里释放出来,于是把鸟笼子摘下来,正在这时,外祖母急匆匆地跑了进来,两只手拍打着腰,一面朝炉炕跑去,一面骂骂咧咧:

"该死的家伙,叫你们遭天谴!啊呀,我越老越糊涂了……"

她把一只馅饼从炉膛里掏了出来,用手指敲了几下,气冲冲地吐了一口唾沫,叫道:

"烤焦了!这下可好!嗬,你们这些魔鬼,统统把你们撕成碎块!看你,眼睛瞪得大大的想做什么,好像猫头鹰似的?!把你们当作碎破瓦罐全部敲碎!"

说着,她哭了起来,气呼呼地哼哧着鼻子,把那个烤焦了的馅饼翻来翻去,用手指敲着焦皮,泪水不停地滴在馅饼上。

这时,外祖父和我母亲走了进来,外祖母把馅饼往桌子上一扔,震得盘子跳了起来。

"瞧,焦成这样啦,都是因为你们瞎闹,叫你们死无葬身之地!"

母亲微笑着抱住外祖母,平静而低声地劝慰她,让她不要生气。外祖父沮丧地坐在餐桌前,把餐巾围在脖子上,不知嘟囔些什么,他那双小眼睛在阳光的照耀下眯成一条缝儿,眼圈高高肿起。

"得啦,得啦,没有什么大不了!美味的馅饼我们又不是没吃过。上帝是小气的……你在几分钟之内做的坏事,他要让你用几年来偿还……他可是不给你安慰的。坐下吧,瓦里娅……算啦,快坐下吃饭!"

他好像有神经病似的,不停地念叨着上帝,说着背叛上帝的亚哈,谈身为父亲的难处。这时,外祖母气冲冲地打断他的话:

"你唠唠叨叨地胡说些什么呀!赶快吃饭!"

母亲不时地逗逗乐子,脸上带着快活的笑容。

"你今天受惊了吧?"母亲用胳膊肘推了我一下,问道。

没有,我刚才一点儿也没觉得,而现在我却感到极不痛快,对于一切都无法理解。

这顿饭他们吃了很长一段时间,而且吃得很多,好像平时过节似的。他们仿佛把半小时以前吵吵闹闹、准备动手打架和泪流满面、号啕大哭一事忘却了一样。然而,不知怎的,几乎不能让人相信他们的所作所为是认真的,他们是极少流泪的。他们的眼泪、吵闹以及各种各样的彼此折磨,是稀松平常的事儿,来得快去得快,因此我早已司空见惯了,不能引起我一点儿兴趣、好奇和悲伤。

　　事情过去很久我才明白,因为人们生活贫困艰难,俄罗斯人或许都像孩童似的喜欢拿悲伤来开玩笑,拿它来戏耍,并没有因为做不幸的人而感到羞愧。

　　在遥无尽期的苦日子里,悲伤成了节日,闹火灾成了开玩笑。在空荡荡的面孔上,连皱纹伤疤都成了装饰……

第十一章

发生这件事以后母亲顿时变得颇为坚强了,腰板也直了许多,俨然一副当家人的派头。外祖父却显得无足轻重了,成天里沉默寡言,想着自个儿的心事,这可与往常不大一样了。

外祖父几乎足不出户,总是孤零零一个人躲在阁楼里,从早到晚读一本名叫《我父亲的札记》的神秘的书。这本书被他放在加了锁的箱子里,有几次我看见外祖父总是在净手以后才小心翼翼地打开它。书又短又厚,有棕黄色的封面,在淡青色的扉页上,写着大花体字的题词,字迹虽有些黯淡却还很醒目:"深怀感激,谨赠予尊敬的瓦西里·卡希林,以资纪念。"落款是一个奇异的名字,龙飞凤舞的笔迹,最后一个字母看起来像飞鸟。外祖父戴上银边眼镜,小心谨慎地打开厚厚的封皮,全神贯注地注视着这则题词,偶或抽动着压着镜架的鼻子。我好几次问他:"您看的是什么书?"他总是严肃地回答道:

"你别管这些事。我归天以后,这本书就留给你了,还有那件漂亮的貂绒皮大衣。"

他和母亲说话也和气多了,而且是寥寥数语就结束,他大都仔细听母亲讲话,眼睛熠熠闪光,像彼得大叔一样,然后下决心似的大手一挥,喃喃地说:

"就这么着! 你看着办吧……"

他衣橱里堆满了珍奇的服饰:花格子长裙,绸缎马甲,刺着银边的绸子长衫,镶着珠子的各色妇女头饰。各种女帽色彩艳丽,摩尔多瓦的项链又沉又重,还有颜色各异的宝石项链。他就将一应物什搬到母亲的卧室里,放在桌椅上让母亲欣赏,叹着气说:

"我们那会儿不仅穿戴比现在阔气讲究,而且日子也轻松愉快,唉,可惜都成过眼云烟了。嗯,去穿上试试吧……"

母亲有一天去隔壁换上了绣着金边的青色长衫,配着珍珠头饰,她回来对外祖父鞠躬行礼,恭敬地问道:

"我这样穿如何,亲爱的父亲?"

外祖父轻咳一声,全身上下仿佛突然间注入了兴奋剂,两手轻摆,弹着清脆地响指,围着母亲走了几圈,用宛如梦中的语调含混地说道:

"嘿,瓦尔瓦拉,我亲爱的女儿,假如你有大笔的钱,追逐你的人又都是心地良善、正直的人就好啦……"

眼下母亲住在前院的两间屋子里，常有客人络绎不绝地出入母亲那里，而来得最勤的就是马克西莫夫兄弟。身材魁梧的那一个叫彼得，人长得很帅，又是军官，蓄着浅色的大胡子，眼睛蓝蓝的煞是好看；上回我对着光头老爷吐唾沫，外祖父就当着彼得的面揍了我个够。腿细、脸色苍白那一个叫叶夫根尼，个子挺高，嘴角边是两道黑色的尖胡子，像山羊角似的。叶夫根尼有一双栗子似的大眼睛，浅绿色的制服上别着金闪闪的纽扣，金色的缩写字伏在窄窄的肩上，让人触目生辉。他喜欢迅速地把卷曲的长发甩到脑袋后面去，露出他又高又平的额头。他微笑时显得憨厚和蔼，语调低沉沙哑，每次他都以和缓的口吻商量：

"您是知道的，我的看法是……"

每当这时候母亲总是打断他的话，眯缝着眼睛，略带嘲笑地说：

"很抱歉，叶夫根尼·瓦西里耶维奇，您总是长不大……"

彼得也趁机拍着自己的膝盖嚷道：

"您说对了，他可不就是小孩子么……"

圣诞节期间，我们家里热闹非凡，母亲每晚都要接待川流不息的客人，这些人穿着华丽精美，雍容华贵——母亲也借机打扮起来，每次总是她技压群芳，与他们一同出去时母亲也显得卓然独立。

母亲与那群花枝招展的客人跨出大门后，院子里顿时静寂下来，连人的喘息声和心跳都清晰可闻。这种令人不安的寂寞飞快地传染给了每个人：外祖母像母鹅似的东游西荡，收拾一下这里，归整一下那里；外祖父倚着壁炉，喃喃自语道：

"好，就这样折腾吧……看能弄出什么来……"

过了圣诞，母亲将我和萨沙——米哈伊尔舅舅的儿子——送去学校念书。米哈伊尔舅舅又结婚了，后娘进门没多久就视萨沙为眼中钉、肉中刺，变着法儿摆布他。外祖母心疼孙子，就让外祖父把萨沙接到自己家里来住。念了一个月左右的书，我几乎什么都没记住，只知道当别人问"你贵姓？"的时候，不能仅说"别什科夫"，而要说：

"免贵姓别什科夫。"

还有不准冲着老师说：

"嗨，别嚷嚷，你这家伙，我才不怕你呢……"

很快我就对学校生活厌倦得不行。表兄萨沙头几天还兴高采烈，整天乐呵呵地与新伙伴玩耍。可有一次他居然在课堂上睡过去了，而且还在梦中突然地高声告饶：

"求求您，我再也不敢了……"

老师把他叫醒了，并让他到教室外边清醒清醒，同学们为这事狠狠地嘲笑了他一通。次日，我俩上学时，走到下干草市场旁的水沟时，萨沙停下脚步对我说：

"我不去学校了，你自个儿去吧！我溜溜去。"

说完他就把书包小心地埋进雪地里，然后去玩了。正月里的天气很好，晴空白云，到处映射着银色的阳光。萨沙让我羡慕不已，但我咬咬牙还是上学去了：我可不愿惹母亲伤心。埋在雪地里的书包当然不翼而飞了，因此他第二天逃学也在情理之中了。第三天，外祖父发现了萨沙的逃学行为。

我们俩因此受到了讯问。审问是在厨房里进行的，外祖父、外祖母以及母亲坐在桌子后面，我俩站在他们面前，低垂着脑袋。对外祖父提出的问题，我记得萨沙回答得相当可笑：

"你究竟为什么不去上学？"

"忘了学校在哪里了。"萨沙双眼呆视着外祖父的脸，不慌不忙地回答。

"忘了？"

"对，忘了。我找了好久……"

"你难道不会与阿列克谢一道走吗？他认得路的！"

"我连他也找不着了。"

"找不着阿列克谢了？"

"是的。"

"你这是怎么搞的？"

萨沙略加思索，叹了叹气回答说：

"突然遇上了暴风雨，我什么也没看见。"

大家哄堂大笑，因为那几天一直很晴朗，没刮过大风，更别说下雪了。萨沙也低着头轻轻笑了。外祖父咧着嘴，尖刻地问道：

"你怎么不拉着他的手，或是他的裤带呢？"

"我开始是拉着的，可是后来我被风给吹开了。"萨沙辩解道。

他脸上一副绝望的样子，说话也有气无力。他的这种毫无用处、拙劣的谎言，我听着直觉脸红。不过我对他这种锲而不舍的劲头的确有些惊讶。

外祖父揍了我们俩一顿，然后雇了一个专门护送我们上学的人。这个老头断了只胳膊，从前干过防火员，他主要负责看管萨沙，不让他在路上溜号。但这也不起作用。次日我们刚走到山沟底下，萨沙突然低头脱下一只靴子，将它扔到远处，接着又脱掉另一只，扔到另外一边。我和小老头惊呆了，萨沙却只穿着袜子沿着广场逃掉了。小老头惊叫了一声，哆哆嗦嗦地来回捡靴子，随后他惊慌失措地领着我回家去了。

全家人花了一整天时间，跑遍了全城各个角落寻找脱逃的萨沙。傍晚时分方在教堂旁边的那家叫奇尔科夫的酒馆里找到他——他那会儿正在跳舞讨观众欢心呢！大家将他弄回家，谁也没动他一指头，他倔强的缄默不语，这让大家心里颇为惴惴不安。夜里我们俩躺在吊床上，尽力跷腿去够天花板，他轻轻地说：

"后娘和爸爸都不疼我，连爷爷也打我，我这样和他们生活没什么乐趣。我要去问奶奶盗贼住在什么地方，我投奔到他们那儿去。将来我会出人头地的……要不咱们一起去吧？"

我可不和他一起胡闹，那会儿我有自己的目标：我决定入伍做军官，最好还能蓄上浅色的大胡子，像彼得似的。因此眼下我必须努力学习。我也把这个目标说给表哥听，他想了一会儿，赞同了，他说：

"这也不错。以后你当军官，我做盗贼首脑，不知道谁斗得过谁呢。要我活捉了你，我会放掉你的。"

"我也不会杀你。"

于是我们私下就订立了协议。

正说着，外祖母进屋了，她爬上炕铺，瞅着我们说道：

"还在说什么呢，小家伙们？哎，两个孩子孤苦伶仃的，让人心疼啊！"

她怜悯了我们一会儿，然后开始咒骂萨沙的继母，她叫娜杰日达，又肥又胖，是酒馆老板的女儿。接着，天下所有的后妈、继父都被她骂了一通，她顺便还给我俩讲了一个故事。那是聪颖的修道士约那童年时，请求上帝来裁决他与他后母之间的纠纷的事。约那的父亲是个渔夫，在乌格里奇的白湖打鱼：

年轻的妻子有了邪念：
她让丈夫喝下烈性的毒酒，
再加上浓浓的迷魂汤。
昏迷不醒地听任她的摆布，
她把丈夫拖进橡木船，
宛如收敛尸体入棺材。
她抄起菩提木的橹桨，
小船轻盈地驶向湖心，
那个有乌黑漩涡的所在，
正是她毁尸灭迹的好去处。
这个妖婆用力摇晃小船，
顷刻间船底朝天
丈夫像铁锚般扎进湖底。
妖婆匆忙游回湖岸，
在岸边猝然倒地，
悲悲切切哭哭啼啼，
假装着哀伤与不幸。
好心的君子相信了她的谎言，
与她一起抛洒眼泪：

"哎,你这可怜的小寡妇啊,
你的不幸多么深重,
可惜生死有命,富贵在天,
上帝才是我们最后的裁定人!"
只有她的继子约努什科,
没有被后母的眼泪欺骗,
他用手按着继母的心口,
轻缓柔和地说道:
"啊,我的后娘,我们的灾星,
啊,你这个不吉祥的黑夜鸟,

收起你那虚伪的眼泪,
让我听听你因快乐跳得更快的心。
上帝作证,神灵为鉴,
请哪位公正的人拿把快刀,
抛向圣洁的天空,
如果我说谎,钢刀就杀死我,
如果你说谎,钢刀就砍掉你脑袋。"
后母用恶毒的目光狠狠瞅他,
心中的怒气一下爆发,
她笔直地站起身子,
冲着可怜的约那大叫:
"嗨,你这个愚笨的畜生,
你这个遭人遗弃的早产孽障,
你竟敢当众胡说八道,信口雌黄,
说出这等忤逆不孝的言语。"
人们静静聆听他们的争吵,
都觉得其中大有蹊跷。
大家暗自盘算,迷惑不解,
一位老渔翁站出来,
向四周围观的人群躬身行礼,
然后说出了他的想法:
"善良的人们,
请把钢刀放在我的右手,
我把她抛向苍天,

孰是孰非,听凭钢刀裁定。"
老渔夫接过一把钢刀,
抛向头顶碧澄的天空,
钢刀如飞鸟般飞入苍穹,
久久不见它的踪迹。
人们仰望高空,脱下帽子,
紧紧靠在一起等候判决,
人们无言,夜亦无语,
钢刀始终没有落下来。
早霞从湖面升起,殷红艳丽,
后母脸带笑容,红光映照,
钢刀倏地自天而降,
刚好刺入了后母的背心。
善良的渔民们跪倒在地,
齐声向灵验的上天祷告:
"荣光归于我主,幸亏您主持公道!"
老渔翁拉起约努什科的手,
把他领到遥远的修道院,
它就位于光明的凯尔仁查河畔,
离那座神奇的基杰查城很近……

　　翌日醒来,我出天花了,全身布满了红斑点。大家让我住进了后面的阁楼。我的手脚被宽带子绑得紧紧的,眼睛也什么都看不见,久久地躺在那里,接连地做离奇荒诞的噩梦,其中有个噩梦差一点没把我吓死。只有外祖母常来看我,给我讲新鲜有趣的童话,用小匙像喂婴儿似的喂我饭食。有天晚上,我身体复原了许多,手脚也未绑着宽带——只是怕我抓坏脸,手指用带子扎着,像戴无指手套一样,外祖母不知什么缘故竟比平常晚了很久,这让我忐忑不安。突然我看见她俯卧在门外布满灰尘的台阶上,两手张开,脖子里豁了一道大口子,像彼得大叔一样。这时,有一只大猫从尘土飞扬的昏暗角落里跳出来,贪婪地瞪绿眼睛,向她走过去。
　　我急得从床上跳下来,脚踹肩冲地顶开两扇窗户,纵身跳进院子里的雪堆里。碰巧那晚母亲正要招待客人,喧闹声中谁也没听到我砸窗子的声音,因此我在雪地里躺了很久。我身体受到的伤害不太严重,一只胳膊脱了臼,玻璃在身上划了几道伤口,但是我的两条腿却动弹不得,连感觉也没有,这样持续了三个多月的时间。这段时间里我躺在床上感觉到楼下越来越热闹,开门关门的声音此起彼伏,间杂着人来人往的声音。

令人抑郁的风雪在屋顶"沙沙"作响，风儿呼呼地吹过楼门，在烟囱里发出鸣咽的悲鸣，像出殡时人们的哭声。纺织车"嗡嗡"地叫唤，一群群乌鸦白日里"嘎嘎"叫个不停。晚上万籁俱寂，狼群凄厉的嗥叫从旷野里传来——我的心也伴着这种音乐逐渐成长。后来，春天慢悠悠地来了，悄无声息，早春三月的阳光怯生生地向窗户里窥探，人也一天天地感到暖和起来。猫儿在屋顶上和顶楼上唱歌、号叫，从墙壁外传来了春天悦耳的音响。像玻璃一样的冰柱断裂了，屋脊上融化的雪水沿着木雕马头淌下来，连马车铃声也比冬天更洪亮。

外祖母常到顶楼来。跟我说话时，她越来越经常地散发出浓浓的酒味，终于有一天，她把一个大白壶带来藏在我床底下，然后挤眉弄眼地说道：

"我的好外孙，千万别告诉你外祖父那老家伙！"

"你为什么要喝酒呢？"

"小孩子别瞎问，长大后你就明白了……"

她对着壶嘴吸了口酒，扯着袖子抹抹嘴唇，带着甜蜜的微笑问我：

"我的小乖乖，昨天我告诉你什么了？"

"我父亲的事儿。"

"说到什么地方了？"

我告诉了她，她便滔滔不绝地讲了起来，像小溪似的源源流淌进我的心田。

我父亲的故事是她主动告诉我的，那是有一次她没喝酒就来我这里，愁容满面，郁郁寡欢，她说：

"我梦见你父亲了，他自个儿在野外游荡，手里有一根核桃木棍子，吹着口哨，一条花狗跟在后面，舌头颤悠悠地吐着。我不知道为什么老是梦见马克西姆·萨瓦杰维奇，看来他的魂魄可能没有依靠，只好漂泊四方……"

连着好几晚上她都给我讲父亲的故事。他的故事像她讲的所有故事一样有趣。

我的祖父是行伍出身的军官，由于虐待属下官兵被流放到西伯利亚。我的父亲出生在祖父的流放地，家里生活苦，父亲从小常逃离家庭。祖父有一次牵着猎狗到森林里狩猎似的找他，还有一次把他抓回来后，祖父狠狠地揍了他一顿，幸亏邻居心善把他夺走才没丢小命。

"小孩总要挨揍吗？"我问道。外祖母轻描淡写地回答说：

"总要挨揍的。"

祖母去世得早，祖父死时，父亲刚九岁。后来我父亲被一个做木匠活的教父收养，教父把他弄进了彼尔姆城的同业行会，又教他木匠手艺。不过最终我父亲还是离开了他那儿，到社会上瞎混，给盲人当领路人。他在十六岁那年到了尼日尼，在包工头科尔钦二轮船上帮着做木匠活。二十岁那年父亲就以擅长木匠、裱糊匠和装饰近而小有名气。他干活的那个作坊与外祖父的房子相连，也在铁匠街上。

"围墙不高，人的胆子可不小，"外祖母忍不住笑了起来，说道。"有一天，我和瓦里娅在花园里采摘红莓果。有个人——就是你父亲，忽然扑通一声从围墙上跳了下来，把我吓得够呛。苹果树丛里闪出一个高大的小伙子，白汗衫，天鹅绒的裤子，但却光着脚板，也没戴帽子头发用一根皮绳扎起来了。这家伙原来求婚来了！以前我见过他，他老是经过咱家的窗户外面，我那时心里就说：好一个棒小伙！待他走近我们，我才问道：'年轻人，放着大门不走，为什么偷着爬墙头呢？'他"咕咚"一声跪了下去，说：'阿库林娜·伊凡诺芙娜，我愿意把心掏出来，正好瓦里娅也在。你得拉我一把，看在上帝的分上，答应让我娶瓦里娅吧！'我一下目瞪口呆，说不出话。再看你母亲，这个鬼精灵满脸通红地躲在苹果树后，像一颗大红莓果，手里向他比画着什么，泪水直在眼眶里打转。我说：'你们想得倒挺美的！瓦尔瓦拉，你疯了吗？你也不好好想想，年轻人，你有资格来摘这朵花吗？'你外祖父那时还是个阔佬，儿子们又没分家，有四处房产，名利双拥，很有气派，不久前他由于一连做了九年行会首脑被政府嘉奖，弄了一顶丝条帽子和一套制服，可神气活现了！我这么一说，自己心里也犯嘀咕，他们可都变了脸色，连我也有些心疼。你父亲就对我说：'我早知道瓦西里·瓦西里耶夫不会答应我娶瓦里娅的，所以我来求你帮我们，让我偷偷地把她娶过去。'这小子居然要我帮这种忙，我随手就扇了他一耳光，他居然没有避让，他说：'只要是你帮忙，就是用石头砸我，我也愿意，我对这门亲事不会善罢甘休的！'瓦尔瓦拉这时也走过来把胳膊放在他肩上，说：'我们现在只不过就举行一下婚礼，早在五月我俩就已好上了。'我差点没背过气去，我的上帝呀！"

外祖母停了下来，笑得全身直晃悠，接着吸了吸鼻烟，抹了把眼泪，又说道：

"什么叫好上了，什么叫举行婚礼，你都还不懂。但你要知道，如果一个姑娘没举行过婚礼就有了孩子，那可算是天大的祸害呀！孩子你要记住，长大后千万别引诱姑娘干这种事，这既害苦了姑娘，生出的孩子也是私生子，真是作孽啊！你和女人生活时，要善待她们，不要只图一时欢娱，要真心实意爱她们。孩子，你可要记住这些话啊！"

椅子摇晃了起来，她略微沉思了一会儿，又抖擞精神说开了：

"如何是好呢？我敲你父亲的额头，揪你母亲的头发，但他和颜悦色地对我说：'打也不会有结果！'你母亲也帮腔道：'赶紧想办法，以后让你打个够！'我问他：'你有钱吗？'他说：'有，瓦里娅的戒指还是我买给她的。''那你还有多少？几个卢布吧？''哪儿的话，大概百多个卢布吧！'他回答说。那时东西便宜，钱也值钱。我瞅着他们俩，心里说，嗨，两个傻孩子！你母亲赶紧解释：'戒指被我藏在地板下了，怕您知道，我可以把它换成现钱。'哼，简直是胡说。但我们商量了半天，好歹说到了一块去：再过一星期就给他们举行婚礼，教堂神父的事由我去解决。我吓得大哭了一场，心"咚咚"跳得厉害，你外祖父知道就完蛋了，连你母亲也战战兢兢的。最后，事情终于搞定了。

"谁都没想到你父亲有一个对头,也是个木匠,坏得厉害,他早料到我们做的一切,暗中把我们监视起来。日子到了,我将自己唯一的闺女打扮了一下,我的好衣服由她挑,大门外的拐角处有一辆三套马车等着,我把她领上车,马克西姆一吹口哨,车就走了! 我噙着泪回了家,忽然那个坏蛋木匠迎面走来,对我说:'我不愿坏人家好事,我的心也软,不过,阿库林娜·伊凡诺芙娜,你得给我五十个卢布,算是谢礼。'我没有钱,也不喜欢这东西,平日里没什么积蓄,所以我脱口而出道:'我什么钱也没有,怎么给你谢礼!'他说:'你同意欠我这笔债吧!''我怎么能同意欠别人债呢,我以后到什么地方弄钱给你呢?''这没什么难办的,你可以偷你丈夫的,他是个富翁。'他涎着脸说。我那时真有点犯傻气,应该拖住他再谈一会儿,但我却向他丑陋的脸上吐了口唾沫,转身回家了! 这个天杀的却先我一步跑到院子里,将整个事情全抖了出来,闹得乌烟瘴气的。"

外祖母轻轻一笑,闭上眼睛似乎在回忆当年的情景,接着又说:

"想到他们生前的胆大妄为,我现在还心有余悸! 你外公咆哮得像野兽发怒一般,这事对他来说可不是芝麻小事。平日里看着瓦尔瓦拉,他常夸口说要把她嫁给贵族,许配给老爷! 这么一来什么都成了竹篮打水一场空。至圣的圣母肯定比我们明白,她知道红线两头该系着谁。你外祖父在院子里乱蹿,活像屁股上着了火。雅科夫和米哈伊尔俩人被叫了出来,麻脸的木匠和车夫克里姆也奉命准备出发。他在皮带上挂上了当流星锤的秤砣,米哈伊尔抄起火枪。我们家的马是好马,脾气暴烈,快如流星,马车也是上等的。他们肯定会追上瓦尔瓦拉的,我绝望地想。说时迟,那时快,瓦尔瓦拉的守护天使帮我的忙,我用小刀在车辕的皮带上割了一个大口子,大家伙儿急急忙忙谁都没瞧见,我想路上非得出岔子不可! 上帝保佑,果然应验了,半道上车辕断开了,你外祖父和米哈伊尔舅舅以及马车夫差点送了命——这费了他们不少时间,待修好马车夫赶到教堂时,婚礼已经举行完了,瓦尔瓦拉和马克西姆正站在教堂的门廊里呢。嗨,全凭上帝的照顾!

"还没缓过劲来的这伙人气急败坏,拥上去要揍马克西姆,但是马克西姆也是条好汉,体壮力大,结果米哈伊尔从门廊里飞了出来,一只胳膊摔折了,克里姆也挂了花。你外祖父和雅科夫,还有那个天杀的木匠心生寒意,退了几步。

"你父亲对外祖父说:'把你皮带上那玩意儿扔了吧,别让它在我眼前晃动。我是老实人,上帝赐予我的我才敢拿,谁也不准再伸手,我不会贪得无厌的。'你瞧,马克西姆虽然暴跳如雷,但脑瓜还是清醒的。你外祖父见事已至此,就退回到马车上,冲着他们说:'赶紧滚吧,瓦尔瓦拉,我没有你这样的女儿,别让我再看见你。你的生死,就悉听尊便了!'他像斗败的公鸡一样回到家里,狠狠地揍了我一顿,然后骂我个狗血喷头,我"哼哼叽叽"的没搭理他,心里说,反正木已成舟,一切都会过去的! 后来,你外祖父严厉警告我:'阿库林娜,你好好听着,她不再是你的女儿了,听清楚了没有?'我一句话也没说,心想,你撒谎,骗自己,红发老头,血浓于水,哪能说忘就忘的!"

外祖母的话让我觉得津津有味,有些地方也使我既惊奇又困惑:外祖父可不是这样描述我母亲的婚礼的。他说他开始反对这门亲事,不准我母亲在举行婚礼后进家门,但是照他说来母亲的婚礼他也到教堂出席了,并非私下里偷偷举行的。我不想向外祖母追问究竟,我觉得她讲得更美丽动人,我喜欢她的说法。外祖母在讲故事时,老是晃晃悠悠的,像浮在海上的小船。一讲到令人悲泣或可怕的地方,她就晃动得更凶,一只手伸向前面,仿佛要在空中抓住救命稻草似的。她的眼睛经常眯缝着,两颊上布满皱纹,含着入定般慈祥的微笑,而浓厚的眉毛却有丝丝的颤动。我的心有时被这种入定般宽容一切的慈祥深深打动,以致十分希望她用严厉的话,高声训斥我。

"刚开始的两星期,瓦里娅和马克西姆住在哪儿连我也不知道,后来一个挺机灵的小鬼从瓦里娅那儿来告诉了我地方。我于是就在周末装着去做晚祷亲自去找他们! 他们的住所离家很远,在小忙街的一所小房子里。到处是垃圾,又脏又闹,手艺人充斥着那座大杂院,但他们过得还挺滋润,像一对快乐嬉闹的小猫。我差一点把店铺搬到他们那里,什么茶、糖、杂粮、果酱、面粉、干蘑菇,应有尽有,还带了点钱过去,我记不得数目了,反正是偷你外祖父的——偷钱只要不为自己就问心无愧。你父亲一见就生气了,什么也不要,他说:'我们又不是要靠乞讨哀求过日子的,您把我们当什么啦?'瓦尔瓦拉也夫唱妻和,说:'哎呀呀,妈妈,你这样又是为什么呢?……'我剋了他们一顿:'我是你的丈母娘! 我是你的妈妈! 哼,两个小傻瓜,连我也敢奚落! 娘亲受了委屈,圣母也会在天上哭泣的。'我一说完这话,就被马克西姆抱起来满屋子走来走去,边走边跳——你父亲力气倒不小,像狗熊一样! 瓦里卡这鬼丫头,也围着我们走来走去,像只孔雀一样美丽大方,口里忙不迭地像炫耀新买的洋娃娃似的夸奖自己的丈夫,眼睛还东瞅瞅西看看,板着面孔谈家务事,活像个管家婆,她那个样子让我忍不住笑了起来。喝茶时她搬出了自己做的点心,嗬,牛奶渣像砂子一样,硬得能崩掉狼牙。

"事情就这样拖了很久,快到你出生时,你外祖父仍然又臭又硬,沉默不语。这个老家伙,还是不松口。这个狠心的家伙,净跟人过不去。我背着他去看你父母,他早就知道了,可又在我跟前装糊涂。在家里谁都默不作声,连瓦里娅的名也不提,你外祖父对这可在意了,我也乐得不说话。可是老家伙的这一套我可是心知肚明:身为人父不会轻易抛弃自己的儿女的。有一个风雪呼啸的晚上,我还记得那晚的风雪可真大,窗户上像有只狗熊在抓挠,烟囱呜呜乱叫,好像所有的妖怪都挣脱枷锁跑了出来似的。

你外祖父与我辗转反侧,怎么也合不拢眼,我试探着说:

'天寒地冻的,穷人的日子难挨啊,但是总比有人良心受到折磨强些。'

你外祖父沉默了良久,忽然问我:

'他们日子怎么样了?'

'也没什么的,'我说,'勉勉强强还过得去。'

他盯着我说:'你知道我在问谁吗?'

'你不是问咱们的闺女瓦尔瓦拉和咱家的女婿马克西姆吗。'

'你怎么就知道我在打听他俩呢?'

'算了吧,'我说,'老爷子,别跟我耍花枪了,你这么装傻谁理会你?'他唉声叹气地说:'都是你们这些鬼东西把事情搞糟了,唉,你们这些人啊!'沉吟了一会儿,他又忍不住打听,那个大笨蛋——就是你父亲,真是又浑又傻吗? 我又回了他一句:'又浑又傻,说的是那些好逸恶劳,喜欢欺负人的寄生虫! 我看咱家的雅科夫与米哈伊尔倒正是你所说的大笨蛋。他们为家里的事动过一根手指头,帮你出过一份力吗? 还不是都由你一人扛着吗?'于是他就骂我是混蛋、贱人、皮条客——我不记得还有什么难听的话了,反正我一声不吭。他又教训我说:'你连人家的根底都没摸清楚就如此轻信他,你知道他到底是从哪儿来的吗?'我还是不说话,让他把肚子里转悠的念头全倒了出来。待到他有些疲惫了,我才说:'你这个做父亲该亲自去瞧瞧他们吧,人家日子过得挺滋润的。''哼! 我去他们那儿岂不太抬举了他们? 家里的路他们都忘了吗……'见到他口气有些松动,我高兴得差点哭出来。他松开手——他老爱摆弄我的头发,唠叨着说:'小傻瓜,别哭了,我的心也不是钢铁做的啊!'我的这个傻老公以前脾气可好了,但渐渐地变得自以为是,认为谁都比不上他,所以火气也旺了,人也愚蠢了。

"大斋期的最后一个礼拜天,也就是圣日,你母亲和父亲得了我的口信果然回家来了,全身上下收拾得清清爽爽的,两个人又是高高大大,让人瞧着心里舒坦。马克西姆站在老头子面前——他整比你外祖父高一个脑袋,他微笑着对老头子说:'圣主在上,尊敬的瓦西里·瓦西里耶维奇,我可不是到这儿向您要嫁妆的——我是来向亲爱的岳父大人问安的。'这种恭敬文雅的话让你祖父咧着嘴直笑,说道:'嗨,你这个拐走我女儿的傻大个,别再跟我瞎闹了,搬回来和我们住在一起吧!'马克西姆没马上应承下来,他皱着眉瞥着你母亲说:'我倒无所谓,只要瓦里娅同意就行!'自从你父亲搬过来以后他们俩就开始不断地争论,怎么也谈不到一起! 我总是冲你父亲使眼色,或是在桌子下面偷偷踢他,他怎么都无动于衷,总是认自己的死理。马克西姆的眼睛真漂亮,晶莹透明,总闪烁着欢快的光芒。眉毛黑漆漆的,皱眉时眼睛就缩了回去,岩石般的脸上透出坚毅的神色。他除了我的话,谁的也不听。他心里明白我喜欢他胜过亲儿子,因此他也喜欢我。他经常假依着我,和我拥抱,有时还在屋子里抱着我到处走,边走边说:'你是我真正的母亲,像大地抚育万物一样照顾我,我爱你超过爱瓦尔瓦拉!'你母亲也是个捣蛋鬼,听到这话就冲过来与我们打闹,大叫道:'你这个薄情负义的彼尔姆人,你竟敢说这种话?'于是我们又是一番闹腾。我的小宝贝,那会儿日子过得可幸福啦! 你父亲会唱许多动人的歌曲，舞更是跳得无与伦比，那是他当年给瞎子领路时学的，瞎子在歌舞上可是不赖的。

"他和你母亲搬回来住在花园里的一间小屋里，你就是在那间屋里出生的。生你时正好中午，你父亲回来吃午饭，你们爷俩就碰了个正着。他那股高兴劲儿你肯定想象不到，你母亲被他的疯劲儿闹腾得一点力气都没有。他这个傻瓜，仿佛不知道女人生孩子就等于搭进半条命似的！我被他放在背上，跟着他一溜烟地穿过院子向你外祖父报告得到一个小外孙。你外祖父瞧着他这个阵势，忍不住笑道：'嘿，马克西姆，你真像个森林怪物！'

"因为他滴酒不沾，而且说话有些尖刻，又爱出些鬼主意，所以你两个舅舅很讨厌他，想给他个下不来台！大斋期的一天，刮起了大风，突然间整个院子都呜呜地发出怪声，让人背脊发麻。大家面如土色，以为有什么魔鬼找上门了。你外祖父哆嗦着叫仆人到处点上长明灯驱鬼，还满屋子跑让大家向上帝祈祷，但是过了一会儿怪声忽然没有了，大家害怕得更厉害，雅科夫这小子猜到了其中的究竟，他嚷嚷道：'这肯定是马克西姆暗中搞鬼！'马克西姆后来也承认是因为自己在天窗上放了许多大大小小的瓶子，风吹瓶口，它们就"嗷嗷"地发出各种声响，整个院子于是就"呜呜"响了起来。你外祖父又好气又好笑，吓唬他说：'马克西姆，别要弄这些恶作剧，要不然还把你流放到西伯利亚，甭想再回来！'

"有个冬天冷得出奇，连野地里的狼都挨不过寒冷，开始窜进城里，这里咬死狗，那里惊了马，甚至吃掉了一个醉醺醺的巡夜人，闹得全城鸡犬不宁，人心惶惶！你父亲拿着枪，蹬上雪板，晚上去野外打狼。你瞧，他从不空手而归，每次都要拖回一只狼，有时甚至是两只。他把狼脑袋掏空，剃去皮，装上玻璃眼珠，看上去活灵活现的。你米哈伊尔舅舅有一天出门上厕所，忽然惊骇地跑了回来，瞪着双眼，头发竖立，喉咙像被噎住似的说不出话来，裤子拉不住了，掉下来把他绊倒在地，他才从喉咙深处迸出个字：'狼！'大伙儿七手八脚地抄着家伙，点起灯笼冲进大门口，一看，可不是吗？真有一只大灰狼从木柜子里伸出脑袋，于是大家'嘭嘭嘭嘭'开了一通枪，又向它扔了不少东西。可这狼还是稳如泰山。等大家看清楚了，才发现是一只带着脑袋蒙着狼皮的死狼，它的两条前腿被钉在了柜子上。那时候马克西姆可把你外祖父气得七荤八素的。雅科夫也掺和进去，跟着他一起恶作剧：你父亲用硬纸板做了个狼头，鼻子、眼睛、嘴巴全有，又粘上些麻絮做狼毛，然后就和雅科夫一起在街上到处跑，将这个丑陋凶恶的东西伸进人家的窗户，吓得人家哇哇乱叫，街上闹得像一锅粥。夜里他们还蒙着被单去吓唬教堂里的神父，神父向警察求救，谁知警察也差点吓晕过去，躲在岗亭里喊救命。这种恶作剧此起彼伏，他们也不听家人的劝告，连我和瓦里娅说话也没人听！马克西姆还略带得意地说：'这些胆小鬼，一点小玩意儿就吓得屁滚尿流地抱头鼠窜，看着倒挺有意思的。'这种人和他讲道理简直就是对牛弹琴……"

"因为这些恶作剧，他差点丢了小命。你米哈伊尔舅舅肚量小又爱记仇，跟你外祖父是一个模子铸出来的。他绞尽脑汁算计你父亲。有一年冬天刚到，他们做客回家，与一个助祭一块儿回来——这个助祭后来因为打死车夫被教会除了名。他们四人沿着驿站大街往回走，却把马克西姆弄到了久科夫池塘，骗他说下去滑冰，像小孩子那样用脚溜，你父亲也当了真，结果被米哈伊尔推进了冰窟窿。我得跟你好好讲讲这档子事……"

"舅舅他们为什么这样狠心对我爸爸？"

"他们心眼倒不坏，"外祖母又吸了口鼻烟，神清气闲地说。"他们只是又笨又傻罢了！你米哈伊尔舅舅既刁钻又愚笨，雅科夫还稍稍好些，是个成天只知道傻乐的男人……话扯远了，他们虽把马克西姆推到了冰里去，可他马上从冰里伸出了脖子，伸手去够冰沿，可这些人竟用脚使劲踩他的手——手指全部被靴子弄破了。马克西姆幸好没喝酒，而他们都已醉眼蒙眬了，于是他就像有神灵庇佑一样逃脱了这场劫难——他在冰下伸直了平躺着，脸向上钻进冰窟里的空隙，"呼呼"地喘气。他们够不着他，就往他头上扔了一阵冰块，然后就扬长而去，以为马西克姆会自己沉到冰里去。谁能料想，他哆嗦着爬了出来，一溜烟似的向警察分局跑去。你是知道的，警察分局就在旁边的广场上。那里的警长认识他，也认识我们家里每个人，他看着你父亲狼狈的样子，就问：'这事是谁干的？'"

讲到这里，外祖母画了个十字，心怀感激地继续说：

"圣明的主啊，请让马克西姆·萨瓦杰维奇和你忠实公正的圣徒们在天上安息吧，他是问心无愧的！他居然胡诌了一通，向警察隐瞒了真相，他说：'是我自作自受，我多喝了一杯，就犯糊涂了，走到池塘，也不知怎么的就掉进去了。'警长说：'从没听说过你喝酒啊，你在说谎！'别的就不说了，后来警察让他用酒擦了擦全身，又穿上干衣服，然后裹上皮大衣把他给送回家里来了，警长带着两个手下也跟在后面。那会儿那两个混蛋还没回来，不知道又到哪家酒馆灌酒，给父母丢人现眼去了。我和你母亲出门看到马克西姆，他那个样子让我们顿时傻眼了：浑身上下紫红紫红的，每根手指头都在往下滴血，鬓角也白乎乎的，像是没有融化的新雪。

"瓦尔瓦拉吓得嚎叫起来，嚷道：'究竟发生了什么事？'警长精明得很，从话里闻出了什么味道，就刨根究底地盘问起来。我心里'咯噔'一下——肯定出什么事了？我递眼色让你母亲分散警察的注意力，自己偷偷地问马克西姆什卡到底发生什么事了。他轻轻地告诉我：'你赶快去酒馆里找雅科夫和米哈伊尔，对他们说，跟我是在驿站大街分开走的，然后他们往圣母节大街去了，我拐进了纺绩巷！叫他们别说别的，否则警察饶不了他们！'我赶紧去告诉你外祖父让他去应付警察，自己去门口等儿子。我跟他说出了什么事，他吓得赶紧穿上衣服，哆嗦着自言自语：'不听老人言，吃亏在眼前，我早就知道要出事！'他简直是瞎说，他知道个什么呀！我在门口等着那两个醉醺醺的小杂种，迎头就扇了他们几下——米哈伊尔顿时被打醒了,可雅科夫这小子,连舌头都不听使唤了,费了老大力气才说:'不关我的事,是米哈伊尔干的,他是大哥嘛!'我们费尽了周折才把警长的怀疑打消——毕竟他还是我们的好街坊。他说:'以后你们千万留神些,再出什么乱子,我会弄明白谁是罪魁祸首的。'说了这些话,警长便告辞回分局了。吓出了一身冷汗的外祖父来到你父亲的跟前说:'多谢你了,别人如果遭了你这样的罪,是不会忍气吞声的,我明白你的心意!哎,乖女儿,我也感谢你给咱家带来了一个好心肠的人。'你这个外祖父,心情好时,嘴也甜,可惜后来犯傻了,才不把心里的话往外掏。大家走开以后,屋里只剩下我们三个人,这时马克西姆·萨瓦杰维奇哭起来了,并且还用梦呓般的语言说:'我有什么地方对不住他们的,值得他们要害死我?妈,您说是为什么啊?'以前他从没称呼过我妈,而是像小孩那样叫我妈妈,充满了稚气,不过就性格而言,他十足像个小孩。我被他的'为什么'问倒了,我什么话也说不出来,只好大声地哭了起来。手心手背都是娘心尖的肉,我都爱他们。你母亲也掺和进来,她气得扯掉了外衣的扣子,坐在地上,披头散发地嚷嚷:'马克西姆,咱们走吧,别再在这里让人算计了!骨肉是冤家,我怕他们,咱们躲得远远的行吗?'我厉声喝住了她:'不要火上浇油了,你还嫌事儿闹得不大吗?'你外祖父赶紧叫你两个混蛋舅舅来赔礼道歉,你母亲向米哈伊尔扑过去,"啪啪"就是几耳光,这才算消了消气。你父亲伤感地说:'咱们都是一家人,你们为什么挖空心思地想把我的手弄残废呢?咱手艺人,全靠一双手,没有手还有什么用?'大家又好说歹说,最后他们总算揭开这个天大的过节了。你父亲却因此一病不起,在床上躺了七个星期左右,有时他对我说:'哎,亲爱的妈妈,和我们一道去别的城市住住吧,这里太让人郁闷了。'果然,他们很快就付诸了行动,阿斯拉罕夏天预备迎接皇帝,你父亲揽下了造凯旋门的活儿,于是他就与你母亲一道去了那里。过了新年,他们就上了第一班通往阿城的轮船走了。他们的离去,让我感到自己心里一下子失去了主心骨,你父亲也有些伤别离,一个劲儿地邀我同去阿城。瓦尔瓦拉却欢天喜地的,甚至连自己的快乐也丝毫不遮掩,真是不害臊……他们就这样走了。就这些,我讲完了……"

外祖母吸了吸鼻烟,又喝了口酒,满腹心事地望着窗外灰蓝灰蓝的天空,又轻轻地说:

"你父亲说的对,他不是我的亲骨肉,但是我们的心是息息相通的……"

外祖父有时会在外祖母给我讲故事时突然闯进屋子,仰着黄鼠狼般狡猾的脸,用尖尖的鼻子这里嗅嗅,那里闻闻,然后疑心重重地望着外祖母,听她讲故事,有时还嘟嘟囔囔地打断道:

"净胡说,你瞧你说的是些什么呀……"

有时他还冷不丁地问我:

"列克谢,她刚才是不是喝酒了?"

"没有,她没喝酒!"

"别说谎,看你眼神就知道你在骗我。"

他狐疑地走出去了。外祖母向他的背影眨了眨眼,顺口说道:

"老头子过瓦堂,甭想吓唬我老娘……"

有一天,外祖父站在我屋子的中央,低头盯着地板,轻轻地问:

"我说老婆子……"

"嗯,说什么?"

"你知不知道事情怎么就弄成这样了呢?"

"我当然知道。"

"你究竟是怎么想的?"

"这是天意,老头子!你难道忘了你要给咱家攀一门贵族亲戚吗?"

"我是有这打算。"

"现在不是天遂人愿了吗?"

"可惜贵族变成了一个穷鬼!"

"你别管,那是咱女儿自己愿意的。"

外祖父又"哼哼"着出去了。我从他们的话里听出了些不好的话头儿,就问外祖母:

"你们这是在说什么?"

"小孩子别太好奇,什么都想知道。"她边给我揉腿,边气呼呼地说。"小小年纪什么都问清楚了,等你老了还问什么呢?……"说着她自己也忍不住摇头晃脑地笑了起来。

"哎,老头子,老头子,在上帝眼里,你只不过是沧海一粟!廖尼卡,我给你说件事,你千万别对别人说!——你外祖父的家产被弄光了!一位贵族老爷向他借了一大笔款子,谁知这位贵族老爷破了产……"

她面带微笑地沉思着,一声不吭地坐了许久。她的圆圆的大脸上密布着皱纹,黯然神伤。

"你在想什么?"

"我在琢磨还有什么故事可跟你说的,"她的身子微微一晃。"哦,好,我给你说说叶夫斯季格涅的故事,好不好?那说的是:

> 从前有个叫叶夫斯季格涅的书记官,
> 自以为聪明冠绝天下,
> 神父和贵族不提也罢,
> 连老狗也不值一提!
> 雄赳赳地迈着步子,活像公火鸡,
> 他自己觉得就是那神奇的西林神鸟,

他把左邻右邻挨个教训，
事情总是不遂他的意。
矮矮的教堂，窄窄的街道，
让他觉得自己大受委屈！
红苹果在他眼里也掉了色，
太阳总是太早出现在东方！
无论你对叶夫斯格涅说什么，
他总是说——"

这时候的外祖母的腮帮鼓着，眼睛瞪得滚圆，以前亲切安详的脸变得蠢笨滑稽，接着她那懒散低沉的声音又响了起来：

"你说的这玩意儿我早就知道了，
而且，我知道得比你更多，
不过，我一直没闲工夫。"

外祖母沉默片刻，脸上带着讥讽的微笑，轻轻地讲下去：

"有一天，一群妖怪来找书记官：
'书记官先生，你在这里不舒服吧？
不如与我们同去地狱，
那会炉火很旺，热烘烘的！'
聪明的书记官连帽子也没来得及戴，
就被妖怪举了起来，
它们边走边喊号子，
还趁机使劲胳肢他，
两个小妖甚至骑在了他肩头，
一路推搡地把他弄到了地狱之火中。
'叶夫斯季格涅尤什卡，这里很爽吧？'
快被烤熟的书记官，
双手叉腰，左顾右盼，
嘴唇骄傲地噘得老高，他说：
'其他的好说，你们地狱煤气味忒浓些！'"

外祖母结束了这个寓言，懒洋洋地低沉的表情不见了，细声地笑着给我解释：

"他还不服气,这个书记官先生,快被烧焦了还固执得不行,死死抱着老一套,真是茅坑里的石头——又臭又硬,跟咱家的老爷子一样!算了,小宝贝,太晚了,该睡觉了……"

母亲很少到顶楼来看我,即使来了,也只是一会儿工夫,忙忙碌碌地交代我几句话就下楼去应酬了。她倒一天比一天美丽,打扮也越来越入时,但我发现她和外祖母很相似,身上总有一股崭新的东西在萌动。我不明白这究竟是什么,但我心里却老琢磨这件事情。

外祖母的童话越来越没意思了,就算她讲我父亲的故事也于事无补,我心里那股朦胧而根深蒂固的忧虑却日渐滋长。

有一天,我问外祖母:

"你为什么说我父亲的灵魂没有安息呢?"

"我不知道为什么。"外祖母疲惫地闭着眼睛,有气无力地说,"上苍自有安排,天堂里面的事情,我们凡夫俗子哪能明白呢?……"

晚上,我躺着老睡不着,就往青色的窗户外边瞅,望着星罗棋布的夜空,看着星星闪烁着移动,我虚构出了许多悲伤的故事,出场最多的是我父亲:他总是独自一人,晃动着一根棍子,漫无目的地游荡,身后总跟着一条长毛狗……

第十二章

有一天黄昏，我躺在床睡着了，当我睁开双眼时，突然发现自己失去知觉的双腿竟完好如初了。我伸出双腿打算下床走走看看——可是它们又忽然什么感觉也没了，不过我一点也不沮丧，反而信心倍增：只要两条腿毫发不损，我将仍可以走路。这种感受鼓舞了我，欢乐使我大叫起来。我又试图站起来，可腿刚沾地，又没了感觉。我瘫倒在地板上，但是我咬牙向门口爬去，沿着楼梯往下爬，我可以愉快地想象着家里人见到我时那种惊讶万分的表情。

我不知道自己究竟怎样爬进母亲的房间的，我坐在外祖母怀里，有几个陌生人在她面前晃来晃去，其中有一个老太婆威严的声音十分洪亮，压倒了其他人。这个老太婆瘦瘦的，穿着身绿衣服，她嚷嚷道：

"盖着他的头，赶紧给他灌红莓汤……"

她一身的绿色让人心惊胆战：绿衫绿帽绿脸，再加上眼皮下的黑痣上也长着一撮绿草似的毫毛。她的眼睛被黑花边的手套罩着，下嘴唇向外咧开，上嘴唇不停地翕动，满口的绿牙忽闪忽闪的，两只绿眼也盯住我不放。

"这是什么人？"我害怕地问。外祖父老大不快地回答说：

"这除了你祖母还会是谁……"

母亲也不怀好意地笑着，把叶夫根尼·马克西莫夫推到我眼前，指着他说：

"他就是你父亲……"

接着她又匆忙地嘀咕了几句，马克西莫夫点点头，然后向我弯下腰来，双眼眯缝着对我说：

"我送你一盒画画用的颜料。"

屋间里光线很好，墙角里的桌子上，五支插在银烛台上的蜡烛燃烧着，蜡烛围着外祖父心爱的"勿哭我圣母"圣像，它上面缀着的珍珠在烛光里摇曳闪烁着，圣像头顶的灵光也在红宝石的映射下显得光芒四射。靠近街道的窗玻璃上，有几张烙饼似的圆脸，模模糊糊的，在黑暗中不发出一丝声音，鼻子也像被压扁了似的，在我的眼里，周围的一切都缥缈不定，影影绰绰的。那绿老太婆用冰冷的手轻轻地摸了摸我的耳朵，口里说着：

"一定，一定……"

"他不省人事了"，外祖母边说边抱着我走出门口。

实际上我脑袋清醒着呢，只不过是不愿意睁开眼睛罢了。外祖母搂着我上楼

梯时,我睁开眼问她:

"你以前为什么不告诉我这些事?……"

"行了,别说了……"

"你们串通好了骗我……"

外祖母把我放到了床上,她却栽倒在枕头里,浑身直发抖,"呜呜咽咽"地哭了起来,肩膀尤其抖得厉害,抽泣着说:

"你也哭吧,咱们一起哭吧……哭吧……"

我可不想哭。顶楼上阴森得很,我背脊有些发凉,忍不住直哆嗦,床板于是摇晃了起来,"吱吱"地响个不停,忽然那个绿老太婆又来了,站在我面前,我闭上眼睛假装睡过去了,于是外祖母也下楼去了。

那几天,到处都是空荡荡的,单调乏味得如绢绢细流,母亲在订婚后旅行去了,家里冷清得令人烦闷。

外祖父却在一天早上到楼上来了,手拿着把凿子,他到窗户跟前,清除掉窗框上冬天防风用的油灰。外祖母也跟了进来,端着一盘水,手里拿着抹布。外祖父轻轻地问:

"老婆子,感觉怎么样?"

"什么怎么样,我不明白?"

"满意了吧?"

外祖母用在楼梯上回答我的那种腔调说:

"你算了吧,别乱嚷嚷!"

我发现这些简单的字符里蕴藏着特殊的内涵,这些语句掩盖的是一桩巨大的令人郁闷的事情,大家虽努力回避,却又忍不住提及。

窗框被外祖父小心地摘了下来放在门外去了,外祖母开了窗——花园里栖鸟的叫声传了进来,小麻雀也欢快地"唧唧喳喳"叫个不停;冰雪消融的大地散发出的气息也涌进屋内,令人心醉神迷。火炕上雪青色的瓷砖发出奇怪的苍白色,触目而生凉意。我摸索着从床上下来,爬到地板上去。

"不要光脚走路!"外祖母警告说。

"我想去花园看看。"

"那儿的雪还没化完,再等几天吧!"

我不喜欢听她的这种腔调,有时甚至见到大人心里就厌烦。

花园一片生机盎然。小草吐出了鲜嫩的绿叶,苹果树萌发了新芽,花骨朵含苞欲放。邻家彼得罗芙娜的小房顶上,青苔地愉快地吐着绿色。四下里各种鸟儿飞翔歌唱,自由自在,声音荡漾在芬芳的空气里,令人舒服得头晕目眩。只有彼得大叔自尽的那个土坑,歪歪斜斜地铺着些被雪压断的黄草。看见这个地方让人觉得有些凄惶,春天的气息也不愿到这里来,黑炭头孤零零地闪着冷光——这个坑的一切都是多余的，让人感到烦恼。我心里十分愤怒，有一种冲动，想清除这些荒草，搬走砖块黑炭，让所有肮脏丑陋多余的东西消失，在这坑里为自己建造出圣洁的住处，我可以夏天一个人住在里面，远离那些大人们。我立刻将它付诸行动，我刚好借此远离了家里的纷纭琐事，尽管这些东西仍旧如昔，令人气恼，然而它们却逐渐丧失了对人们的吸引力。

"你为什么经常噘着嘴呢？"外祖母和母亲经常这样絮絮叨叨地问我，时间长了，我觉得被她们问得直脸红，实际上我对她们俩并没有什么怨气，只是觉得家里熟悉的东西日渐消失了，变得生疏起来。绿色的老太婆倒常到家里来打秋风，吃中饭晚饭，喝晚茶，在我的印象中，她僵直的躯体与旧栅栏中一根发霉腐朽的木桩倒很相似。她的眼睛是用线缝在脸上的，只是没有留下丝毫线的痕迹而已。眼珠滴溜溜直转，让人有些担心会从那瘦骨嶙峋的眼眶里掉出来。老太婆什么都看得清楚，对什么都感兴趣，她谈到上帝的时候，就冲着天花板翻白眼；谈到家长里短的平常事，她就把眼睛耷拉下来。她的眉毛也好像是用麦麸皮剪粘贴上的。她的嘴老是在嚼动，光板大牙伏在口腔里悄无声息地工作着，塞进嘴里的东西很快就土崩瓦解了。她的手令人可笑地蜷曲着，小手指微微上翘；一对圆骨头在耳朵边来回滚动，耳朵也一晃一晃的，甚至连黑痣上的那撮绿毛也轻轻地爬动在她那黄皱而又干净得令人恶心的皮肤上。她和他儿子一样浑身上下一尘不染，连挨他一下我都觉得心里憋得发慌。开始几天，老太婆竟想让我吻她那死人般冰凉的手，她手上弥漫的那股喀山黄肥皂气味和一种香味让我差点窒息，我甩开她，扭头跑了。

她还老是训导她儿子：

"你一定要好好教育这个孩子，你明白吗，叶尼亚？"

他儿子恭恭敬敬地低头表示应允，但却苦脸皱眉，一声也不吭。大家在这个绿色老太婆面前都皱着眉头，连她儿子也不例外。

我对这个绿老太婆和她的儿子有种刻骨铭心的仇恨，当然我为自己这种强烈的感情付出了沉重的代价：饱受皮肉之苦。有一天中午，我正吃着午饭，老太婆鼓着那双可怕的眼睛，凶神恶煞地冲我说：

"喂，阿廖什卡，你怎么这么狼吞虎咽的？把什么东西都往嘴里塞啊？亲爱的，小心噎着！"

于是我就随手从嘴里找出一块什么东西，用叉子叉上递到她面前：

"您不要心疼，我给您吃还不行吗……"

我被母亲从饭桌上赶了下来，心里觉得屈辱万分，而后又被赶上顶楼。外祖母上来安慰我，她捂着嘴大笑起来，说：

"我的上帝呀，瞧你这个调皮鬼究竟干了些什么呀，耶稣赐福给你……"

她的捂嘴动作让我感到很讨厌，于是便躲开她，独自爬上屋顶，在烟囱后面生了很久的闷气。我得承认自己是有股调皮捣蛋的冲动，老想和身边所有人开玩笑，或者恶言恶语地对他们讲话,老实说这种冲动很难被遏制住,但到后来我不得不努力去克制自己的这种欲望。有一次,我狠狠地捉弄了我未来的继父和他的母亲。在他们坐的椅子上,我涂了一层樱桃胶汁,结果当他们坐下时就被粘在了椅子上。他们当时的那个样子非常可笑。外祖父狠狠地揍了我一顿,母亲上顶楼来看我时,轻轻将我拉进她的怀里,把我紧紧地挟在两膝中间,半怜半恨地说:

"亲爱的,你总是不听话,为什么老是这么淘气?你难道不清楚这样我会受多大的苦吗?"

亮晶晶的泪水在我母亲的眼里闪动,她把脸贴在我脑袋上轻轻地蹭着,这让我更是难受万分,我还不如挨她一顿打好受些!我说我以后再也不捉弄马克西莫夫家里的人了,永远不招惹他们,只求她不哭就足够了。

"你说得好,"她在我身边轻轻地说,"不要再淘气了!我们马上就结婚,然后到莫斯科住一段时间,然后再回来,我们娘儿俩就住在一起了。叶夫根尼·瓦西里耶维奇心地善良,聪明能干,你和他一起会很快乐的。小宝贝,你将来要去念中学,然后好做个大学生,就和叶夫根尼现在一样,然后你去当医生……总之你可以想干什么就干什么,只要有了学问,做什么事情都会一帆风顺的。好了,去玩吧……"

母亲的这一连串由"然后"构成的憧憬,在我脑海里形成了一条长长的台阶,沿着台阶往前走,离她越来越遥远,台阶的尽头黑乎乎的一片,什么也看不清楚,这种孤寂的台阶让我心里很不痛快,我很想把自己的念头告诉母亲:

"只要你不嫁人,我可以养活你!"

但是我的这个念头始终没有来得及说出口。我的很多温馨而甜美的记忆总是伴随着母亲的出现被重新唤起,可是我从来没有要把这种记忆告诉别人的念头。

我花园的工程颇为顺利地进行着,杂草被我连拔带割地铲除了,坑的边缘我又砌上碎砖块,防止泥土掉下来,又用砖块在坑里铺了一个宽大的座位,既可以坐,又可以躺在上面。砖缝里我粘上了许多收集来的彩玻璃和碗碴,当太阳光射进坑里时,这些东西就映射出五彩斑斓的色彩,与教堂里的一样。

有一次,外祖父详细"视察"了我的工程,忍不住夸我:"真是个好主意!只是你没有除掉草根,杂草会长出来淹没你的。去把铁锹给我拿来,我再重新铲一遍,就没问题了!"

我把铁锹拿来递给外祖父,他咳了几声,往手心吐了口唾沫,用脚把铁锹深深地压进花园那肥沃的泥土里。

"快过来把草根捡出去扔了!然后我把向日葵和锦葵给你种到这儿,它们长起来才漂亮呢……"

外祖父突然停住了,身子歪了下去扶着铁锹,一声不吭地愣住了。我仔细地打量他,发现泪水从他那像狗一样又小又机灵的眼睛里扑簌簌地流下来。

"您怎么啦?"

他抖擞了一下精神，轻轻地擦了擦脸上的泪水，泪眼蒙眬地望了望我。

"没什么，我汗水出来了！你快来看，土里这么多蚯蚓！"

然后他又开始翻土，停了一会儿，又突然说道：

"你弄这东西算白干了！白干了，小家伙！这所房子很快就要被我卖掉了。大约就是在秋天吧。我急着用钱给你母亲置办嫁妆。事情就是如此。但愿她能有好日子过，愿上帝保佑她……"

话没说完，他就扔了铁锹，伤感地挥了挥手，径直到澡堂后面的拐角去了，他在那里修了处温室。我拾起铁锹接着干，刚刨了几下，脚趾就被铁锹弄伤了。

脚伤使我没能陪母亲参加教堂的婚礼仪式，我只能走到门外，看着她低头和马克西莫夫手拉着手，谨小慎微地在砖铺的人行道上走着，踩着砖缝里的绿草，好像是在针尖上行走一样。

婚礼很冷清，这从大家打教堂回来时的神态可以看出。家里人满腹心事地喝着茶，母亲马上脱下礼服。到起居室里收拾行李，继父过来坐在我旁边，有些脸红地说：

"以前我许诺送颜料给你，但这城里没有什么佳品，我又不能把自己用的给你，因此我以后去了莫斯科给你寄过来……"

"我用颜料来做什么呢？"

"你难道不喜欢画图画吗？"

"我一点也不会。"

"哦，那我可以给你寄点别的礼物。"

母亲收拾停当，走过来告诉我：

"我们在那待不了多久，你父亲参加完毕业考试，我们就回来……"

他们同我谈话的语气像对待大人似的，这多少给了我一丝安慰，心里也高兴了许多，但听说长胡子的人还要上学考试，心里不禁疑惑不已。我问：

"你是念什么书的？"

"测量学……"

我仍不明白测量学是做什么的，也没兴趣再和他饶舌。百无聊赖的静寂充斥着整个院子，偶尔能听到像是在翻动布匹的沙沙声，这令人倍感烦闷，我希望夜晚早些降临。

外祖父站在窗台前，斜倚着炉子，向窗外眯着眼睛发呆，不知道在看些什么。绿老太婆一边自顾自地唠叨，哼唧，一边帮母亲打理行装。外祖母更是过分，她中午就喝得酩酊大醉，那种又脏又糟的情形使家里人脸上有些挂不住，就把她弄到顶楼上锁了起来。

母亲他们一行次日很早就启程去莫斯科了。分手时她把我从地上轻轻地抱了起来，紧紧地拥着我。她的眼睛里闪烁的目光不再熟悉，她边吻我边说：

"小宝贝,再见吧……"

"你告诉他,要听我的话。"外祖父脸色愈发难看,边说话边扭过头去望映满彩霞的天空。

"听外祖父的话,不要惹他生气。"母亲边说边为我画十字祈福。我企盼她再说些什么,但外祖父这一通话打断了她的思路,因此我心里对外祖父有些怨气。

母亲他们俩坐上一辆轻便马车,篷布敞开着,马车夫正蓄势待发,可是母亲却出了点小岔子,她的裙裾不知被什么钩住了,害得她赌气地拽了好半天。

"你难道没看出吗?快过去帮你母亲一下!"外祖父没好气地对我说。可我正沉浸在巨大的伤心和失落中,根本不能挪动脚步,只是傻傻地站在那儿。

马克西莫夫从容地坐进马车,慢条斯理地把套着窄小蓝裤子的长腿摆到舒服的位置。外祖母在他手里塞了一包东西,他把它们放在膝盖上,俯下脸去用下巴颏压住,略带惶恐地皱了皱苍白的脸,咕哝着说:

"好了,够了……"

绿老太婆坐上了另一辆轻便马车,她像木偶画似的端坐在那儿,她做军官的长子陪着她,不时用军刀柄往胡子上蹭痒,哈欠迫使他老是半张着那张大嘴。

"瞧这模样,您要去作战了?"外祖父问这个军官。

"这是一定的!"

"好事情落在您头上了。土耳其人也该狠狠地揍一顿了……"

马车终于出发了。母亲多次回头向我们挥动纱巾,大家的心达到了悲哀的顶点:外祖母眼泪涟涟,泣不成声,向他们挥手时,她一只手扶着墙壁;外祖父也用手挤出了几颗眼泪,有一句没一句地说道:

"不会的……没有什么好的……没戏……"

坐在街边石磴上的我,木然地望着两辆马车一颠一簸地驶向远方,直到消失在街角的拐弯处,突然我心中轰然响了一声,一道无形的大幕严严实实地罩住了我的心扉。

那会儿天还是老早老早的,沿街的每家每户都紧闭着窗,四下里悄无声息,静得可怕。这种空寂的场面我从未见过。远方时而传来牧曲,"咿咿呀呀"无止无休地吹着。

"回家喝点茶吧,"外祖父拍拍我的肩膀说,"这么看来,上帝安排你和我们一块儿生活,那你就往我身上蹭吧!你就是根火柴,我就是块砖,你离开我就无所依靠喽!"

从此我们爷儿俩成天在花园里忙忙碌碌的,谁都不爱吭声。他挖菜地,给红霉果搭架子,替苹果树刮掉苔衣,消灭害虫;而我却一直在摆弄我的住处。露出去的烧焦的木头被外祖父砍掉了,又在地上钉上几根木棍,以便我挂鸟笼。为了遮阳光挡露水,我用晒干了的杂草编了一张草帘子挂在了长凳上,如此这般,一个舒适的巢穴被我拾掇好了。

外祖父不住地夸我：

"学着把自己的事情弄得井井有条的，这对你日后的生活大有益处！"

他的这番话倒合我的心意，我认为这非常重要。外祖父有时在我用草皮铺设的地铺上躺着，耐着性子教导我，没有了以前的焦灼，他说话仿佛费了很大的思虑。

"你跟你母亲算是没什么瓜葛了，她将来会再生孩子，她对他们要比你亲热些。唉，你外祖母为这事已经喝起酒来了。"

外祖父沉默良久，又竖起耳朵仿佛聆听什么，然后懒洋洋地说出些沉甸甸的话来。

"她这样大量喝酒，也不是头回了，你米哈伊尔舅舅该入伍的那年，她闹过一回酒疯。当时她硬要逼我替儿子弄一张免役证，没准儿当初让他去参了军还会脱胎换骨呢……哎，瞅瞅你们这些人啊……我是没几年指望的了。以后你只有孤身一人了，你就得自己赚钱糊口，养活照顾自己，你清楚我的意思吗？知道了就行了。人只要有了真才实干，不受人家的牵制才有出息。最重要的是本本分分，踏踏实实地做人，生活要永不服输，要有一股永不退缩的冲劲！别人的建议可以听听，该干什么得自己决定，只要对自己有好处就要不择手段地去做……"

那个夏天，当然，除了天气不好的时候，我几乎都是在花园里打发日子。晚上要是暖和些，我甚至把外祖母送给我的毛毡也搬到花园里，直接睡在上面。外祖母有时也来凑凑热闹，她在我床铺旁边铺上一捆干草，躺在上面，不停地给我说着各种故事，有时她会打断自己的话头，冷不丁插上几句别的，说：

"你看那里，又一颗星掉下来了！不知道是谁纯洁的灵魂想念大地母亲，急于投入她的怀抱中去！也就是说，人间又多了一个心地善良的人！"

有时她还用手比画着说：

"快瞧，天上又升起了一颗亮星，多漂亮啊，圣洁的天空，上帝精美的法衣与你同在……"

外祖父也会掺和进来，念念叨叨地说：

"睡在这儿会生病感冒的，你们两个傻瓜！弄不好还要中风！小偷也会乘虚而入，扭断你们的脖子……"

太阳落山时的景色非常漂亮，一道道火红的晚霞抹在天空的边缘，旋即，燃尽的火河把橙红色的余晖倾泻在花园轻柔飘逸的绿荫上。片刻工夫，周围的一切都黯淡无光了，暖融融的昏暗逐渐膨胀，浸渍了阳光的树叶悄悄地低下了头，青草也把头匍匐到地上，所有的东西充盈着如梦如幻般的温柔与蓬松，一股股如仙乐般悦耳撩人的声音静静地从远方涌来，如潮般地淌过，而后复归于寂静。

有时，真的有音乐声穿过原野从远方传来，那是军营吹奏的晚点名号声。夜色渐浓了，我的心灵也被一种清新的激情强烈地占据，宛如母亲慈祥的抚摸。寂静轻轻地撞击我的心灵，恰似一只毛茸茸的手，暖洋洋的，拂去我心头的郁闷与尘埃——这些东西是白天沾染上的。如此的良宵美景，仰面躺在花园里，默默地注视着广阔无垠的天空中那些闪烁跳跃的群星，我有一种心醉神迷的感觉。这时候，深邃的天空逐渐拉开了帷幕，更多更亮的星星呈现在我的眼前，仿佛自己也在随着它们轻轻地飘向空中，这多少让人有些诧异，不知是宇宙变小了，变得与自己相差无几，抑或是自己在神奇地膨胀，与无限的万物交融在一起了。天边的夜色更浓更深了，寂静成了主要的音符，但是仿佛到处隐藏着肉眼看不见的灵敏的琴弦，绷得紧紧的，这里的每一个音响——鸟儿在梦中的歌唱，刺猬夜行的声音，或者是某个地方突然响起的人的喁喁私语，所有的一切都把这令人愉悦的灵敏的寂静衬托得异常突出。

弹奏手风琴的声音响了起来，然后是女人悠扬的笑声，军刀在砖砌的马路上"锵锵"的撞击声，看家狗尖厉的叫声，但是这一切都显得有些不识时务，仿佛是萧瑟的白天里那最后凋落几片叶子。

有些晚上，醉鬼的喊叫声经常突然从原野和大街上传过来，接着是有人跑过去的脚步声，像敲鼓一般"嗡嗡"回响。我对这一切已经再熟悉不过了，往往漠然置之。

外祖母枕着手躺在那儿，久久地不能入睡，她内心有股激动的情绪在涌动、燃烧，她不停地给我讲着些什么，而且我是否仔细听她讲话，在她看来倒是无足轻重的。好在她善于选择那些有趣的童话故事，每次都讲得津津有味，绘声绘色，给夜晚增添了一丝迷人的色彩。

有时她的那种抑扬顿挫的声音会让我在不知不觉中进入到梦乡，到了清晨，和欢快的鸟儿一道睁开惺忪睡眼。暖洋洋的阳光直接照在我脸上。清晨的空气悠悠地盘旋流动，苹果树叶轻轻地颤动着，晶莹的露珠飞溅下来，在空中划出一条条优美的弧线。绿茵茵的青草上的玲珑剔透的水珠迎着阳光，闪耀着斑斓的五彩色，宛如撒在地上的一片片水晶。一缕缕薄雾从草地上升起。紫藤色的天空中布满了越来越密集的霞光，瑰丽而灿烂，天空逐渐为蓝色所占据了。云雀婉转地鸣叫着直插无垠的天空，逐渐从视野中消失。五彩缤纷的花朵和悦耳动人的声音像露珠般温柔地注入你的心胸，使你感到从未有过的宁静与安详。这种时候，这种感觉会促使你马上坐起来，脑海里充满行动的欲望，你想赶快去做点什么，从而与周围生机勃勃的万物和谐地统一起来。

那段时间是我一生中最宁静的时光，各种感受纷至沓来，占据了我的心灵，促使我更敏锐地观察身边的一切，获取全新的生活体验。正是这年夏季，我获得了坚定的自信，有一股急剧膨胀的力量在我内心骚动，从此我便对自己的能力抱有坚定的信念。我变得有些粗犷、孤僻，不爱与人打交道。奥夫相尼科夫家的孩子仍然常来叫我出去玩，但我不愿理会他们。表兄弟来家里也引不起我的兴奋与快乐了，相反心里还感到有些惊慌失措,生怕他们的调皮捣蛋会毁坏我在花园里建造的小窝,因为这是我有生以来第一项独立的劳动成果。

我对外祖父的话越来越兴趣索然了。他讲话单调冗长,枯燥得令人昏昏欲睡,而且老是长吁短叹,啰里啰嗦。他与外祖母吵架的次数也日渐频繁,甚至会在盛怒之下把她扫地出门。这种时候外祖母只好到雅科夫舅舅或米哈伊尔舅舅家去待一段时间,有时一连好几天不露面。外祖父只得自己动手打点饭食,总是烫着手,于是厨房里经常传出他的嚎叫,咒骂声,伴随着恼羞成怒的敲打声,而且很明显的,他变得越来越悭吝起来了。

外祖父有时候会钻进我搭的草棚里,舒舒服服地坐在柔和的用草皮铺的地上,默视着我,很长时间不说话,有时他忽然诘问我:

"你为什么老是一声不吭的?"

"我爱这样,有什么不对吗?"

他得着了话柄,便开始教导我说:

"咱们不是贵族老爷,没有接受教育的机会,任何事情都得靠自己去理解,弄得清清楚楚。别看那么多书,那么多学校,都是老爷们的,跟咱们不搭多少边。我们只能依靠自己,一切靠自己去想办法……"

他陷入了深深的思考与回忆,人也干瘦干瘦的,像哑巴一样一声不吭,我心里不由得对他这种模样产生了隐约的恐惧感。

这年秋天,他果然卖掉了房子。卖房子的前几天,有一次喝早茶的光景,他突然阴沉着脸,语气严肃而坚决地对外祖母说道:

"听着,老太婆,我支撑这个家这么久了,一直养活着你,现在我厌倦了!以后你自个儿讨营生吧!"

外祖母一点也不惊讶,态度既安详又镇静,仿佛她早就预料到这一天的到来,正等他说出口似的。她镇定自若地拿出鼻烟壶,把它放在她那像海绵似的鼻子下嗅了嗅,然后回答道:

"我没什么可说的,就这样吧!你想怎么样就怎么样吧!"

卖掉房子以后,外祖父租了两间阴暗的地下室,那个地方是在靠近山脚的一条死胡同里,上面是一座破旧肮脏的楼房。搬家那会儿,外祖母把一只带着长长鞋带的旧树皮鞋扔到了炉灶下面,然后蹲下来虔诚地合手祷告说:

"灶神啊灶神,我送给你一副雪橇,请跟我们一道搬到新家去吧,在那里继续庇护我们,找到幸福……"

外祖父正巧经过院子,从窗户里看见了外祖母的这种表演,于是就伸着脖子嚷道:

"异教徒,你竟敢这样胡来,别再给我丢人现眼了……"

"哎哟,老头子,说话要当心些,你会遭报应的!"外婆尖刻地回敬道,脸色充满了恭敬。但外祖父肺都气炸了，怎么说也不准她把灶神迎到新居那边。

家里的各色家具和各种杂物，外祖父花了两三天工夫就处理得一干二净了，他把它们卖给了那伙专收破烂的鞑靼人，他们为了讨价还价激烈地争吵和互相咒骂，声音"呜呜"地回荡在日渐空旷的院子里。外祖母透过窗户呆呆地望着他们，一会儿大笑一会儿抽泣，有时还冲着他们用低低的声音喊道：

"赶快拉走吧！都砸碎倒干净些……"

我也想号啕大哭一场，我舍不得家里那个漂亮温馨的花园和凝结着自己心血的茅屋。

搬家时外祖父雇了两辆拉货的马车，我坐的那辆里堆满了各种家什杂物，挤得满满的。道路坎坷不平，马车颠簸得非常厉害，仿佛要把我从车中抛出去似的。

打那以后，有两年多的时间，我心头常常涌动着这种颠沛流离，起伏不定，行将被人抛弃的感觉。这种感觉萦绕着我，直到母亲去世。

母亲在外祖父搬到地下室以后不久，突然回来了，她脸色惨白，比过去越发消瘦，两只眼睛却显得更圆更大了，热烈的光芒在其中闪烁着，夹杂着丝许惊奇的神色。她很少说话，一直专注地往四下里张望，好像以前没见过她父母和我似的。她就这样沉默地注视着家里的一切，而继父却背着手在屋子里来回地踱着方步，手指晃动着，嘴着轻轻地吹着口哨，偶尔咳嗽几声。

"嗨哟，我的上帝，你长得太快了！"母亲捧着我的脸说，她那双手热乎乎的。她穿一件宽大的棕色连衣裙，大肚子向外突起，这种打扮真是难看极了。

继父也伸手过来拍拍我，说：

"你好，小老弟，过得还快活吗？"

然后他闻了闻空气，耸着鼻子补了一句：

"你要知道，这里可是又潮又暗啊！"

他们两个好像经过了长途跋涉，已经累得疲惫不堪了，揉得皱巴巴的衣服，磨出了小洞，显得狼狈不堪。现在他们再也管不了许多了，只想躺下来喘口气儿就满足了。

大家满腹心事地喝着茶。外祖父朝被雨水淋湿的玻璃窗凝视半晌，终于开口问道：

"照这么说，东西都烧光了？"

"什么都没剩下。"继父马上接过话茬，语气十分肯定，不容置疑。"我们俩也差点没被烧死……"

"是啊，水火无情，人只能干瞪眼了。"

母亲倚着外祖母的肩膀，轻轻地和她耳语着什么，外祖母眯着眼睛听着，仿佛怕强光照射似的，屋子里的气氛变得愈发沉闷了。

外祖父忽然打破了沉寂，他的声音既尖厉又平静，但其中却包含的讥讽的

意味:

"叶夫根尼·瓦西里耶维奇先生,可是我得到的消息和你说的却有些出入,听说你那儿根本就没闹过什么火灾,而是你沉湎于赌博,输了个底朝天……"

没有人再吭气,屋里寂静得像地窖,只有茶炉"噗噗"的冒气声和雨水"啪啪"地抽打窗玻璃的声音。待了片刻,母亲小心地说:

"爸爸……"

"你还有脸叫爸爸?"外祖父拍着桌子,疯狂地吼了起来,"你还想对我说什么?我早就警告过你:你是三十好几的人了,不能够嫁给二十来岁的毛头小伙!结果呢,好嘛,嫁给一个精明能干,英俊潇洒的小伙子!你也成了贵妇人!唔,这是不是很好呢?我的乖女儿?"

四个人都声嘶力竭地嚷嚷起来,其中继父的声音最大。我吓得赶紧溜了出去,躲到门厅中的一堆柴火里,我被震住了!母亲像是完全换了一个模样,跟以前截然不同了。待在屋子里我的感觉还比较模糊,但在这昏暗冰冷的门厅里,我清晰地回忆起了她昔日的模样。

后来发生了什么我记不清楚了,只知道随后我来到了索莫夫镇,住进了一所简陋的木头房子,这里一切东西都陌生得很,墙上光秃秃的,没有糊墙纸,墙壁的圆木缝隙中间填满了麻絮,很多蟑螂在中间穿梭爬行。临街有两间窗户的房间由我母亲和继父住着,我和外祖母栖息在厨房里,那儿有一扇通向屋顶的天窗。从天窗可以看到工厂的烟囱像漆黑的手指似的插向天空。从烟囱里冒出来的滚滚浓烟被冬天凛冽的寒风吹得四处摇曳,很快弥漫到了整个小镇。以至于我们居住的那个冰冷彻骨的小屋里,经常充斥着一股浓浓的呛人的煤烟味。每天大清早,工厂的汽笛就会鬼哭狼嚎般的吼叫起来。

"噢呜!噢呜!噢呜……"

弄一条凳子站在窗前,透过窗户上边的玻璃,越过鳞次比栉的屋顶,工厂那敞开的大门就赫然映入眼帘。它像一个暮年的乞丐张开了掉光了牙齿的黑洞洞的大嘴。工厂门口挂着的灯笼发出红彤彤的光芒,忽闪忽闪的,成群结队的小人正往门口里蠕动。

到了正午时分,汽笛又会张开喉咙大叫一番,黑嘴唇似的大门"吱吱"地打开了,露出一个深不见底的黑洞,仿佛被咀嚼和折磨的人群像呕吐一般从工厂流了出来,他们像一股乌黑的潮流涌向大街小巷。被寒风劫掠的、洁白的、毛茸茸的雪花被迫沿街飞舞,逼压着刚刚走出工厂的人们,把他们赶回到各自的小窝。这个镇子的天空难得明亮清净,总是阴沉灰暗,时间长了,屋顶和雪堆上都被一层煤灰覆盖住了,空气中游荡着灰色的薄雾,与悬浮于其中的尘埃掺在一起,给工厂和村镇笼上一层厚厚的烟罩。它麻痹和钳制着人们的想象力,让这些每日里为生计奔波劳累的工人生活在这种阴郁单调的色彩中,因此陷入了迷惘而又浑浊的深渊。

每天傍晚时分,一片浑浊的深红色的烟云在工厂上空浮起,飘荡摇曳着,照亮了灰暗的烟囱顶端,仿佛这些矗立在空中的烟囱不是自下而上的伸展,而是越过这层烟云自天而降似的。在降落的过程中,它还向四周喷吐着猩红猩红的烟雾,偶尔还发出长长的呼啸声,尖锐刺耳。目睹这种阴郁黯淡的景色,一种难以抑制的恶心就会袭上心头,吞噬着你内心宁静恬淡的一切,很快一股无名之火就会占据你的身心,让你烦躁郁闷不已。在这个新家里,外祖母当起了厨师。做饭,洗地板,劈木柴,挑水,一天从早到晚几乎不得空闲,夜里睡觉时已经疲惫不堪了,累得老是"哼哼唧唧"地叫唤。她经常在做完了饭之后,就把那件破短棉袄套在身上,往腰里掖上裙子,便启程到城里去。她对我说:

"也该去瞧瞧你外祖父那老不死的了,不知道他那儿过得如何……"

"我也想去,带我去吧!"

"瞧这大风大雪的,没准会把你给冻坏的!"

外祖母走了，在风雪飘零的原野里，她要走将近七俄里的路。母亲脸色蜡黄蜡黄的，她怀孕了，所以很怕冷，那条带穗子的灰色破披巾总是裹在她身上。我对这披巾充满了敌意，它使得我母亲又高又苗条的身子变得十分丑陋；我也厌恶那根穗子，它一晃一晃地让我堵得慌，于是我找了个机会把它撕掉了。我甚至也憎恨这座房子、对面黑乎乎、庞大的工厂和这个灰暗阴郁的小镇。母亲穿着一双又破又旧的毡靴，咳嗽的时候挺得老大的肚子很难看地颤动着。她那双青灰色的眼睛单调地闪动着，射出一丝含着怒气的目光。她老是对着光秃秃的墙壁发愣，好像目光被粘贴到了墙上。有时她呆呆地站在窗前，木然望着外边的街道，甚至一个钟头的时间也一动不动。从窗户望出去，街道活像老人的颌骨，稀稀疏疏的旧房子像残缺零落的牙齿，黑漆漆的，横七竖八的东一块西一片；新进镶上的牙——最近才建造的房屋却又大又笨拙，和整个牙床很不协调。

"我们为什么要搬到这儿来住呢?"我老是向母亲问这个问题。每当这时候她总是没好气地回答。

"你给我闭嘴……"

母亲几乎不怎么与我搭腔，偶尔说上两句还总带点凶神恶煞的音调，像给我下指示一样：

"快点去，递给我……"

家里人把我管得严严实实的，几乎不允许我到街上去乱跑。每次上街我都要找人打架，不幸的是我常常被那些淘气鬼打得鼻青脸肿。但我还是乐此不疲，因为我感觉到唯一能够给我带来快乐和兴趣的只剩下打架了，所以我打架上瘾。每当这时候母亲总要用皮带教训我，但她越打我心里越有股逆反心理。于是下次有机会溜到街上，我就跟那帮小孩子更加拼命地打架。回到家里，母亲的皮带惩罚也就愈加严厉。有一次她实在抽打得我太厉害，我就威胁她说，要是她再碰我，我就用牙齿咬伤她的手，然后到外边大荒地里去流浪，不再回家了，甚至冻死在荒郊野地里。母亲听了十分震惊，扑上来推了我一个踉跄，紧接着在屋子里踱了一阵方步，呼呼地喘着粗气说：

"你这个小杂种!"

于是，在我心灵里，笼罩在那种被称之为"爱"之上的瑰丽斑斓而又生动含蓄的光环失去了魅力，渐渐地消逝在时间里的隧道里了。从此，周围的一切在我眼里仿佛都充满了怨恨，而我心里也越来越多地发泄出那些压抑不住的怒火，不满情绪在心里滋长繁衍。小镇死气沉沉、百无聊赖的生活像挥不去的阴云使我倍感忧愁、孤寂。

继父待我也严厉得很。他很少搭理我母亲，没事时嘴总闲不住，反复地吹着低沉而又单调的口哨，或者低低的咳嗽。午饭之后，他就对着镜子拿着根牙签小心翼翼地侍弄他那稀疏斑驳的牙齿，每次都折腾很长时间。他与母亲吵架的次数越来越频繁了，总是气呼呼地用"您"称呼我母亲，借此讥讽她。这种无礼而又挑衅的称呼使我激怒到了极点。他俩吵嘴时，继父总是严严实实地紧闭着厨房的门，我想他大约是不希望我听到他们的话。不过，尽管他采取了这些措施，我竖起耳朵仍然能够听清楚他那略带嘶哑的声音。

有一天，我听到他边跺脚边冲我母亲嚷。

"就是因为您挺着这个丑陋的大肚子，弄得我都不敢带客人进咱家的门。您简直像一头母牛！"

这些话让我又惊又怒，那种莫大的侮辱像闪电般直冲脑门，我从高板床上"呼"的一声蹦了起来，脑袋在天花板上撞得"嗡嗡"直响，我的舌头都被咬出了血。

每当到了星期六，我们家里那狭小的屋子里就挤满了喧哗的人们，工厂里的工人成帮结伙地来找我继父，想把自己在厂子里辛辛苦苦挣来的购粮证转卖给他。工人们拿着这些购粮证就可以在工厂的粮铺里购买粮食和食品，这是工厂主为代替工资而发给工人的。继父干的行当是以半价收购他们手里的购粮证，然后再转手卖出去，牟取利润。继父把厨房作为他工作的办公室，他坐在桌子后面，傲慢而又神气活现，从不给工人好脸色看。每当他从工人手里接过一张购粮证，便冷冷地说：

"一个半卢布。"

"叶夫根尼·瓦西里耶维奇，上帝有眼不会饶恕你的……"

"一个半卢布！"

让我庆幸不已的是这种无聊而又阴沉的黑暗日子没过多久就结束了，母亲生小孩之前，他们把我送到外祖父家里住。外祖父这时已经搬到了库纳维诺镇，在别斯恰纳亚街的一幢两层楼房里租了一个小屋，里面配有俄罗斯式的炉坑，两扇窗户对着庭院。这条街有些偏僻，顺着山坡往下可以走到纳波尔教堂墓地外的围墙。"过得怎么样？"外祖父见面时冲我说，边说边尖声地笑了起来，"俗语说，朋友再好，也比不过老娘。照我看，应该说，老娘再亲，也亲不过外祖父这个老不死的！唉，瞧瞧你们这些人呀……"

我还没来得及熟悉这个新地方，外祖母和母亲就带着新降生的小孩搬了过来，继父由于敲诈勒索工人引起了公愤，被工厂除了名，但他出去找人疏通了一下，马上就被录用去了火车站干售票员的工作。

在外祖父那里度过了很长一段空虚无聊、单调乏味的光阴，我又被接回母亲那儿，她现在住进了一座楼房的地下室。随即我被母亲送进了学校念书。从读书的第一天开始，我就对学校产生强烈的反感和厌恶。

我入学那天，脚上是母亲的旧皮鞋，大衣是外祖母的上衣改成的，下面穿着黄衫衣和松腿的裤子。这种奇特的打扮顿时成了同学们嘲笑的目标。由于我穿一件黄衬衫，他们就给我起了个绰号叫"苦役犯"。这没令我感到多么不痛快，我很快与同学们打成了一片,但是学校的老师和神父却不喜欢我。

教我的那个老师脸色蜡黄,秃瓢脑袋,鼻血老是"哗哗"地往外流。来班上讲课时,他用棉球塞着鼻孔,然后坐在讲台上,用浓浓的鼻音给我们上课。有时一句话刚说到一半,他忽然打住了,把棉球掏出来,放到眼睛前面仔细地查看,然后无奈地摇晃着头。他的扁平脸像黄铜一样,一副萎靡不振,无精打采的模样;皱纹遍布黄脸,透出一丝绿光,铜锈一般;眼睛也呆滞无神,没有一丝生气。可以说这双眼睛长在这张脸上不但多余,而且弄得黄脸更加丑陋。我感到他总是用令人讨厌的目光盯我的脸,盯得我胃里直翻腾,老想伸手去抹抹面颊。

刚开始几天,我的座位在第一组的第一排,这个地方紧挨着老师的讲台,这简直让我如坐针毡,难以忍受。而且全班那么多同学,他好像只看见我一个人,其他都消失了,他总是用难听的鼻音反反复复地说:

"彼斯(什)科——夫,换一件衫衣!彼斯(什)科——夫,脚不要老晃荡!彼斯科夫,瞧瞧你的靴子又往外'哗哗'流水了!"

这些话让我十分恼怒,为了报复他,我想出了一个恶毒的计划来回敬他。有一天,我在垃圾堆里弄了半个冰冻的西瓜,掏空了瓜瓤,把它用绳子拴住,吊在黑乎乎的门洞的滑轮上。打开门时,滑轮升上去,西瓜皮也跟着吊在了半空中,教师进门后,刚刚关上门,西瓜皮就像一顶帽子似的不偏不倚地戴在他的秃头上。门卫把我领回了家,还带着教师的字条。自然而然,我为自己的恶作剧付出了沉重的代价,母亲把我狠狠揍了一顿。

还有一次,我往教师的抽屉里撒了好多鼻烟粉末,于是他坐在讲台上接二连三地打喷嚏,课也没法讲下去了,只好让他的女婿来代替。他女婿是个军官,他强迫全班唱《神佑吾皇》和《自由颂》。谁要是唱错词,他就拿起尺子往谁的脑瓜上招呼,他敲的声音特别地响亮,不免让人觉得好笑,但没有人感到疼痛。

神学老师是个神父,长得英俊漂亮,有一头浓黑而富有动感的头发。他对我没好感有两个原因,一是由于我没有《新旧约使徒行传》这本书,二是由于我喜欢学他的口头禅来讥笑他。

他进教室上课时,第一件事情就是跟我过不去:

"彼什科夫,今天带书来了吗?嗯,书,带来了吗?"

我马上起身故作恭敬地回答:

"没有。没带来。嗯,书,我忘了!"

"你说什么'嗯'?"

"我说真的没带来!"

"嗯,那这样吧,回家一趟!嗯,回家。因为我不想教你了。嗯,不想了。"

神父的这番话并没使我有多少沮丧,我起身离开了教室,沿着泥泞的道路在镇上四处游荡,饶有兴趣地欣赏着这里喧嚣的生活场面,如此一直到放学回家。

神学教师的相貌有点像耶稣,优雅端正的脸孔上有一对如女人般柔情似水的眼睛。他的那双小手也纤细中透出温柔味,无论拿什么东西,都令人赏心悦目,倍感亲切。每当他拿书,尺子或羽毛笔时,动作既谨慎又优雅,宛如这些东西是具有悟性的脆弱的生灵似的,由于珍爱它们,因此就担心动作鲁莽使它们受到伤害。但是他的这种怜悯之心并没有转移到人身上,对待学生他可没有这样温和,即便如此,学生们仍然十分喜欢他。

我的学习成绩还算过得去,可是没过多长时间,就有消息传来——学校决定要除我的名,理由据说是因为我糟糕的表现。这么一来我无比的沮丧,一场天大的灾祸就要降临了——母亲的脾气越来越暴躁,用皮带抽我的次数也日渐频繁了。

但正当我沮丧绝望之际,救星却从天而降,把我从灾难的泥潭里拉了出来:赫利桑弗主教突然巡视到我们学校。我现在还记得清清楚楚的,他背有点驼,模样有点像巫师,矮矮的个头,罩着宽大的黑法衣,头上戴着的高筒帽子显得十分可笑。

主教坐在讲台后面,撩开宽肥的衣袖,露出两只手来说道:

"孩子们,怎么样,让我们随便谈点什么吧!"

他的话在教室里得到了立竿见影的响应,同学们马上活跃起来,"叽叽喳喳"说个不停,四处洋溢着从来未有过的欢愉气息。

主教挨个询问了很多同学以后,把我叫到讲台跟前,满脸严肃地向我问道:

"你今年多大了?哦,真的吗?瞧瞧你的个子,窜到这么高了?我的孩子,你是不是日子不好过呀?"

主教边说话边把一只手放在讲台上来回抚摩,他的手干瘦干瘦的,留着老长老长的指甲,另一只手捋着零落的几撮胡子,眼睛充满着温情注视着我,缓缓地建议道:

"那么,你可不可以给我讲一讲《使徒行传》里你特别喜欢的故事?"

我就难为情地告诉他我没有这本书,也没有学过《使徒行传》。他伸手捧了捧高筒帽子,把它扶正,问我道:

"《使徒行传》怎么能不学呢?你要知道,这是每个学生的必修功课呀!嗯,你虽没学过,也许会听别人讲过一点吧?会念圣诗吗?哦,这太棒了!祈祷词呢?也会念,简直太棒了!《使徒行传》也会?《颂诗》也会?哎呀,你懂的东西可不少啊!"

正巧这时候,我们的神父气喘吁吁地进来了,白净的脸上笼着厚厚的红晕,主教为他画十字架祝福完毕后,他见到我,刚想开口数落我时,赫利桑弗主教冲他摆摆手,制止了他,说道:

"请稍等片刻……孩子,过来讲讲阿列克谢圣徒的伟大事迹……"

"无与伦比的诗篇,是不是,小兄弟?"每当我因为忘记了其中一句,稍做停顿以便仔细想想时,他总说:"你还会别的什么吗?……会讲大卫王的故事吗?我想听一听!"

当时我有种强烈的感觉,那就是主教的确在听我讲故事、念诗,很明显他是一个喜欢诗歌的主教。我给他背诵了好久,他忽然停了下来,用急促的语调问我:

"你以前学过《颂诗》?是谁教你的?慈爱的外祖父?还是冷酷的外祖父?哦,是这样的!你是不是老是调皮捣蛋的?"

我在心里忖度了一番,但还是向他们如实坦白了。教师和神父也趁机在旁边添油加醋地说了我好多不是,以证明我没说假话。主教大人低垂眼睛听完他们的这番演说,回过头叹了口气,说道:

"听见没有?你的老师就这样评价你!嗨,孩子,过来听我说。"

他把手放在我头上,手上散发出一种檀香味,很好闻,他轻轻地问道:

"孩子,你为什么老这样淘气呢?"

"因为读书一点意思也没有。"

"啊!没意思?孩子,你这话可就错了。正是由于你觉得学习没有乐趣,你的学习成绩一定十分糟糕了,可是老师们却说你成绩还挺好的。看来,你还有什么没告诉我。"

于是主教拿出一个记事本,在上面写了几行字,边写边念叨:

"彼什科夫·阿列克谢。好,我记下来了。孩子,你要明白:人要学会克制自己,不要太淘气贪玩了!小孩子闹点恶作剧没什么打紧的,可是做得太过分了,把它们作为寻找乐趣的唯一办法就会讨人嫌!孩子们,同意我刚才说的话吗?"

教室里响起了大家异口同声地回答:

"你说得对。"

"你们是不是都不爱捣乱呢?"

同学们大笑道:

"不,主教大人,爱捣乱,也不爱捣乱。"

主教的身子往后一仰,把我搂进他怀里,然后装作很吃惊的样子说:

"这有什么大不了的,小兄弟们,在你们这个年纪,我也是个远近闻名的淘气包!你们倒说说这是为什么呢?我的孩子们!"

主教的这番表白赢得满堂的喝彩灯,同学们神采飞扬,开怀大笑。连站在一旁的教师和神父也忍不住笑了起来。主教又向大家天南海北地拉家常,巧妙地引出各种有趣的话题,让大家热火朝天地争论不休,课堂上快乐的空气到处游动萦绕。最后,主教站了起来,挥了挥手,说道:

"淘气鬼们,跟你们在一起的时间我很开心,唉,我该走了!"

说完,他抬起手来把又宽又肥的袖子捋到肩上,晃动着胳膊在空中画了个大大的十字,为大家祈福:

"谨以圣父圣子圣灵在天之名,祝福我的孩子们,你们努力学习,认真工作!再见吧！"

同学们也齐声吆喝起来：

"主教大人，再见！请您再度光临！"

主教频频颔首，嘴里说：

"我会再来的，会再来的！我下次会给你们带些书来。"

他走出了教室，临出门时对教师说：

"给他们放学吧！"

他还拉着我的手，让我跟他到了门洞里，俯身下来，低声告诫我说：

"孩子，你要试着收敛收敛，好吗？我清楚你为什么爱调皮捣蛋，我非常理解你！再见吧，孩子！"

我激动万分，一股激烈而又异样的感情从心里升腾起，并迅速占据了我心房。教师把别的同学打发回了家，让我单独留下来。他对我说，从今以后要克制自己的行为，处处留意，像水一样没有波澜，像草一样驯服。我心甘情愿听着他说这些话，而且态度也很恭敬。

神父边穿皮衣，边用低沉的声音亲切地说道：

"从今天起你要来听我上课！嗯，你一定要来，要老老实实地待着！嗯，老实地坐着。"

学校的事毕竟被我摆平了，可是我却在家里干了件又蠢又丑的事：我竟偷了母亲一个卢布。事先倒没有处心积虑地筹划，这件傻事纯粹是我脑瓜一时发热。

有一天晚上母亲到外面办事去了，把孩子留给我看管照顾，这是一桩令人倍感无聊和烦闷的差事。我便随手抄了本继父扔在枕头边的书翻看起来以打发时间。这是一个名叫大仲马的人写的小说《医生札记》。没翻过几页，我就有了一个发现——书里夹着两张钞票，一张十卢布，一张一卢布。这本小说写得迷幻晦涩，我根本弄不懂它究竟说的是什么意思，就把它合上了，正在这当口，我突然想到，一本《使徒行传》肯定值不了一个卢布，有了一个卢布还可以弄点别的什么书来开开眼界——说不定可以在书摊买到一本《鲁滨孙漂流记》呢。这本书我是在不久前才听说的。那是一个寒风凛冽的上午，学校课间休息时，大家正围着我，听我给他们讲童话，正讲到兴头上，忽然，人群中有个孩子用轻蔑的腔调说道：

"童话是胡编乱造的，《鲁滨孙漂流记》才是真真实实的故事呢！"

他的话得到了其他几个读过《鲁滨孙漂流记》的孩子的响应，都说这本书有趣得很，这样一来我从外祖母那里听来的童话故事就面临到了可以预见的冷落，这使我心里老大不高兴，于是我马上就在心里做出决定：一定要读一读这本《鲁滨孙漂流记》，仅仅为了能够理直气壮地说一句：那本破书我也看过，也不怎么的，简直是胡扯和说酒话罢了！

翌日上学校去的时候，我的书包里多了一本《使徒行传》，两卷破烂不堪的《安徒生童话》，另外还有三磅白面包和一磅香肠。路过弗拉基米尔教堂围墙边的书摊时，我在这个黑咕隆咚的铺子找到了《鲁滨孙漂流记》，那是一本黄皮的小书，薄薄的，第一页有一个戴毛皮圆帽子，身披野兽皮的大胡子男人，眼睛似乎恶狠狠地冒着凶光。这本书我一看就打心眼里厌恶得不行。至于那两本童话书，虽然破烂不堪，脏兮兮的，但对我却有一股说不出的亲和力。

到了午间休息的时候，我从书包里掏出面包和香肠让大家一块儿分享。吃完以后，我就开始为大家朗诵一篇优美奇妙的童话《夜莺》，大家马上被这篇童话抓住了心。

"在中国，只要居住在那里的人都是中国人，连皇上也不例外。"我记得很清楚，这简简单单的一句话使我体验到了前所未有的愉悦与冲击，它纯朴可爱，宛如一支欢快的小夜曲，总以一种美妙异常的东西轻轻触动着心弦。

因为时间不是很长，我没能为大家朗诵完这篇童话。我放学回家时，母亲正站在锅台前用平底锅煎鸡蛋饼，她用严厉而微弱的声调诘问我，她的声音有些奇怪：

"是你拿了一个卢布？"

"是的，我拿了。这不是用来买了书……"

她挥舞着锅铲向我扑过来，劈头盖脸地狠狠揍了我一顿，然后从书包里翻出了《安徒生童话》，藏在了一个只有天知道的地方，我再也没有见到——对我来说，这是比挨顿打更为伤心的事情。

我一连几天没去学校，这段时间，继父大约在他的同事面前大肆宣扬过我偷钱的"壮举"，而那些同事自然而然又回家对他们的孩子进行了一番宣传和教育，于是这件事不胫而走，学校上下很快就知道了。过了几天当我到学校去时，孩子们一见我，就把"小偷"这个绰号送给了我。我很有些不平，因为这个外号虽然简单形象，却有欠公允：我是拿了一个卢布，但没有刻意去隐瞒。我试着向大家做些说明，以辨明我的清白，但无济于事，谁也不相信我的那一套说辞。于是我跑回家，告诉母亲我再也不去学校了。

母亲再一次怀上了孩子，她坐在窗前，身上罩着一件灰衣服，苍白色的脸，眼睛里充满了疲惫和忧伤，目光也呆滞无神。她一边喂萨沙饭，一边鼓着鱼一般的嘴哀怜地望着我说：

"你别瞎疑心了，"她压低了嗓子说，"没有人知道你拿家里钱的事。"

"你不信出去问问！"

"肯定是你自己说出去的。你快说，是不是自己多嘴？你瞧着吧，明天我亲自去趟学校，弄清楚究竟是谁把这件事传出去的。"

我毫不迟疑地说出了某个同学的姓名。母亲的脸顿时变了颜色，眉头也皱得紧紧的，泪水从眼里哗哗地流了出来。

我回到厨房，躺在床上发呆。我的床铺在炉灶后的木箱上，从那里可以清楚地听见母亲在自己屋里轻声啜泣，嘴里反复地低号：

"苍天啊,老天爷啊……"

一股烘烤油腻抹布的气味在厨房里四处弥漫,这种难闻的气味让我难以忍受,我一骨碌下了床,跑到了院子里。母亲大声地叫住了我:

"你想到哪儿去?又要去哪儿了?过来,到我这儿来!……"

然后我们母子俩就坐在地板上,萨沙在母亲的腿上趴着,摆弄她衣服上的扣子,向前弯着身子,嘴里模糊不清地说:

"布伏卡。"意思就是"小扣子"。

我坐在母亲的身边,偎依着她的胳膊,她把我搂得紧紧的,说道:

"咱们是穷苦人,咱们的每一戈比都……"

每次都这样,母亲总是说不完话,就用她那只热烘烘的胳膊把我拥得更紧了。

"这个家伙无耻……混蛋!"她突然说出这么一句话,这句话我以前似乎听到她骂过一次。

萨沙也在一旁咿咿呀呀地学她:

"耻耻……蛋蛋!"

这是一个古里古怪的孩子,笨头笨脑的。他头很大,老是滴溜着那双漂亮的眼睛四处打量,对着一切东西傻傻地笑,但人安安静静的,仿佛在长久地期盼着什么。他开始学话很早,从不大哭大叫,整天处于快快活活的逸静状态中。他先天营养不足,体质很差,老是吃力地到处爬来爬去,只要一见到我,他就高兴地向我伸出手,让我抱他起来。他有个习惯,喜欢用手轻轻拨动我的耳朵,小指头软乎乎的,还带一股紫罗兰的香气。他死得非常突然,没有一丝征兆,也没有病。那天上午他还和平常一样安安静静、快快乐乐的,可是一到黄昏,大约是教堂里的晚祷钟敲响时,他已经咽气了,尸体躺在桌子上。这是第二个弟弟尼古拉出世后不久发生的事。

母亲按照自己的允诺为我处理好了一切,于是我又可以心安理得地去上学了,并且过得不错。但是过了不久我又被送回到外祖父家住。

一天黄昏,大约喝晚茶的时候,我从院子里走进厨房,里屋里传来了母亲痛苦绝望的声音:

"我求求你,叶夫根尼,我求求你……"

"废话少说!"继父嚷着。

"我什么都知道了,你就是去找那个女人!"

"找她又怎么样?"

房子里顿时陷入了奇怪的沉寂,接着母亲一边咳嗽一边喘着气说:

"你这个天杀的负心汉……"

我听到他在打我母亲,便不顾一切冲到屋里去。我看见母亲在地板上跪着,背脊和肘弯倚在椅子上,胸部向前挺着,头向上仰,嘴里发出嘶哑的"呜呜"声,目光里闪着令人心悸的色彩。继父浑身上下倒一尘不染,他身着崭新的制服,正用腿重重地踢我母亲的乳房。我顿时从桌子上抄起一把刀子，这是把切面包用的刀，骨制的刀柄上镶着银制的饰物——是我父亲留给母亲的唯一遗物。我牢牢地攥住刀子用尽吃奶的力气扎向继父的后腰。

母亲一把推开了马克西莫夫，刀子咔的一声从他腰边划过，把制服豁了一道长长的口子，仅仅划伤了他一点皮肉。继父嗥叫了一声，捂着腰夺门而出。母亲一把把我抱住，从地上把我举起来，又哭叫着扔在了地板上。继父从外面进来，作好作歹地拉开了我。

夜里很晚的时候，继父还是大摇大摆地出门去。母亲来到炉灶后面看我，她小心翼翼地拥着我，一边亲我的脸，一边哀怜地哭着：

"孩子，对不起，都是我不好，原谅妈妈！唉，亲爱的，你怎么能拿刀子捅人呢？"

我丝毫没有隐讳自己的想法，而且我相信我对母亲说的话对自己究竟意味着什么。我告诉母亲，我打算杀死继父，然后自己抹脖子自杀了断。我认为，这件事我能够下得了手，至少我会去试试的。我直到现在还有清晰的印象：继父那条卑贱的长腿，上面罩着鲜明的衬边，在空中来回摆动，用脚尖去踢女人——我母亲的胸脯。

每当回忆起这些发生在野蛮的俄罗斯土地上沉痛而切齿的丑事时，我常常扪心自问：我值得为这些丑恶不堪的生活浪费笔墨吗？可是每一次的自省都促使我信心十足地回答自己：它们是值得的！因为这种丑恶的生活是真实而又颇具生命力的，它是顽固地附着在文明社会之上的，直到今天还没有完全绝迹。要想改变这种现状，抹去人们悲惨的记忆，让我们的生活不再有肮脏与丑恶，那么我们就必须了解这种真实的来龙去脉。

还有一个更为积极的原因鼓舞我拿起笔描写现实生活中不堪入目的丑恶，那就是虽然这些罪恶的行径令人厌烦，倍感压抑，几令我们呼吸困难；虽然数不清的纯真善良的灵魂因此被扼杀，但是俄罗斯仍有一颗健康年轻的心。我相信这股朝气蓬勃的力量能够并且一定可以消除这些丑恶的行径。

我们的生活充满了令人倍感惊异的东西。虽然这里有各种厚颜无耻的败类滋生繁衍的土壤，但是同时各种卓越杰出、健康向上而且充满着创造活力的因素也在这种土壤中层出不穷，从而培育出良善、人道和怜悯之心，正是这些东西点燃了我们的希望，激励着我们去建设全新的人道生活。

第十三章

外祖父的家又成了我搬迁的目的地。

"你怎么又回来了,小恶棍?"我刚进门,外祖父就用手指敲着桌子,冲着我略带讥讽地说,"这回别指望我来养活你,去找你外祖母吧!"

"我自会养活我外孙子的,"外祖母说,"这又有什么大不了的!"

"那你养他好了!"外祖父嚷了一句,随即平静了下来,转过头来向我解释说:

"你瞧,我和她完全分门立户了,现在我们什么东西都分割得清清楚楚的……"

外祖母坐在窗下,飞速地织着花边,线轴欢快地撞击着,在春天阳光的照射下,插满了密密麻麻铜针的织机架闪闪发光,像一只金黄金黄的刺猬似的。外祖母没有多少显著的变化,仍然像铜像一般。但是外祖父却判若两人了,他更加干瘪了,皱纹爬满了面部,棕红色的头发已经褪变为灰白色,一向镇若渊峙的举止无影无踪了,代之而来的是焦躁不安的骚动,漫无目的的忙碌,绿闪闪的眼睛狐疑地四下里张望。外祖母向我讲起她与外祖父分家的情景,语调里满含嘲讽,所有的破烂碗盆,杂乱家什都被外祖父拿了出来,分给她,还煞有其事地对她说:

"这么多东西全分给你,不准再向我伸手要别的什么了!"

分割停当,他拿走了外祖母所有的旧衣服,杂物和狐皮大衣,总共卖了七百个卢布,他把这笔款子借给了一个做水果买卖的犹太人生利息,这人是他老早时候的教子。这时候的外祖父仿佛患上了不可救药的吝啬病,到处搜罗钱财,甚至没有一丁点廉耻之心:他到处去求见以前的那些老朋友,这些人大多是他在手工业行会得意时的同事和富商,他向这些人哭诉抱怨,把自己破产全归咎于孩子们,然后伸手要钱,请求资助。这种办法果然奏效,大家出于对他的过去所做事的尊重,就给了他好多好多的钞票。然后外祖父攥着满手的卢布在外祖母面前显摆,向她吹嘘自己的本事,然后又像哄小孩似的逗她:

"傻瓜,你瞧见没有?要是你去求人家,连百分之一也捞不着!"

乞讨来的这笔款子外祖父把它借给了自己的新朋友,自己坐吃利息。这人麻秆似的身材,脑袋光秃秃的,是个皮匠,村子里都管他叫"马鞭子";还借了一部分给这个皮匠的妹妹,这是个小店铺的老板娘,红红的脸蛋,褐色的眼睛,又高又肥的身材,整天睡眼惺忪的样子,脸上带着腻人的表情。

家里的一切都泾渭分明:一天由外祖母掏钱买菜收拾午饭,另一天就该外祖父出去买菜和面包来填肚子。轮到外祖父的那一天,中午饭就逊色很多,因为外祖母专拣好肉买,而外祖父却专挑大肠、肝、肺、牛肚子等一类的杂碎买。他们各自保管自己的茶叶和糖,可是茶壶只有一个,只好合用煮茶。外祖父常常惊慌失措地叫道:

"先别忙,你等我一下,我来看看你放了多少茶叶?"

他摸出茶叶放到手掌上,认真细致地数着,说道:

"你放的茶叶碎碎的,我要少放一些,因为我的茶叶都是大片大片的,茶色很足。"

外祖母往外倒茶水时,他总是聚精会神地瞧着,看外祖母倒到自己茶杯里的和他碗里的茶浓度有什么差别,倒的分量是不是平均。

"该喝最后一杯了吧?"在把茶壶里的茶倒光之前,外祖母总是要问他。

外祖父拿过茶壶看了看,才说道:

"对,该倒最后一杯了!"

更有甚者,连供养圣像点的长明灯的灯油,他们俩也自己买自己的那一份。在相依为命,共同拼争了五十载以后,他们到了暮年竟连这样的事情也干得出来。

外祖父的这些鬼把戏,在我眼里既滑稽又恶心,但外祖母除了觉得可笑外,倒还挺坦然的。

"你别往心里去!"外祖母安慰我,"你问这究竟是怎么回事?老头子年纪越大,人反倒越糊涂!他都八十岁了,明事理的劲儿也倒退了八十!哎,由他糊涂去吧,没谁逆他的心,人要好受些——以后看谁栽跟头。没有他,我也能挣咱俩的一日三餐,没有什么好害怕的!"

于是我也开始学着挣钱了:每逢休息日,我一大早起来就拎着大口袋上大街去捡破烂,各家各户的院落,大街小巷的马路我都转悠一遍,口袋里就逐渐充斥着牛骨头、破布片、碎纸和钉子之类的玩意儿。在旧货商那里,一普特的骨头能够卖八到十戈比,一普特的破布皮和碎纸可以得到二十戈比,破铜烂铁也是这个行情。平时每天放学后我也干这营生,到了星期六再一股脑卖到旧货商那儿,可以一次弄到三十至五十戈比,如果运气好的时候可能卖得更多。外祖母接过我的钱,便匆匆忙忙地塞进裙子的口袋里,然后垂下眼睛夸我道:

"多谢你,孩子,我的小宝贝!谁敢说我们不能养活自个儿?哼,也没什么大不了的!"

有一次我偷偷地看见外祖母手里摆弄着我给她的五个戈比,仔细地瞅着,默默地流着眼泪,浑浊的泪水在她那副像泡沫石大的鼻孔的鼻尖上颤悠悠地挂着。

比沿街捡破烂体面些,也能弄到更多钱的行当是到奥卡河河岸上的木材堆放栈或彼斯基岛——在天气转暖的季节,岛上的集市很是兴隆,人们搭着临时的帐篷作铁器生意——去偷劈柴和各种木料。集市关闭后,帐篷被拆除了,岛上成堆成捆地码放着柱子和木板,一直到涨春水的时候。弄到一块质地好的木板,镇上的小市民老板肯付十戈比,有的时候一天能拖出两三块。但是只有等到雨雪交织的天气才有可能,恶劣的天气使看守人在外边待不了多久就找暖和地方躲起来了。

我们几个要好的朋友结成了团伙,其中有珊卡·维亚希尔,他母亲是个摩尔多瓦乞丐,他倒挺讨人喜欢,温柔,成天高高兴兴的;还有科斯特罗马,是个孤儿,头发卷卷的,瘦骨嶙峋,有两只黑黝黝的大眼睛——他后来十三岁时由于偷鸽子进了少年犯管教所,结果吊死在那里;哈比,十二岁,是个力大无穷的鞑靼族孩子,人却天真得很,心眼很实在;雅兹,他父亲既管看守墓地也干盗墓的营生,他鼻子又扁又平,八九岁模样,沉默得像鱼儿一样,据说染上了羊痫风;而年纪最大的要数格里沙·丘尔卡,他行侠仗义,常路见不平,拔刀相助,他的母亲是个裁缝,守寡。我们这个团伙全由同一条街的小孩组成。

偷鸡摸狗在这个村镇里算不得什么罪恶,而是无形中的一种风气——衣不蔽体、食不果腹的小市民正是以此作为谋生的唯一途径。集市只举行大约一个半月,只靠这个,全年的吃喝还有相当大的缺口,甚至许多装得体体面面的商贩业主也会插上一脚,为了弄钱,也到河上捞点油水。他们用小筏子零散地运走从河里打捞起来的劈柴和木料,同时再捎带运些小货物,而他们的主业是干偷窃过往停泊的货船的勾当。按照普通的说法,河上的"猴爷"——他们像猴一样在伏尔加河和奥卡河上,碰到那些麻痹大意的货主,就乘机捞一把好处。每当节假日的时候,大人吹嘘自己的"丰功伟绩",小孩在一旁虔诚地听着,默默地学习各种本事。

每到春天,集市开张前总有一段最为忙碌的准备期,一到黄昏,街头上就晃悠着许多醉醺醺的工匠、车夫以及各行各业的工人,这种时候,镇里小孩经常会掏他们的钱包。这种行当是合法的,没有人去理会,即使有大人在面前也丝毫没有顾虑。

这些小孩从木匠的工具、客车车夫的扳手、货车车夫的肩轴直至大车的补轴,均搜罗得干干净净;但是我们这个团伙却从不介入这些事情,丘尔卡有一次态度十分坚决地宣称:

"偷鸡摸狗的事我可不沾手,那是小偷,妈妈不让我干。"

"我可不敢做小偷!"哈比也附和着。

科斯特罗马有一种对小偷极为厌恶的感觉,在他嘴里,"小偷"这个字眼总是被特别加重语气地说出来。他一见到大街上小孩偷窃醉鬼时就气势汹汹地扑上去赶散他们,如果抓住了那个行窃的孩子,免不了暴打他一顿。他常常瞪着那对大眼睛,闷闷不语,他总是把自己设想成大人:他的步伐很奇特,走路一歪一扭的,像搬运工人一样;他的声音又粗又低,故意瓮声瓮气的——总之他的一举一动无不刻意地做出一本正经,老气横秋的模样。维亚希尔则认为偷窃是罪恶,是不可饶恕的。

可是我们大家一向认为,从彼斯基岛上拖走木板,拿走柱子远远算不上偷窃,去做这种事的时候我们心里一点也不害怕。我们拟定了几种方案,以保证能够顺利地把事情搞妥帖。趁着夜色迷蒙，或者风雪交加，维亚希尔和雅兹就充当诱饵，大摇大摆地从河湾崎岖不平的冰面上直接跨上彼斯基岛，竭力引起看守人对他俩的关注，而我们剩下这四个人就分散开悄无声息地摸过去。看守人显然注意到了雅兹和维亚希尔的举动，就加倍小心地提防着他俩，我们迅速往预先看好的木材堆旁边汇拢，挑好要拖走的木料，这时腿脚迅捷的两个"诱饵"挑衅惹怒看守人，然后没命地逃跑，诱使看守人追赶。趁这个大好机会，我们就可以往回跑。我们使用的器材是一根绳子，末端系着一个弯成钩状的大钉子，凭着这个钩子，我们能钩着木板或柱子向雪地或冰面上奔跑，几乎从未被发现过，即使被看守人看见，他们也没法追上。木料被我们卖掉之后，得到的钱平均分成六股，每个兄弟大约能得到五戈比，有时甚至是七戈比。

手里有了这些钱，痛痛快快地饱餐一顿就不成问题了，但是维亚希尔为了不挨他母亲的打，不得不给她弄回半瓶左右的伏特加酒；科斯特罗马为了将来养鸽子，就一点一滴地攒着钱；丘尔卡有个带病的母亲，他不得不多挣些钱；哈比打算回他的出生地一趟——他舅舅把他从那个地方带到了尼日尼，可惜他舅舅没多久就溺水而死，所以他得预备盘缠。他出生的那个城市叫什么，哈比早忘了，他只知道它在离伏尔加河不远的卡马河岸上。

不知出于什么心理，我们总觉得哈比说的那座城市十分好笑，于是我们就编歌来和这个斜眼的鞑靼孩子开玩笑，我们唱道：

> 卡马河上一座城，
> 它的名字谁也说不清！
> 伸手够不着，乘车也没门，
> 问哈比，
> 他只说有座城！

刚开始哈比听到我们这样唱十分恼怒，但是有一次，维亚希尔学着鸽子一样柔声细气地对他说道：

"你是怎么回事？能够对自己的哥们生这么大气吗？"

我们常叫维亚希尔鸽子，因此这个鞑靼孩子羞愧地脸红了，于是他跟我们一起唱起有关卡马河畔一个城市的歌曲。

偷木板的行当比较单调，远没有捡破烂满街瞎转有意思。春天到来时，冰雪融化，水流汇集，大雨滂沱下来，人迹稀少的集市街道被冲洗得干干净净的。这时出门捡破烂能够找到不少乐子。集市的水沟里总躺着很多钉子、角铁一类的玩意儿，甚至有时还能直接捡到钱，比如铜币和银币。但集市货摊的看守人老是跟我们过不去，或是赶我们走，或搜括我们的口袋，因此只好忍痛割爱，掏出两戈比打发他们,或者点头哈腰地哀求他们半天。一句话,挣钱是一件不容易的事,但是我们几个人相处得十分融洽,虽则偶尔拌拌嘴,在我的印象里我们之间从来没有挥拳相向过。

维亚希尔是我们的缓冲剂,他是个和事佬,经常善于恰如其分地用几句特别的话告诫大家。他的话虽很简单,却往往使我们受到强烈的震动,为自己的言行窘迫不安。而他说出这些话时,也显露出惊讶的表情。雅兹常常玩些过火的恶作剧,惹得大家不高兴,但维亚希尔却不为所动,也不畏惧什么后果,因为在他眼里凡是错误的行为都是节外生枝的,所以他总是神闲气笃而又令人信服地加以驳正。

"你们说说,有这个必要吗?"他问我们,于是我们便清晰地认识到,雅兹的行为确实没有什么必要。

他管自己的母亲叫"我的摩尔多瓦女人",但照我们看,这没有什么值得大惊小怪的。

"我的摩尔多瓦女人昨天回家时喝得烂醉如泥!"他笑嘻嘻地讲道,金黄色的圆眼睛闪烁着快乐的光芒。"她'咣当'一声推开门,坐在门槛上像只老母鸡似的"咯咯咯"唱个不停!"

丘尔卡爱刨根问底,说:

"她唱什么了?"

于是维亚希尔直直身子,轻轻用手掌有节奏地拍着膝盖,尖着嗓子学他母亲唱歌:

> 年轻的牧羊人,
> 拿着棍子满街逛;
> 挨家挨户唤人名,
> 孩子乐得跟他满街窜。
> 红彤彤的晚霞西边起,
> 牧羊人宝加在吹芦笛,
> 婉转悠扬的芦笛声,
> 伴得村子入梦里。

维亚希尔会唱很多这样热烈活泼的民歌,而且唱得纯熟自如。

"没错,"他接着往下说,"她就这样伴着歌子在门槛上"呼呼"地睡过去了。这可不得了,天气冰凉得要死,我冻得瑟瑟发抖,差一点丢了这条小命。我想把她弄到屋子里去,但力气又小,根本拽不动。今天早上等她醒了,我对她说:'你为什么醉成这个样子?'她却回答我说:'没什么大不了的,你忍耐一下,我熬不了多少日子了!'"

丘尔卡严肃地肯定道：

"她真的没几天好活的了，全身都浮肿了。"

"你心疼你母亲吗？"我问。

"谁说不心疼？"维亚希尔惊讶地说。"她毕竟是我的好妈妈啊……"

其实我们大家都知道维亚希尔老被这个摩尔多瓦女人毒打，但大家也确信她是个好妈妈。遇上颗粒无收的日子，丘尔卡甚至提议：

"大家每人凑一戈比给他母亲弄点酒回去，否则他又该挨揍了。"

我们这伙人中，除了丘尔卡和我，其他人都是睁眼瞎；维亚希尔十分羡慕我们俩，他常抓弄着自己那老鼠似的尖耳朵，细声细气地说：

"等我料理完我的摩尔多瓦女人的后事后，我也要到学校去念书，我向老师鞠躬行礼，恳求他收录我。念完书以后，我可以到主教大人那里当园丁，要不就直接为沙皇服务！……"

第二年春天，他的摩尔多瓦女人离开了人世，她和一个募捐教堂基金的老头一起被压死在坍塌的木柴堆下，旁边还躺着一瓶酒。人们把这个可怜的女人送到医院去了，然后一脸严肃相的丘尔卡对维亚希尔说：

"去我家住吧，让我母亲教你读书识字……"

没多长时间，维亚希尔就在大街上高昂着头，念店铺招牌上的字：

"食品货杂店……"

丘尔卡马上纠正他的发音，说：

"傻小子，是食品杂货店。"

"我倒是认得清楚，可是那些母字的顺序总是颠来倒去的！"

"字母！"

"它们总是跳来跳去的，你一念它们，它们就高兴得晃悠起来了！"

他对花草树木有股特别珍爱的感情，而且简直痴迷到让我们大家感到非常好笑和惊异的程度。

我们这个村镇位于城郊外的沙土地上，几乎看不见什么植物，偶尔在某个角落，在某个院子庭院里，有几棵苍白的细柳或歪歪斜斜的接骨树丛孤孤单单地伫立着。除此之外，庭院的围墙下面还有几株灰色枯萎的小草怯懦地缩着脖子。谁要是一屁股坐在了这些小草上面，维亚希尔就非常不满地抱怨：

"为什么糟践这些草呢？在旁边的沙土上坐着不是也挺好吗？"

折断一枝白柳条，摘下一朵接骨花，或者在奥卡河岸边攀折柳条，维亚希尔均视为应该引以为耻的事，谁当着他的面干了这些事，他总是夸张地耸耸肩，摊开两只手，满脸吃惊地嚷道：

"你们为什么见东西就破坏呢？你们这些鬼家伙！"

他的这种夸张和认真的反应倒使大家感到又羞又愧。

一到星期六，我们就有一段无比快乐兴奋的时光：举行一次疯狂的游戏。我们要用一个星期的时间准备这个游戏，把街上扔得到处都是的破草鞋收集起来，堆放在偏僻的角落里。星期六黄昏，一伙鞑靼搬运工从西伯利亚码头下来，准备四散回家时，我们躲在早已选好的十字路口，突然向他们发动袭击，草鞋如雨点般扔过去。刚开始的时候，他们对此十分恼怒，就赶过来驱散我们，大声地咒骂。逐渐地他们也体会到了其中的乐趣，开始对这种恶作剧感兴趣了，于是每当他们星期六下班的时候，早就预料到会遭遇一次伏击，就也携带了不少草鞋加入战斗。不仅如此，他们还狡猾地将我们堆放弹药的地方在暗中弄得一清二楚，好几次将其洗劫一空，害得我们不得不向他们抱怨：

"这也太不公平了！"

在这种时候，他们就会把草鞋分给我们一半，然后战斗再度打响。通常的情形是他们开阔地上列队摆好阵势，我们在他们周围来回奔跑，向他们投掷草鞋，嘴里还发出尖叫声以壮声势。有时一不小心，我们进攻方就会被他们扔出的草鞋准确地击中，或是被绊倒在地，一头栽到沙子里，这时是他们最兴奋的时刻，高兴的叫喊声响彻天空。

这场战斗要持续很久，有时甚至玩到夜幕降临，附近的小市民也循声过来围观，三三两两地躲在墙角往这边观望，为了显示自己的身份和地位，他们总是无关痛痒地埋怨几句。满天飞舞的草鞋卷起了阵阵尘土，草鞋也像归巢的乌鸦一样稍纵即逝，有时候草鞋砸在人身上，生疼生疼的，但谁也没有工夫去计较这些，因为我们从中获得的轻松与兴奋是无与伦比的。

那帮鞑靼人玩耍起来的兴致并不逊色于我们这伙小毛头。战斗结束以后，我们经常跟着他们一起到行会去玩耍。在行会里他们和我们共同分享甜马肉，以及一种有特别味道的蔬菜汤。吃过晚饭之后，我们一边喝着酽酽的砖茶，一边吃抹着奶油的核桃点心。这些鞑靼人身材魁梧，一个个虎背熊腰，像精心挑选过的大力士一样，我们也很喜欢他们，因为在他们身上，带有一股雅气未泯，很容易为人接受的东西。他们性情豪爽，为人耿直，尤其令我吃惊的是他们彼此间肝胆相照，心地善良，以及那种相互之间的同情心和责任心。

他们喜欢无所顾忌地开怀畅饮，甚至高兴得眼泪直往下滴也不罢休。其中有一个卡西莫夫人，歪歪的鼻子，身上蕴藏着一股只有童话中的人物才可能有的无穷力量。有一次，他从货船上把一个重二十七普特的大钟搬下来，扛到离岸老远的地方。然后大笑着叫起来；

"嘀，光说不练，算什么东西！瞎说空话，一文不值！还跟我瞎说，简直是扯淡！"

又有一次，他让维亚希尔站在手掌上，然后轻轻地把他高高举过头顶，说道：

"大家快来看，他住在天堂里了！"

遇上糟糕的天气，我们哪里也去不了，只好待在雅兹家。他的家就是坟场旁边他父亲看管墓地的小屋子。他父亲长得奇形怪状的：骨头横七竖八地歪斜着；胳膊又细又长；衣衫褴褛，还满是油渍；他小小的脑袋和灰暗的脸上，蓬生着脏兮兮的毛发，远远望去像一朵凋谢了的牛蒡花；脖子又细又长，像草茎似的。他总是眯缝着略微发黄的眼睛，甜蜜地微笑，嘴里反反复复地念叨说：

　　"凭主耶稣在天之灵保佑我睡好觉，不失眠，哎哟！"

　　我们每次去他家的时候，总是买上十几克茶叶，四两糖，还有几块面包，此外，少不了是给雅兹的父亲弄点伏特加酒。一进家门，丘尔卡就用严厉的语调冲他说：

　　"老鬼头，快去把茶炊烧起来！"

　　老鬼头咧着嘴，高高兴兴地起身生起了火，把茶壶放在上面烧了起来，于是大家边等茶烧好，边七嘴八舌地议论怎么才能弄到更多的钱，他在旁边给我们指点门路：

　　"后天特鲁索夫路举行四旬祭，这事你们都听说了吧，他家肯定要大摆筵席，你们去那儿肯定会捡到不少骨头之类的玩意儿的！"

　　"他家的那个厨娘专干收集骨头的行当。"丘尔卡无所不知，于是这样说道。

　　维亚希尔一声不响，出神地朝窗外的牧场呆望，用幻想期待的语调说：

　　"不久我们就该进森林了，真是太棒了！"

　　雅兹在这种场合总是缄默不语，只是四处凝神地注视所有的人，眼光里饱含着哀怜与忧伤，他搜罗出他的所有的玩具：从垃圾堆里翻出来的木头战士，跛腿的马匹，破铜烂铁，小扣子等一类的玩意儿，他一一向我们展示，可嘴里却一声不吭。

　　他的父亲在桌子上摆满了各种各样的茶碗茶杯茶缸子，接着又把茶炊搬了过来。科斯特罗夫坐在桌子旁边为大家倒茶，雅兹的父亲在一旁喝给他带来的酒，喝完以后他又爬回炕炉上，伸出他又细又长的脖子，用他那夜猫子般的眼睛挨个儿瞅我们，嘴里还不断地唠叨着：

　　"唉，你们这些小兔崽子真是混账得很，好像都不是小孩了吧？是不是？你们这帮小偷儿！唉！上帝保佑我，千万别让我睁着眼睛熬长夜！"

　　维亚希尔赶紧辩解道：

　　"你胡说，我们才不是小偷呢！"

　　"哼，不是小偷是什么，难道一定要说你们是强盗……"

　　每当我们对雅兹的父亲的这种絮絮叨叨感到厌烦时，丘尔卡就冲着他生气地嚷道：

　　"废话少说，老鬼头！"

　　这个老头常津津乐道于村里哪家有病人，哪家中又有人要死了之类的话题，我、维亚希尔和丘尔卡对此十分不满和厌恶。但他说起这些话来却神气活现。没有一丁点的悲天悯人之情，有时他也故意气我们，戏弄和刺激我们：

"哎呀，瞧瞧他，别发抖，没什么害怕的，小家伙，是不是呀？没错，有个胖子快死掉了，只是要完全烂掉还得花不少工夫！"

我们想打断他的话头，可他们仍不理会，叽里呱啦地说个不停：

"谁都得死，你们也一样！在这种污浊的臭水坑里，你们还能指望有多长时间好活呀！"

"死没有什么了不起的，"维亚希尔说，"死了以后，我们可以做天使……"

"就你们这些人？"雅兹的父亲脸上露出极为惊异的神情，他对我们说："你说的是让你们去当天使？"

他哈哈大笑起来，接着又大肆渲染死去的人的各种令人恶心的丑行来戏弄我们。

可是有些时候，这个老头会突然压低嗓子，向我们滔滔不绝地说起一些古怪的事情。

"孩子们，你们可要记住了，千万别不当回事！这里三天前刚埋葬了一个女人，我可对她知根知底，知道她所有的事情，她是个什么样的娘们呢？"

女人的事情他总是特别喜欢讲，而且嘴里总充斥着肮脏污秽的词语，但他讲得却很吸引人。在他讲述的过程中，总有一股疑虑和牢骚的情绪，既能让我们产生某种程度的同情又会不知不觉地和他一道想某些问题，所以大家听得倒是全神贯注的。他没有讲故事的天赋，说话也没条理，常常插进一些没头没脑的问题，让自己的思维凌乱不堪，因此，在我们的脑海里能够剩下的就只有一些支离破碎而又令人心悸的片段残影了。

"人家询问她：'火是谁放的？'她立即说：'我放的！'——'真是个笨蛋，根本就不是这么回事，着火那晚你在医院里躺着，根本不在家！'——'是我放的！'她为什么总要这样说呢？哎哟，上帝保佑，别让我睁着眼睛熬长夜……"

在那片荒凉冷僻、寸草不生的墓地里，他埋葬了很多人，几乎每个人的底细他都摸得清清楚楚。因此他絮絮叨叨的讲解仿佛为我们打开通往村里各家各户的大门，我们可以走进去，了解他们活着的时候究竟是怎样打发时光、安家度日的，从这个过程中，我们能够体悟出一些严肃而关键的为人处世的道理。有时候，他做出要给我们讲个通宵的样子，但是只要他这个小小的看守屋子的窗舍刚被暮色笼罩时，丘尔卡就会急匆匆地从桌子旁站起来，说道：

"我想我该回家了，不然妈妈自个儿待在家里会害怕的！你们谁还想走，咱们结个伴儿！"

我们大家也纷纷站起来告辞回家，雅兹送我们到墓地外面的围墙前面，然后关上大门，他将自己那瘦骨嶙峋的黑黢黢的面颊紧紧地贴在栅栏门上，瓮声瓮气地冲我们说：

"再见，路上小心些！"

我们也向他喊："别了！"大家都有种抱歉的感觉，认为把他单独丢在这个坟场里大大不该。科斯特罗马老是恋恋不舍地回头望，有一次他转过头来看了一眼说道：

"说不定等到明天清晨咱俩睁开眼，他就已经死了。"

"在我们几个人中间雅兹生活最为艰难了。"丘尔卡嘴边老挂着这句话，但维亚希尔却总是驳斥他的这种说法：

"我们都过得挺好，谁也说不上多艰难……"

的确在我们的眼里，我们这一群人生活得并不怎么艰难，这种不受拘束，独立自主的街头游荡生活很适合我，我也喜欢这样，喜欢与这些同伴在一起。因为在这时候，我心灵深处总有一股伟大而庄严的感情被唤醒，以至于我心里常惴惴不安，企盼着能为他们做点有益处的事情。

但是在学校里，我却再一次感到了严重的不适应，同学们总是嘲讽我，叫我捡破烂的，小乞丐。一次和他们大吵一顿后，他们在老师那里告了我一状，说什么我浑身透着一股泔水桶或者垃圾坑的气味，因此谁都不喜欢和我同桌。我清楚地记得，他们这个添油加醋的诬告给我的心灵造成了多么大的伤害，从此以后我待在学校里是怎样的左右为难，动辄得咎。坦白地说，这个诬告是捏造出来的：每天早上我都要认认真真地洗一遍澡，把身上洗干净，我也从来没有把捡破烂时穿的衣服穿到学校去过。

后来，我终于熬过了三年级，而且还得到了学校的奖励，奖品是《福音书》一本，精装的《克雷洛夫寓言诗》，还有一本平装书，叫《法达——莫尔加那》，我看不大懂这本书的意思，当然还有一张奖状。我带着这些奖品回家，外祖父高兴得不知所措，激动得连连说，一定要把这些东西妥善保存起来，他甚至提出可以把书锁在他的箱子里由他替我保存。当时外祖母正闹病，卧床好几天起不来，手里的积蓄也花光了，外祖父因此大为不快，长吁短叹地尖声叫喊道：

"你们吃着我的喝着我的，给我剩下的净是些骨头渣滓！唉，你们这些人哪……"

我把奖来的那几本新书在小铺子里换了五十五戈比，拿回家交给了外祖母，然后又在奖状上横七竖八地瞎写了一通，然后再交给外祖父保存。他拿到手时，也没有打开瞧一眼，所以没能识破我的恶作剧，就把那张纸片小心地珍藏在箱子里。

学校的生活算是告一段落，我又重新走上街头，加入流浪游荡的生活中去。现在的感觉比以前更好了，外面春光明媚，弄钱的门道也多些。每到星期天时，我们这群人就早早地跑到郊外的松林里，尽情地玩耍嬉戏，直到暮色沉沉才回到镇子里。大家浑身上下都涌动一股快活的疲倦，彼此之间的关系也更亲密了。

可是好景不长，我的这种自由逍遥的生活很快画上了休止符。继父再次被炒了鱿鱼，然后就出去鬼混了，没有音信，所以母亲就带着小弟弟搬过来和外祖父一起住,我的工作是保姆,负责照看小尼古拉,因为外祖母这时已经去城里一家富商家里绣棺罩去了。

母亲的身体骨瘦如柴,她总是缄默不语,连移动脚步都十分困难,一双凹陷的眼睛闪着苍白而可怕的光芒,扫视着周围的一切。小弟弟尼古拉不幸染上了瘰疬病,踝骨开始溃疡了,身体虚弱得可怕,连大声哭喊的力气也没有,饿得不行时只会浑身瑟瑟发抖,"咿咿呀呀"地呻吟。肚子填满以后就闭上眼睛打瞌睡,在朦胧的睡梦中他古里古怪地张口叹气,发出像小猫似的"嘟嘟"的呼噜声。

外祖父有的时候也会小心地摸摸他,然后说道:

"这孩子该好好养养,可指望我一个人也没有足够的粮食喂饱这么多人……"

母亲斜坐在靠墙角的床上,哑着嗓子叹了口气,幽幽地说:

"小孩子吃不了多少东西……"

"你吃不了多少东西,他也吃不了多少东西,可是加到一块儿东西可就多了……"

说完,他冲着我用力一挥,我说道:

"你把尼古拉弄到院子里去,让他晒晒太阳,再弄点沙子给他埋上……"

我用口袋弄来很多干干净净的干沙土,在窗台下够得着阳光的地方堆放好,遵照外祖父的指示,把小尼古拉埋进沙土里,只留个脑袋露在外面。小孩子坐在沙土里似乎很高兴,他的眼睛与众不同,只有蓝色瞳仁,没有白眼仁——即一圈发亮的圆圈围环绕在瞳孔的四周,在阳光下,这对眼睛闪着光,心满意足地冲我甜蜜蜜地眨巴着。

我顿时强烈地爱上了尼古拉小弟弟,想成天与他待在一起,我甚全感觉到,我与他声息相通,默契无间;我和他并排躺在窗下堆放的沙土里,可是外祖父那尖锐刺耳的声音通过窗口传了过来:

"死是一件很容易的事,但是你应该学会好好地活下去!"

接着是母亲长时间低沉的咳嗽声……

小尼古拉向我伸出两只小手,摇晃着白色的小脑袋;他的头发稀稀落落,灰白灰白的,但圆圆的小脸蛋却透出聪颖和成熟的样子。

当有小猫小狗之类的东西走近我们时,科利亚就出神地注视着他们,然后回过头望着我,脸上隐隐约约闪出一丝微笑,他的这个微笑使我心里有些忐忑不安:他难道是已经感觉到了,我已经厌倦与他待在一起,想抛下他到大街上游荡了吗?

外祖父的院子小得可怜,充斥着各种什物,显得又脏又乱,邻近大门的地方,是一排板皮盖的棚屋、柴房和冰窖,沿着这排棚屋拐个弯,尽头处是几间澡堂。在房顶上,小船的破片、劈好的柴火,木料,甚至潮乎乎的刨花都堆在上面,所有这些东西,都是小市民们在流冰期和河水泛滥的时节自奥卡河里打捞上来的。整个院子里也乱七八糟地码放着各种木料,这些经河水长期浸泡的木料,在太阳的烘烤下冒着热气，空气里弥漫着一股难闻的霉味。

　　院子的附近有一家屠宰场，几乎每天凌晨那里都会传出小牛"哞哞"地号叫，绵羊"呜呜"地哀鸣……随即扑鼻而来的是浓浓的血腥味，它们消散在灰蒙蒙的空气中，组成了一张血红色的透明的大网，在空气中和着尘埃一道摇曳。

　　屠宰场杀牲口的时候，总是先用斧背猛击它们两角之间的部位，把它们打昏。即使这样牲口在临死前也会发出号叫。科利亚这时总是会眯缝着眼睛，半噘着嘴，大约是想学学这些牲口的叫唤声，可是却只往外吹了口气：

　　"呼——呜……"

　　中午的时候，外祖父就会从窗口伸出脖子，冲着我们喊道：

　　"进来吃午饭！"

　　他把孩子放在自己的腿上，亲自给他喂饭。外祖父把马铃薯和面包片自己先嚼烂，然后用指头弯曲着送进他的小嘴里，科利亚那薄薄的嘴唇和瘦削的下巴上很快就沾满了面包渣，显得脏兮兮的。外祖父喂了一会儿，就撩起科利亚的衬衫，在他那略为膨胀的小肚子上用指头轻轻按一按，然后沉吟着说：

　　"吃饱了吗？要不要给你再吃点？"

　　母亲的声音从靠近门的黑暗角落里传过来：

　　"您没看见吗？他正伸手要吃的呢！"

　　"小孩子不知饥饱！他根本就不知道自己吃了多少……"

　　说完，外祖父又往科利亚的嘴里塞进一些嚼烂的食物。看着外祖父喂科利亚的那种样子，我既羞愧又心酸，老觉得心里憋闷得慌，胃里在阵阵翻腾。

　　"饱了！"外祖父到底这样说了，"把这孩子让他母亲抱会儿吧！"

　　我抱着科利亚，这孩子很不情愿地"哼哼"着，直回过身来够饭桌。母亲迎着我艰难地从床上站起来，"呼噜呼噜"地喘着粗气，她的胳膊瘦得可怕，好像只剩下一根骨头，她那又细又长的身子，活像一根折断了枝杈的枞树。

　　母亲彻底变成哑巴了，很难听见一句她那像沸水一般的话语，有时她成天都在角落里躺着，沉默不语，似乎正一步步被死神吞噬。我明显地感觉到母亲已经没有多少日子可活的了，这一点我很明白，并且外祖父也非常频繁地讲到死，令我心里十分烦闷。尤其是在夜幕降临后，外面是漆黑漆黑的，一股像羊皮般暖洋洋的、浓郁的腐朽味沿着窗口飘进来时，外祖父最喜欢谈论死亡。

　　外祖父的床在一进门斜对面的墙角里，差不多头顶着圣像，躺下睡觉时，他的脑袋朝着圣像和小窗户。他躺在床上，被黑暗笼罩着，他在嘴里长时间地念叨：

　　"没有几天好活的了。我们见到上帝脸往哪儿搁呢？跟他说点什么呢？忙忙碌碌折腾了一生，也干了点事……可是到现在怎么得着这么一个下场？……"

　　我睡的地方在炕炉和窗户之间的地板上，说实话，这点地方对我来说窄了些，为了伸直身子，我不得不把两只脚伸到炉膛里，夜深人静时，里面有很多蟑螂在我腿上来来回回爬个不停,弄得腿又麻又痒。这个角落也让我体会到不少乐趣,外祖父烧饭时,经常在忙乱之中把炉叉和炉钩把儿砸在窗户上,窗玻璃因此老被他打碎,每当这时候他总是气急败坏,我在暗地里看到他这副模样,心里就有种幸灾乐祸的快感。令我迷惑不解的是以外祖父的精明,他竟然没想到把炉叉子改短些。

有一次,瓦罐里的水快被煮干了,他手忙脚乱,不知所措,于是就用炉叉子用力往外一拉,于是,炉叉子碰坏了窗户框和两块窗玻璃,撞倒了炉架上搁着的一个罐子,罐子被摔碎了。老头儿为此伤心地坐在地板上哭了起来:

"上帝啊,我的上帝啊……"

白天趁着外祖父出去的时候,我用切面包的刀子将炉叉把儿截短了约四分之三,谁知道外祖父回来发现了我的"劳动成果"之后,却训斥了我一顿:

"你这该死的家伙,应该用锯子把它锯开!傻蛋,锯下来的东西可以做擀面杖,还可以拿去换钱,哎,你这孽障!"

他挥舞着手臂跑到过道里去了。母亲有气无力地对我说:

"不是你的事就别去管……"

母亲是在中午时分过世的,那是八月里一个星期日。继父在外面游荡谋生刚回来,他在另外一个地方混到了一个职位,于是在车站附近租了一所清洁体面的房子,外祖母和科利亚已经先搬过去住了,再等两天母亲也要搬到那边去。

母亲去世的那天早上,她把我叫过去,低声地嘱咐我,声音罕见的清楚,满带着解脱重负的轻松感,她说:

"去把叶夫根尼·瓦西里耶维奇给我找来,你跟他说——是我叫他来的!"

她吃力地从床上欠身起来,一只手紧紧地撑着墙,接着又加了一句:

"要快些去!"

我感觉到母亲脸上挂着微笑,眼睛里闪烁着异样的光芒,表情也有些奇怪。赶到继父的住处,他去做弥撒了,外祖母就使唤我去烟铺买些烟来,那家老板是个犹太女人,碰巧柜上没有现成的烟末,我无奈只好等犹太女人将烟叶捣碎,然后回到外祖母那儿交差。

回到外祖父的房子时,母亲已经坐到桌子旁边去了。她着一身淡紫色的衣服,头发梳理得整齐漂亮,和从前一样神气活现。

"你好点了吗?"看着她这种模样,不知什么原因心里有些发怵,就小声地问道。

她瞪着我,眼光令人毛骨悚然,然后说道:

"过来!这么一会儿工夫你又跑到哪儿鬼混去了?嗯?"

我还没来得及解释,她就一把抓住我的头发把我拽了过去,剩下的一只手抄起用锯条改成的又长又软的刀片,用刀面照着我就是几下,接着刀片从她身里滑落到地板上。

"捡起来给我,快点……"

我低头拾起刀片，扔到了饭桌上，母亲把我推开，我一屁股坐在了炕炉的台阶上，惊讶地望着她，满脸的疑惑。

她从桌子旁站了起来，颤颤巍巍地向墙角的床挪去，然后艰难地躺下来，掏出手帕来拭着脸上的虚汗。她的手明显地很不利索，动作也很笨拙，甚至有两次手帕从脸边滑落下来，掉在了枕头上，她竟用手帕在枕头上擦了两下。

"给我弄点水……"

我从桶里舀了一碗水递给她，她艰难地抬起头，用嘴唇碰了碰水，又重重地叹了口气，用手把我的手推开——她的手冰冷得怕人。然后她把目光移向墙角的圣像，又转到我身上，嘴唇轻轻地翕动着，似乎露出了点苦涩的笑容，接着眼睛缓缓地合上了，只能看见她那长长的睫毛在颤动。母亲的两只胳膊牢牢地挟着肋部，手指不停地抖动着，两只手贴着胸口，试图往上抓住喉咙。灰暗的阴影侵蚀着她的脸庞，从局部直至全部，最终她蜡黄的皮肤绷得紧紧的，鼻尖也显得更细了。她惊恐地咧着嘴，但我却听不到她一丝喘息声。

我不知道时间过去了多久，只记得自己在母亲床前端着碗，看着她的脸色由黄变暗，变暗，直至凝固。

外祖父走了进来，我转过脸对他说：

"母亲死了……"

他向床头瞥了一眼，说：

"小孩子别瞎说！"

他到炕炉上取下蒸好的包子，炉盖和铁锅被他弄得很响。我呆望着他，心里明白母亲已经死了，希望他也清楚这个事实。

继父赶了过来，他穿一件帆布上衣，戴一顶白制帽。他悄无声息地把椅子搬到母亲的床边，突然他醒悟了过来，直起身子"咣"地把椅子推倒在地板上，扯开他那破钟似的大嗓门嚷道：

"你看，她死了，你看看……"

外祖父瞪了他一眼，像瞎子似的失魂落魄地离开了炉子，一点声音也没发出，忘了自己手里还拿着炉门的盖子。

母亲下葬了，当送葬的人们往母亲的棺椁上抛撒干沙土时，外祖母磕磕绊绊地像无头苍蝇一样朝坟场走过来，一不留神撞到了十字架上，脸被磕破了。雅兹的父亲扶着她到他的看守房子里去，趁着外祖母洗脸的功夫，他抽空儿悄悄地安慰我：

"哎！上帝保佑，可别让我晚上睡不着，你为什么这样了呢？嗯？人生一辈子就是这样……我说的没错吧，外祖母？富人穷鬼都一个样，早晚得下地狱进坟墓，你说呢，外祖母？"

他瞧了瞧窗外，忽然蹦了出去，没多大功夫他就和维亚希尔一道进来了，显得兴高采烈，精神气十足。

图文珍藏版

"你看看，"他把一个弄断了的马刺递给我，说道，"你瞧这是啥玩意儿？我和维亚希尔把他送给你了。从马刺上的齿轮看，嗯，肯定是哥萨克骑兵遗留下的……我预备花两戈比从维亚希尔手买下它……"

"你别胡说八道了！"维亚希尔生气地反驳他，声音低低的，可是雅兹的父亲没理会他，一个劲地在我面前蹦过来跳过去，又朝维亚希尔挤眉弄眼地说道：

"维亚希尔，别把它当真了，好啦，不是我，算是他送给你的，没有什么，他……"

外祖母洗过脸之后，用头巾把撞得青肿的脸缠了起来，她让我跟她一道回家，我没答应她，我预料到他们在安葬之后的丧宴上肯定要喝很多很多酒，免不了又要大吵大闹。在教堂时，我就听见米哈伊尔舅舅苦着脸，叹着气向雅科夫舅舅提议道：

"今天咱们得喝上一杯，怎么样？"

维亚希尔变着法让我开心，他把马刺挂在下巴颏上，伸出舌头去碰马刺上的齿轮，雅兹的父亲也在一旁故意大笑着高声嚷嚷道：

"快瞧，看他在干些什么呀！"但是当他明白这一切都是徒劳时，就收敛起笑容一本正经地说："得了，清醒一下吧！谁都逃不过一死。连森林里的鸟儿也免不掉。你听清楚，我预备给你母亲的坟头铺点草皮，你看怎么样？咱们马上就到郊外去，你、维亚希尔、我，再加上我亲爱的珊卡也一块儿去。我们铲来了草皮，就可以把你母亲的坟头装饰得再漂亮不过啦！"

这倒正中我的下怀，于是我就和他们一块儿到郊外去了。

母亲入土后没几天，外祖父叫住我说：

"列克谢，你听我说，你不是奖章，老挂在我脖子上没什么出息。你到人间去讨口饭吃吧……"

于是我便到人间谋生了。